The bird flies to the time

U0528524

鸟飞到了
时间上面

刘亮程
——著

The bird
flies to the time

人民文学出版社

图书在版编目（CIP）数据

鸟飞到了时间上面/刘亮程著.—北京：人民文学出版社，2020（2023.10重印）
（刘亮程语文课）
ISBN 978-7-02-016171-3

Ⅰ.①鸟… Ⅱ.①刘… Ⅲ.①散文集—中国—当代 Ⅳ.①I267

中国版本图书馆CIP数据核字(2020)第041797号

责任编辑　陈彦瑾
装帧设计　刘　远
责任印制　张　娜

出版发行　人民文学出版社
社　　址　北京市朝内大街166号
邮政编码　100705

印　　刷　三河市宏盛印务有限公司
经　　销　全国新华书店等

字　　数　200千字
开　　本　880毫米×1230毫米　1/32
印　　张　9.625　插页3
印　　数　10001—13000
版　　次　2020年8月北京第1版
印　　次　2023年10月第2次印刷

书　　号　978-7-02-016171-3
定　　价　45.00元

如有印装质量问题,请与本社图书销售中心调换。电话:010-65233595

目 录

辑一　与虫共眠

春天的步调　　　　　　　003
对一朵花微笑　　　　　　010
与虫共眠　　　　　　　　012
野兔的路　　　　　　　　014
三只虫　　　　　　　　　016
鸟叫　　　　　　　　　　019
老鼠应该有一个好收成　　026
孤独的声音　　　　　　　029
风把人刮歪　　　　　　　031
两条狗　　　　　　　　　035
最后一只猫　　　　　　　038
两窝蚂蚁　　　　　　　　041
我的树　　　　　　　　　047
那些鸟会认人　　　　　　050

逃跑的马	053
狗这一辈子	060
大杨树	063
狗能看见人做的梦	070

辑二 共同的家

天空的大坡	075
风中的院门	079
谁的影子	080
共同的家	082
劳动是件荒凉的事情	087
一条土路	090
一场叫刘二的风	092
寒风吹彻	094
炊烟是村庄的根	101
父亲	104
修门	107
柴火	114
先父	118
后父	130
谁的叫声让一束花香听见	135

一朵花向整个大地开放自己	139
夜晚的咳嗽声	143
空气中多了一个人的呼吸	146
一个人的名字	149
后父的老	152
月亮在叫	156
一片叶子下生活	163

辑三 我受的教育

我五岁时的早晨	169
我不长大，不行吗	172
长大的只是那些大人	176
树上的孩子	180
捉迷藏	183
天边大火	192
走着走着剩下我一个人	196
偷苞谷的贼	203
月光也追过来	211
把时间绊了一跤	213
给太阳打个招呼	217
我受的教育	223

今生今世的证据	224

辑四　飞翔的梦

从家乡到故乡	229
寒风吹彻　现世温暖	239
树叶与尘土之间	245
文学是做梦的艺术	248
聆听自然的声音	259
那个让我飞起来的梦	266
文学：一个人的自言自语	270
我们失去了和自然交流的语言	277
和草一起长老	280
散文是聊天艺术	289
本书入选语文教材、语文试题篇目	299

辑 一

与虫共眠

春天的步调

刚发现那只虫子时,我以为它在仰面朝天晒太阳呢。我正好走累了,坐在它旁边休息。其实我也想仰面朝天和它并排躺下来。我把铁锨插在地上。太阳正在头顶。春天刚刚开始,地还大片地裸露着。许多东西没有出来。包括草,只星星点点地探了个头儿,一半儿还是种子埋藏着。那些小虫子也是一半儿在漫长冬眠的苏醒中。这就是春天的步骤,几乎所有生命都留了一手。它们不会一下子全涌出来。即使早春的太阳再热烈,它们仍保持着应有的迟缓。因为,倒春寒是常有的。当一场寒流杀死先露头的绿芽儿,那些迟迟未发芽的草籽、未醒来的小虫子们便幸存下来,成为这片大地的又一次生机。

春天,我喜欢早早地走出村子,雪前脚消融,我后脚踩上冒着热气的荒地。我扛着锨,拿一截绳子。雪消之后荒野上会露出许多东西:一截干树桩,半边埋入土中的柴火棍……大地像突然被掀掉被子,那些东西来不及躲藏起来。草长高还得些时日。天却一天天变长。我可以走得稍远一些,绕到河湾里那棵歪榆树下，折一截细枝，看看断茬处的水绿便知道它多有生气，又能旺盛地活上一年。每年春天我都会最先来到这棵榆树下，看上几眼。它是我的树。那根直端端指着我们家房顶的横杈上少了两个细枝条，可能入冬后被谁砍去当筐把子了。上个秋天我趴在树上玩时就发现它是根好筐把子，我没舍得砍。再长粗些说不定是根好锨把呢。我想。它却没能长下去。

我无法把一棵树、树上的一根直爽枝条藏起来，让它秘密地为我一个人生长。我只藏埋过一个西瓜，它独独地为我长大、长熟了。

发现那棵西瓜时它已扯了一米来长的秧，根上结了拳头大的一个瓜蛋，梢上还挂着指头大两个小瓜蛋。我想是去年秋天挖柴的人在这儿吃西瓜吐的籽。正好这儿连根挖掉一棵红柳，土虚虚的，很肥沃，还有根挖走后留下的一个小蓄水坑，西瓜便长了起来。

那时候雨水盈足，荒野上常能看见野生的五谷作物：牛吃进肚子没消化掉又排出的整粒苞米，鸟飞过时一松嘴丢进土里的麦粒、油菜籽，鼠洞遭毁后埋下的稻米、葵花籽……都会在春天发芽生长起来。但都长不了多高又被牲畜、野动物啃掉。

这棵西瓜迟早也会被打柴人或动物发现。他们不会等到瓜蛋子长熟便会生吃了它。谁都知道荒野中的一棵瓜你不会第二次碰见。除非你有闲工夫，在这棵西瓜旁搭个草棚住下来，一直守着它长熟。我倒真想这样去做。我住在野地的草棚中看守过几个月麦垛，也替大人看守过一片西瓜地。在荒野中搭草棚住下，独独地看着一棵西瓜长大这件事，多少年后我还在脑子里想着。我却没做到。我想了另外一个办法：在那颗瓜蛋子下面挖了一个坑,让瓜蛋吊进去。用木棍、草叶和土小心地把坑顶封住。把秧上另两个小瓜蛋掐去。秧头打断,不要它再张扬着长。让人一看就知道这是一截啥都没结的西瓜秧,不会对它过多留意。

此后的一个多月里,我又来看过它三次。显然,有人和动物已经来过,瓜秧旁有新脚印。一只圆形的牛蹄印,险些踩在我挖的坑上。有一个人在旁边站了好一阵儿,留下一对深脚印。他可能不太相信自己的眼睛。还蹲下用手拨了拨西瓜叶——这么粗壮的一截瓜秧,怎么会没结西瓜呢。

又过了一些日子,我估摸着那个瓜该熟了。大田里的头茬瓜已经下秧。我夹了条麻袋,一大早悄悄溜出村子。当我双手微颤着扒开盖在坑顶的土、草叶和木棍——我简直惊住了,那么大一个西瓜,满满地挤在土坑里。抱出来发现它几乎是方的。我挖的坑太小,太方正,让它委屈地长成这样。

当我把这个瓜背回家,家里人更是一片惊喜。他们都不敢相信这个怪模怪样的东西是一个西瓜。它咋长成这样了。

出河湾向北三四里,那片低洼的荒野中蹲着另一棵大榆树,向它走去时我怀着一丝的幻想与侥幸:或许今年它能活过来。

这棵树去年春天就没发芽。夏天我赶车路过它时仍没长出一片叶子。我想它活糊涂了,把春天该发芽长叶子这件事忘记了。树老到这个年纪就这样,死一阵子活一阵子。有时我们以为它死彻底了,过两年却又从干裂的躯体上生出几条嫩枝、几片绿叶子。它对生死无所谓了。它已长得足够粗。有足够多的枝杈,尽管被砍得剩下三两个。它再不指点什么。它指向的绿地都已荒芜。在荒野上一棵大树的每个枝杈都指示一条路。有生路有死路。会看树的人能从一棵粗壮枝杈的指向找到水源和有人家的住居地。

这片土地上的东西已经不多了：树、牲畜、野动物、人、草地，少一个我便能觉察出。我知道有些东西不能再少下去。

每年春天，让我早早走出村子的，也许就是那几棵孤零零的大榆树、洼地里的片片绿草，还有划过头顶的一声声鸟叫——鸟儿们从一棵树，飞向远远的另一棵。飞累了，落到地上喘气……如果没有了它们，我会一年四季待在屋子里，四面墙壁，把门和窗户封死。我会不喜欢周围的每一个人。恨我自己。

在这个村庄里，人可以再少几个，再走掉一些。那些树却不能再少了。那些鸟叫与虫鸣再不能没有。

在春天，有许多人和我一样早早地走出村子，有的扛把锨去看看自己的地。尽管地还泥泞。苞谷茬端扎着。秋收时为了进车平掉的一截毛渠、一段埂子，还原样地放着。没什么好看的，却还是要绕着地看一圈子。

有的出去拾一捆柴背回来。还有的人，大概跟我一样没什么事情，只是想在冒着热气的野外走走。整个冬天冰封雪盖，这会儿脚终于踩在松软的土上了。很少有人在这样的天气窝在家里。春天不出门的人，大都在家里生病。病也是一种生命，在春天暖暖的阳光中苏醒。它们很猛地生发时，村里就会死人。这时候，最先走出村子挥锨挖土的人，就不是在翻地播种，而是挖一个坟坑。这样的年成命定亏损。人们还没下种时，已经把一个人埋进土里。

在早春我喜欢迎着太阳走。一大早朝东走出去十几里,下午面向西逛荡回来,肩上仍旧一把锨一截绳子。有时多几根干柴,顶多三两根。我很少捡一大捆柴压在肩上,让自己弓着背从荒野里回来——走得最远的人往往背回来的东西最少。

我只是喜欢让太阳照在我的前身。清早,刚吃过饭,太阳照着鼓鼓的肚子,感觉嚼碎的粮食又在身体里葱葱郁郁地生长。尤其平射的热烈阳光穿过我两腿之间。我尽量把腿叉得开些走路,让更多的阳光照在那里。这时我才体会到阳光普照这个词。阳光照在我的头上和肩上,也照在我正慢慢成长的阴囊上。

我注意到牛在春天吃草时喜欢屁股对着太阳。驴和马也这样。狗爱坐着晒太阳。老鼠和猫也爱后腿叉开坐在地上晒太阳。它们和我一样会享受太阳普照在潮湿阴部的亢兴与舒坦劲儿。

我同样能体会到这只长年爬行、腹部晒不到太阳的小甲壳虫,此刻仰面朝天躺在地上的舒服劲儿。一个爬行动物,当它想让自己一向阴潮的腹部也能晒上太阳时,它便有可能直立起来,最终成为智慧动物。仰面朝天是直立动物享乐的特有方式。一般的爬行动物只有死的时候才会仰面朝天。

这样想时突然发现这只甲壳虫朝天蹬腿的动作有些僵滞,像在很痛苦地抽搐。它是否快要死了。我躺在它旁边。它就在我头边上。我侧过身,用一个小木棍拨了它一下,它正过身来,光滑的甲壳上反射着阳光,却很快又一歪身,仰面朝天躺在地上。

我想它是快要死了。不知什么东西伤害了它。这片荒野上一只虫子大概有两种死法:死于奔走的大动物蹄下,或死于天敌之口。还有另一种死法——老死,我不太清楚。在小动物中我只认识老蚊子。其他的小虫子，它们的死太微小，我看不清。当它们在地上走来奔去时，我确实弄不清哪个老了，哪个正年轻。看上去它们是一样。

老蚊子朝人飞来时往往带着很大的嗡嗡声。飞得也不稳，好像一只翅膀有劲，一只没劲。往人皮肤上落时腿脚也不轻盈，很容易让人觉察，死于一巴掌之下。

一次我躺在草垛上想事情，一只老蚊子朝我飞过来，它的嗡嗡声似乎把它吵晕了，绕着我转了几圈才落在手臂上。落下了也不赶紧吸血，仰着头，像在观察动静，又像在大口喘气。它犹豫不定时，已经触动我的一两根汗毛，若在晚上我会立马一巴掌拍在那里。可这次，我懒得拍它。一只老蚊子，已经不怕死，又何必置它于死地。再说我一挥手也耗血气，何不让它吸一点血赶紧走呢。

它终于站稳当了。它的小吸血管可能有点钝，它往下扎了一下，没扎进去，又抬起头，猛扎了一下。一点细微的疼。是我看见的。我的身体不会把这点细小的疼传到心里。它在我疼感不知觉的范围内吸吮鲜血。那是我可以失去的。我看见它的小肚子一点点红起来，皮肤才有了点痒，我下意识抬起手，做挥赶的动作。它没看见，还在不停地吸，半个小肚子都红了。我想它该走了。我也只能让它吸半肚子血。剩下的到别人身上去吸吧。再贪嘴也不能叮住一个人吃饱。这样太危险。可它不害怕，吸得投入极了。我动了动胳膊，它翅膀扇了一下，站稳身体，丝毫没影响嘴的吮吸。我真恼了，想一巴掌拍死它，又觉得那身体里满是我的血，拍死了可惜。

这会儿它已经吸饱了，小肚子红红鼓鼓的，我看见它拔出小吸管,头晃了晃,好像在我的一根汗毛根上擦了擦它吸管头上的血迹,一蹬腿飞起来。飞了不到两拃高,一头栽下去,掉在地上。

这只贪婪的小东西,它拼命吸血时大概忘了自己是只老蚊子了。它的翅膀已驮不动一肚子血。它栽下去,立马就死了。它仰面朝天,细长的腿动了几下,我以为它在挣扎,想爬起来再飞。却不是。它的腿是风吹动的。

我知道有些看似在动的生命,其实早死亡了。风不住地刮着它们,从一个地方,到另一个地方,再回来。

这只甲壳虫没有马上死去。它挣扎了好一阵子了。我转过头看了会儿远处的荒野、荒野尽头的连片沙漠,又回过头,它还在蹬腿,只是动作越来越无力。它一下一下往空中蹬腿时,我仿佛看见一条天上的路。时光与正午的天空就这样被它朝天的小细腿一点点地西移了一截子。

接着它不动了。我用小棍拨了几下,仍没有反应。

我回过头开始想别的事情。或许我该起来走了。我不会为一只小虫子的死去悲哀。我最小的悲哀大于一只虫子的死亡。就像我最轻的疼痛在一只蚊子的叮咬之外。

我只是耐心地守候过一只小虫子的临终时光,在永无停息的生命喧哗中,我看到因为死了一只小虫而从此沉寂的这片土地。别的虫子在叫。别的鸟在飞。大地一片片明媚复苏时,在一只小虫子的全部感知里,大地暗淡下去。

对一朵花微笑

我一回头,身后的草全开花了。一大片,像谁说了一个笑话,把一滩草惹笑了。

我正躺在土坡上想事情。是否我想的事情——一个人头脑中的奇怪想法——让草觉得好笑,在微风中笑得前仰后合。有的哈哈大笑,有的半掩芳唇,忍俊不禁。靠近我身边的两朵,一朵面朝我,张开薄薄的粉红花瓣,似有吟吟笑声入耳。另一朵则扭头掩面,仍不能遮住笑颜。我禁不住也笑了起来。先是微笑,继而哈哈大笑。

这是我第一次在荒野中,一个人笑出声来。

还有一次,我在麦地南边的一片绿草中睡了一觉。我太喜欢这片绿草了,墨绿墨绿,和周围的枯黄野地形成鲜明对比。

我想大概是一个月前,浇灌麦地的人没看好水,或许他把水放进麦田后睡觉去了。水漫过田埂,顺这条干沟漫流而下,枯萎多年的荒草终于等来一次生机。那种绿,是积攒了多少年的,一如我目光中的饥渴。我虽不能像一头牛一样扑过去,猛吃一顿,但我可以在绿草中睡一觉。和我喜爱的东西一起睡一觉，做一个梦，也是满足。

一个在枯黄田野上劳忙半世的人，终于等来草木青青的一年。一小片草木会不会等到我出人头地的一天。

这些简单地长几片叶、伸几条枝、开几瓣小花的草木，从没长高长大、没有茂盛过的草木，每年每年，从我少有笑容的脸和无精打采的行走中，看到的是否全是不景气。

我活得太严肃，呆板的脸似乎对生存已经麻木，忘了对一朵花微笑，为一片新叶欢欣和激动。这不容易开一次的花朵，难得长出的一片叶子，在荒野中，我的微笑可能是对一个卑小生命的欢迎和鼓励。就像青青芳草让我看到一生中那些还未到来的美好前景。

以后我觉得，我成了荒野中的一个。真正进入一片荒野其实不容易，荒野旷敞着，这个巨大的门让你在努力进入时不经意已经走出来，成为外面人。它的细部永远对你紧闭着。

走进一株草、一滴水、一粒小虫的路可能更远。弄懂一棵草，并不仅限于把草喂到嘴里嚼几下，尝尝味道。挖一个坑，把自己栽进去，浇点水，直愣愣站上半天，感觉到的可能只是腿酸脚麻和腰疼，并不能断定草木长在土里也是这般情景。人没有草木那样深的根，无法知道土深处的事情。人埋在自己的事情里，埋得暗无天日。人把一件件事情干完，干好，人就渐渐出来了。

我从草木身上得到的只是一些人的道理，并不是草木的道理。我自以为弄懂了它们，其实我弄懂了自己。我不懂它们。

与虫共眠

我在草中睡着时,我的身体成了众多小虫子的温暖巢穴。那些形态各异的小动物,从我的袖口、领口和裤腿钻进去,在我身上爬来爬去,不时地咬两口,把它们的小肚子灌得红红鼓鼓的。吃饱玩够了,便找一个隐秘处酣然而睡。

我身体上发生的这些事我一点也不知道。那天我用铁锨翻了一下午地,又饿又累。本想在地头躺一会儿再往回走,地离村子还有好几里路,我干活时忘了留点回家的力气。时值夏季,田野上虫声、蛙声、谷物生长的声音交织在一起,像支巨大的催眠曲。我的头一挨地便酣然入睡,天啥时黑的我一点不知道,月亮升起又落下我一点没有觉察。醒来时已是另一个早晨,我的身边爬满各种颜色的虫子,它们已先我而醒忙它们的事了。这些勤快的小生命,在我身上留下许多又红又痒的小疙瘩,证明它们来过了。我想它们和我一样睡了美美的一觉。有几个小家伙,竟在我的裤子里待舒服了,不愿出来。若不是瘙痒得难受我不会脱了裤子捉它们出来。对这些小虫来说,我的身体是一片多么辽阔的田野,就像我此刻趴在大地的这个角落,大地却不会因瘙痒和难受把我捉起来扔掉。大地是沉睡的，它多么宽容。在大地的怀抱中我比虫子大不了多少。我们知道世上有如此多的虫子，给它们一一起名，分科分类。而虫子知道我们吗？这些小虫知道世上有刘亮程这条大虫吗？有些虫朝生暮死，有些仅有几个月或几天的短暂生命，几乎来不及干什么便匆匆离去。没时间盖房子，创造文化和艺术。没时间为自己和别人去着想。生命简洁到只剩下快乐。我们这些聪明的大生命却在漫长岁月中寻找痛苦和烦恼。一个听烦世道喧嚣的人，躺在田野上听听虫鸣该是多么幸福。大地的音乐会永无休止。而有谁知道这些永恒之音中的每个音符是多么仓促和短暂。

我因为在田野上睡了一觉，被这么多虫子认识。它们好像一下子就喜欢上我，对我的血和肉的味道赞赏不已。有几个虫子，显然趁我熟睡时在我脸上走了几圈，想必也大概认下我的模样了。现在，它们在我身上留了几个看家的，其余的正在这片草滩上奔走相告，呼朋引类，把发现我的消息传播给所有遇到的同类们。我甚至感到成千上万只虫子正从四面八方朝我呼拥而来。我的血液沸腾，仿佛几十年来梦想出名的愿望就要实现了。这些可怜的小虫子，我认识你们中的谁呢，我将怎样与你们一一握手。你们的脊背窄小得签不下我的名字，声音微弱得近乎虚无。我能对你们说些什么呢？

当千万只小虫呼拥而至时，我已回到人世的一个角落，默默无闻做着一件事，没几个人知道我的名字，我也不认识几个人，不知道谁死了谁还活着。一年一年地听着虫鸣，使我感到了小虫子的永恒。而我，正在世上苦度最后的几十个春秋。面朝黄土，没有叫声。

野兔的路

上午我沿一条野兔的路向西走了近半小时,我想去看看野兔是咋生活的。野兔的路窄窄的,勉强能容下我的一只脚。要是迎面走来一只野兔,我只有让到一旁,让它先过去。可是一只野兔也没有。看得出,野兔在这条路上走了许多年,小路陷进地面有一拳深。路上撒满了黑豆般大小的粪蛋。野兔喜欢把粪蛋撒在自己的路上,可能边走边撒,边跑边撒,它不会为排粪蛋这样的小事停下来,像人一样专门找个隐蔽处蹲半天。野兔的事可能不比人的少。它们一生下就跑,为一口草跑,为一条命跑,用四只小蹄跑。结果呢,谁知道跑掉了多少。

一只奔波中的野兔,看见自己上午撒的粪蛋还在路上新鲜地冒着热气是不是很有意思。

不吃窝边草的野兔,为一口草奔跑一夜回来,看见窝边青草被别的野兔或野羊吃得精光又是什么感触。

兔的路小心地绕过一些微小东西,一棵草、一截断木、一个土块就能让它弯曲。有时兔的路从挨得很近的两棵刺草间穿过，我只好绕过去。其实我无法看见野兔的生活，它们躲到这么远，就是害怕让人看见。一旦让人看见或许就没命了。或许我的到来已经惊跑了野兔。反正，一只野兔没碰到，却走到一片密密麻麻的铃铛刺旁，打量了半天，根本无法过去。我蹲下身，看见野兔的路伸进刺丛，在那些刺条的根部绕来绕去不见了。

往回走时，看见自己的一行大脚印深嵌在窄窄的兔子的小路上，突然觉得好笑。我不去走自己的大道，跑到这条小动物的路上闲逛啥，把人家的路踩坏。野兔要来来回回走多少年，才能把我的一只深脚印踩平。或许野兔一生气，不要这条路了。气再生得大点，不要这片草地了，翻过沙梁远远地迁居到另一片草地。你说我这么大的人了，干了件啥事。

过了几天，我专程来看了看这条路，发现上面又有了新鲜的小爪印，看来野兔没放弃它。只是我的深脚印给野兔增添了一路坎坷，好久都觉得不好意思。

三只虫

一只八条腿的小虫,在我的手指上往前爬,爬得慢极了,走走停停,八只小爪踩上去痒痒的。停下的时候,就把针尖大的小头抬起往前望。然后再走。我看得可笑。它望见前面没路了吗,竟然还走。再走一小会儿,就是指甲盖,指甲盖很光滑,到了尽头,它若悬崖勒不住马,肯定一头栽下去。我正为这粒小虫的短视和盲目好笑,它已过了我的指甲盖,到了指尖,头一低,没掉下去,竟从指头底部慢慢悠悠向手心爬去了。

这下该我为自己的眼光羞愧了,我竟没看见指头底下还有路。走向手心的路。

人的自以为是使人只能走到人这一步。

虫子能走到哪里,我除了知道小虫一辈子都走不了几百米,走不出这片草滩以外,我确实不知道虫走到了哪里。

一次我看见一只蜣螂滚着一颗比它大好几倍的粪蛋,滚到一个半坡上。蜣螂头抵着地,用两只后腿使劲往上滚,费了很大劲才滚动了一点点。而且,只要蜣螂稍一松劲,粪蛋有可能原滚下去。我看得着急，真想伸手帮它一把，却不知蜣螂要把它弄到哪。朝四周看了一圈也没弄清哪是蜣螂的家，是左边那棵草底下，还是右边那几块土坷垃中间。假如弄明白的话，我一伸手就会把这个对蜣螂来说沉重无比的粪蛋轻松拿起来，放到它的家里。我不清楚蜣螂在滚这个粪蛋前，是否先看好了路，我看了半天，也没看出朝这个方向滚去有啥好去处，上了这个小坡是一片平地，再过去是一个更大的坡，坡上都是草，除非从空中运，或者蜣螂先铲草开一条路，否则粪蛋根本无法过去。

或许我的想法天真，蜣螂根本不想把粪蛋滚到哪去。它只是做一个游戏，用后腿把粪蛋滚到坡顶上，然后它转过身，绕到另一边，用两只前爪猛一推，粪蛋骨碌碌滚了下去，它要看看能滚多远，以此来断定是后腿劲大还是前腿劲大。谁知道呢。反正我没搞清楚，还是少管闲事。我已经有过教训。

那次是一只蚂蚁，背着一条至少比它大二十倍的干虫，被一个土块挡住。蚂蚁先是自己爬上土块，用嘴咬住干虫往上拉，试了几下不行，又下来钻到干虫下面用头顶，竟然顶起来，摇摇晃晃，眼看顶上去了，却掉了下来，正好把蚂蚁碰了个仰面朝天。蚂蚁一骨碌爬起来，想都没想，又换了种姿势，像那只蜣螂那样头顶着地，用后腿往上举。结果还是一样。但它一刻不停，动作越来越快，也越来越没效果。

我猜想这只蚂蚁一定是急于把干虫搬回洞去。洞里有多少孤老寡小在等着这条虫呢。我要能帮帮它多好。或者，要是再有一只蚂蚁帮忙，不就好办多了吗。正好附近有一只闲转的蚂蚁，我把它抓住，放在那个土块上，我想让它站在上面往上拉，下面的蚂蚁正拼命往上顶呢，一拉一顶，不就上去了吗。

可是这只蚂蚁不愿帮忙，我一放下，它便跳下土块跑了。我又把它抓回来，这次是放在那只忙碌的蚂蚁的旁边，我想是我强迫它帮忙，它生气了。先让两只蚂蚁见见面，商量商量，那只或许会求这只帮忙，这只先说忙，没时间。那只说，不白帮，过后给你一条虫腿。这只说不行，给两条。一条半，那只还价。

我又想错了。那只忙碌的蚂蚁好像感到身后有动静，一回头看见这只，二话没说，扑上去就打。这只被打翻在地，爬起来仓皇而逃。也没看清咋打的，好像两只牵在一起，先是用口咬，接着那只腾出一只前爪，抡开向这只脸上扇去，这只便倒地了。

那只连口气都不喘，回过身又开始搬干虫。我真看急了，一伸手，连干虫带蚂蚁一起扔到土块那边。我想蚂蚁肯定会感激这个天降的帮忙。没想到它生气了，一口咬住干虫，拼命使着劲，硬要把它原搬到土块那边去。

我又搞错了。也许蚂蚁只是想试试自己能不能把一条干虫搬过土块，我却认为它要搬回家去。真是的，一条干虫，我会搬它回家吗。

也许都不是。我这颗大脑袋，压根不知道蚂蚁那只小脑袋里的事情。

鸟叫

我听到过一只鸟在半夜的叫声。

我睡在牛圈棚顶的草垛上。整个夏天我们都往牛圈棚顶上垛干草,草垛高出房顶和树梢。那是牛羊一个冬天的食草。整个冬天,圈棚上的草会一天天减少。到了春天,草芽初露,牛羊出圈遍野里追青逐绿,棚上的干草便所剩无几,露出粗细歪直的梁柱来。那时候上棚,不小心就会一脚踩空,掉进牛圈里。

而在夏末秋初的闷热夜晚,草棚顶上是绝好的凉快处,从夜空中吹下来的风,<u>丝丝缕缕</u>,轻拂着草垛顶部。这个季节的风吹刮在高空,可以看到云堆飘移,却不见树叶摇动。

那些夜晚我很少睡在房子里。有时铺一些草睡在地头看苞谷。有时垫一个褥子躺在院子的牛车上,旁边堆着新收回来的苞谷、棉花。更多的时候我躺在草垛上,胡乱地想着些事情便睡着了。醒来不知是哪一天早晨,家里发生了一些事,一只鸡不见了,两片树叶黄落到窗台,堆在院子里的苞谷棒子少了几个,又好像一个没少,什么事都没有发生,一切都和往日一样,一家人吃饭,收拾院子,套车,扛农具下地……天黑后我依旧爬上草垛，胡乱地想着些事情然后睡着。

那个晚上我不是鸟叫醒的。我刚好在那个时候，睡醒了。天有点凉。我往身上加了些草。

这时一只鸟叫了。

"呱。"

独独的一声。停了片刻，又呱的一声。是一只很大的鸟，声音粗哑，却很有穿透力。有点像我外爷的声音。停了会儿，又呱、呱两声。

整个村子静静的、黑黑的，只有一只鸟在叫。

我有点怕，从没听过这样大声的鸟叫。

叫声在村南边隔着三四幢房子的地方，那儿有一棵大榆树，还有一小片白杨树。我侧过头看见那片黑乎乎的树梢像隆起的一块平地，似乎上面可以走人。

过了一阵，鸟叫又突然从西边响起，离得很近，听声音好像就在斜对面韩三家的房顶上。鸟叫的时候，整个村子回荡着鸟声，不叫时便啥声音都没有了，连空气都没有了。

我在第七声鸟叫之后，悄悄地爬下草垛。我不敢再听下一声，好像每一声鸟叫都刺进我的身体里，浑身的每块肉每根骨头都被鸟叫惊醒。我更担心鸟飞过来落到草垛上。如果它真飞过来，落到草垛上，我怎么办。我的整个身体埋在干草里，鸟看不见我，它会踩在我的头上叫，我会吓得一动不动。

我顺着草垛轻轻滑落到棚檐上，抱着一根伸出来的椽头吊了下来。在草垛顶上坐起身的那一瞬，我突然看见我们家的房顶，觉得那么远，那么陌生，黑黑地摆在眼底下，那截烟囱，横堆在上面的那些木头，模模糊糊的，像是梦里的一个场景。

这就是我的家吗。是我必须要记住的——哪一天我像鸟一样飞回来，一眼就能认出的我们家朝天仰着的那个面容吗。在这个屋顶下面的大土炕上，此刻睡着我的后父、母亲、大哥、三个弟弟和两个小妹。他们都睡着了，肩挨肩地睡着了。只有我在高处看着黑黑的这幢房子。

我走过圈棚前面的场地时，拴在柱子上的牛望了我一眼，它应该听到了鸟叫。或许没有。它只是睁着眼睡觉。我正好从它眼睛前面走过，看见它的眼珠亮了一下，像很远的一点星光。我顺着墙根摸到门边上，推了一下，没推动，门从里面顶住了，又用力推了一下，顶门的木棍往后滑了一下，门开了条缝，我伸手进去，取开顶门棍，侧身进屋，又把门顶住。

房子里什么也看不见，却什么都清清楚楚。我轻脚绕开水缸、炕边上的炉子，甚至连脱了一地的鞋都没踩着一只。沿着炕沿摸过去，摸到靠墙的桌子，摸到了最里头，我脱掉衣服，在顶西边的炕角上悄悄睡下。

这时鸟又叫了一声。像从屋前的树上叫的，声音刺破窗户，整个地撞进屋子里。我赶紧蒙住头。

没有一个人被惊醒。

以后鸟再没叫，可能飞走了。过了好大一阵，我掀开蒙在头上的被子，房子里突然亮了一些。月亮出来了，月光透过窗户斜照进来。我侧过身，清晰地看见枕在炕沿上的一排人头。有的侧着，有的仰着，全都熟睡着。

我突然孤独害怕起来，觉得我不认识他们。

第二天中午，我说，昨晚上一只鸟叫得声音很大，像我外爷的声音一样大，太吓人了。家里人都望着我。一家人的嘴忙着嚼东西，没人吭声。只有母亲说了句：你又做梦了吧。我说不是梦，我确实听见了，鸟总共叫了八声。最后飞走了。我没有把这些话说出来，只是端着碗发呆。

不知还有谁在那个晚上听到鸟叫了。

那只是一只鸟的叫声。我想。那只鸟或许睡不着，独自在黑暗的天空中漫飞，后来飞到黄沙梁上空，叫了几声。

它把孤独和寂寞叫出来了。我一声没吭。

更多的鸟在更多的地方，在树上，在屋顶，在天空下，它们不住地叫。尽管鸟不住地叫，听到鸟叫的人，还是极少的。鸟叫的时候，有人在睡觉，有人不在了，有人在听人说话……很少有人停下来专心听一只鸟叫。人不懂鸟在叫什么。

那年秋天，鸟在天空聚会，黑压压一片，不知有几千几万只。鸟群的影子遮挡住阳光，整个村子笼罩在阴暗中。鸟粪像雨点一样洒落下来，打在人的脸上、身上，打在树木和屋顶上。到处是斑斑驳驳的白点。人有些慌了，以为要出啥事。许多人聚到一起，胡乱地猜测着。后来全村人聚到一起，谁也不敢单独待在家里。鸟在天上乱叫，人在地下胡说。谁也听不懂谁。几乎所有的鸟都在叫，听上去各叫各的，一片混乱，不像在商量什么、决定什么，倒像在吵群架，乱糟糟的，从没有在某一刻停住嘴，听一只鸟独叫。人正好相反，一个人说话时，其他人都住嘴听着，大家都以为这个人知道鸟为啥聚会。这个人站在一个土圪垯上，把手一挥，像刚从天上飞下来似的，其他人愈加安静了。这个人清清嗓子，开始说话。他的话语杂在鸟叫中，才听还像人声,过一会儿像是鸟叫了。其他人哄的一声开始乱吵,像鸟一样各叫各的起来。天地间混杂着鸟语人声。

这样持续了约莫一小时,鸟群散去,阳光重又照进村子。人抬头看天,一只鸟也没有了。鸟不知散落到了哪里,天空腾空了。人看了半天,看见一只鸟从西边天空孤孤地飞过来,在刚才鸟群盘旋的地方转了几圈,叫了几声,又朝西边飞走了。

可能是只来迟了没赶上聚会的鸟。

还有一次,一群乌鸦聚到村东头开会,至少有几千只,大部分落在路边的老榆树上,树上落不下的,黑黑地站在地上、埂子上和路上。人都知道乌鸦一开会,村里就会死人,但谁都不知道谁家人会死。整个西边的村庄空掉了,人都拥到了村东边,人和乌鸦离得很近,顶多有一条马路宽的距离。那边,乌鸦黑乎乎地站了一树一地;这边,人群黑压压地站了一渠一路。乌鸦呱呱地乱叫,人群一声不吭,像极有教养的旁听者,似乎要从乌鸦聚会中听到有关自家的秘密和内容。

只有王占从人群中走出来,举着个枝条,喊叫着朝乌鸦群走过去。老榆树旁是他家的麦地。他怕乌鸦踩坏麦子。他挥着枝条边走边啊啊地喊,听上去像另一只乌鸦在叫,都快走到跟前了,却没一只乌鸦飞起来,好像乌鸦没看见似的。王占害怕了,树条举在手里,愣愣地站了半天,掉头跑回到人群里。

正在这时,咔嚓一声,老榆树的一个横枝被压断,几百只乌鸦齐齐摔下来,机灵点的掉到半空飞起来,更多的掉在地上,或在半空乌鸦碰乌鸦,惹得人群一阵哄笑。还有一只摔断了翅膀,鸦群飞走后那只乌鸦孤零零地站在树下,望望天空,又望望人群。

全村人朝那只乌鸦围了过去。

那年村里没有死人。那棵老榆树死掉了。乌鸦飞走后树上光秃秃的,所有树叶都被乌鸦踏落了。第二年春天,也没再长出叶子。

"你听见那天晚上有只鸟叫了吗。是只很大的鸟,一共叫了八声。"

以后很长时间,我都想找到一个在那天晚上听到鸟叫的人。我问过住在村南头的王成礼和孟二。还问了韩三。第七声鸟叫就是从韩三家房顶上传来的,他应该能听见。如果黄沙梁真的没人听见,那只鸟就是叫给我一个人听的。我想。

我最终没有找到另一个在那晚听见鸟叫的人。以后许多年,我忙于长大自己,已经淡忘了那只鸟的事。它像童年经历的许多事情一样被推远了。可是,在我快四十岁的时候,不知怎的,又突然想起那几声鸟叫来。有时我会情不自禁地张几下嘴,想叫出那种声音,又觉得那不是鸟叫。也许我记错了。也许,只是一个梦,根本没有那个夜晚,没有草垛上独睡的我,没有那几声鸟叫。也许,那是我外爷的声音,他寂寞了,在夜里喊叫几声。我很小的时候,外爷粗大的声音常从高处摁下来,我常常被吓住,仰起头,看见外爷宽大的胸脯和满是胡子的大下巴。有时他会塞一个糖给我,有时会再大喊一声,撵我们走开,到别处玩去。外爷极爱干净,怕我们弄脏他的房子,我们一走开他便拿起扫把扫地。

现在,这一切了无凭据。那个牛圈不在了。高出树梢屋顶的那垛草早被牛吃掉,圈棚倒塌,曾经把一个人举到高处的那些东西消失了。那块天空空出来。再没有人从这个高度,经历他所经历的一切。

老鼠应该有一个好收成

我用一个下午,观察老鼠洞穴。我坐在一蓬白草下面,离鼠洞约二十米远。这是老鼠允许我接近的最近距离。再逼近半步老鼠便会仓皇逃进洞穴,让我什么都看不见。

老鼠洞筑在地头一个土包上,有七八个洞口。不知老鼠凭什么选择了这个较高的地势。也许是在洞穴被水淹多少次后,知道了把洞筑在高处。但这个高它是怎样确定的。靠老鼠的寸光之目,是怎样对一片大地域的地势做高低判断的。它选择一个土包,爬上去望望,自以为身居高处,却不知这个小土包是在一个大坑里。这种可笑短视行为连人都无法避免,况且老鼠。

但老鼠的这个洞的确筑在高处。以我的眼光,方圆几十里内,这也是最好的地势。再大的水灾也不会威胁到它。

这个蜂窝状的鼠洞里住着大约上百只老鼠,每个洞口都有老鼠进进出出,有往外运麦壳和杂渣的,有往里搬麦穗和麦粒的。那繁忙的景象让人觉得它们才是真正的收获者。

有几次我扛着锹过去,忍不住想挖开老鼠的洞看看,它到底贮藏了多少麦子。但我还是没有下手。

老鼠洞分上中下三层，老鼠把麦穗从田野里运回来，先贮存在最上层的洞穴。中层是加工作坊。老鼠把麦穗上的麦粒一粒粒剥下来，麦壳和渣子运出洞外，干净饱满的麦粒从一个垂直洞口滚落到最下层的底仓。

每一项工作都有严格的分工，不知这种分工和内部管理是怎样完成的。在一群匆忙的老鼠中，哪一个是它们的王，我不认识。我观察了一下午，也没有发现一只背着手迈着方步闲转的官鼠。

我曾在麦地中看见一只当搬运工具的小老鼠，它仰面朝天躺在地上，四肢紧抱着两支麦穗，另一只大老鼠用嘴咬住它的尾巴，当车一样拉着它走。我走近时，拉的那只扔下它跑了，这只不知道发生了啥事，抱着麦穗躺在地上发愣。我踢了它一脚，才反应过来，一骨碌爬起来，扔下麦穗便跑。我看见它的脊背上磨得红稀稀的，没有了毛。跑起来一歪一斜，很疼的样子。

以前我在地头见过好几只脊背上没毛的死老鼠，我还以为是它们相互厮打致死的，现在明白了。

在麦地中，经常能碰到几只匆忙奔走的老鼠，它让我停住脚步，想想自己这只忙碌的大老鼠，一天到晚又忙出了啥意思。我终生都不会走进老鼠深深的洞穴，像个客人，打量它堆满底仓的干净麦粒。

老鼠应该有这样的好收成。这也是老鼠的土地。

我们未开垦时，这片长满苦豆和艾蒿的荒地上到处是鼠洞，老鼠靠草籽和草秆为生，过着富足安逸的日子。我们烧掉蒿草和灌木，毁掉老鼠洞，把地翻一翻，种上麦子。我们以为老鼠全被埋进地里了。当我们来割麦子的时候，发现地头筑满了老鼠洞，它们已先我们开始了紧张忙碌的麦收。这些没草籽可食的老鼠，只有靠麦粒为生。被我们称为细粮的坚硬麦粒，不知合不合老鼠的口味。老鼠吃着它胃舒不舒服。

这些匆忙的抢收者，让人感到丰收和喜悦不仅仅是人的，也是万物的。

我们喜庆的日子，如果一只老鼠在哭泣，一只鸟在伤心流泪，我们的欢乐将是多么的孤独和尴尬。

在我们周围，另一种动物，也在为这片麦子的丰收而欢庆，我们听不见它们的笑声，但能感觉到。

它们和村人一样期待了一个春天和一个漫长的夏季。它们的期望没有落空。我们也没落空。它们用那只每次只能拿一支麦穗、捧两颗麦粒的小爪子，从我们的大丰收中，拿走一点儿，就能过很好的日子。而我们，几乎每年都差那么一点儿，就能幸福美满地——吃饱肚子。

孤独的声音

有一种鸟，对人怀有很深的敌意。我不知道这种鸟叫什么。它们常站在牛背上捉虫子吃，在羊身上跳来跳去，一见人便远远飞开。

还爱欺负人，在人头上拉鸟屎。

它们成群盘飞在人头顶，发出悦耳的叫声。人陶醉其中，冷不防，一泡鸟屎落在头上。人莫名其妙，抬头看天上，没等看清，又一泡鸟屎落在嘴上或鼻梁上。人生气了，捡一个土块往天上扔，鸟便一只不见了。

还有一种鸟喜欢亲近人，对人说鸟语。

那天我扛着锨站在埂子上，一只鸟飞过来，落在我的锨把上，我扭头看着它，是只挺大的灰鸟。我一伸手就能抓住它。但我没伸手。灰鸟站稳后便对着我的耳朵说起鸟语，声音很急切，一句接一句，像在讲一件事、一种道理。我认真地听着，一动不动。灰鸟不停地叫了半个小时，最后声音沙哑地飞走了。

以后几天我又在别处看见这只鸟，依旧单单的一只。有时落在土块上，有时站在一个枯树枝上，不住地叫。还是给我说过的那些鸟语。只是声音更沙哑了。

离开野地后,我再没见过和那只灰鸟一样的鸟。这种鸟可能就剩下那一只了,它没有了同类,希望找一个能听懂它话语的生命。它曾经找到了我,在我耳边说了那么多动听的鸟语。可我,只是个种地的农民,没在天上飞过,没在高高的树枝上站过。我怎会听懂鸟说的事情呢。

不知那只鸟最后找到知音了没有。听过它孤独鸟语的一个人,却从此默默无声。多少年后,这种孤独的声音出现在他的声音中。

风把人刮歪

刮了一夜大风。我在半夜被风喊醒。风在草棚和麦垛上发出恐怖的怪叫,像女人不舒畅的哭喊。这些突兀地出现在荒野中的草棚麦垛,绊住了风的腿,扯住了风的衣裳,缠住了风的头发,让它追不上前面的风。她撕扯,哭喊。喊得满天地都是风声。

我把头伸出草棚,黑暗中隐约有几件东西在地上滚动,滚得极快,一晃就不见了。是风把麦捆刮走了。我不清楚刮走了多少,也只能看着它刮走。我比一捆麦子大不了多少,一出去可能就找不见自己了。风朝着村子那边刮。如果风不在中途拐弯,一捆一捆的麦子会在风中跑回村子。明早村人醒来,看见一捆捆麦子躲在墙根,像回来的家畜一样。

每年都有几场大风经过村庄。风把人刮歪,又把歪长的树刮直。风从不同方向来,人和草木,往哪边斜不由自主。能做到的只是在每一场风后,把自己扶直。一棵树在各种各样的风中变得扭曲,古里古怪。你几乎可以看出它沧桑躯干上的哪个弯是南风吹的,哪个拐是北风刮的。但它最终高大粗壮地立在土地上,无论南风北风都无力动摇它。

我们村边就有几棵这样的大树,村里也有几个这样的人。我太年轻,根扎得不深,躯干也不结实,担心自己会被一场大风刮跑,像一棵草一片树叶,随风千里,飘落到一个陌生地方。也不管你喜不喜欢,愿不愿意,风把你一扔就不见了。你没地方去找风的麻烦,刮风的时候满世界都是风,风一停就只剩下空气。天空若无其事,大地也像什么都没发生。只有你的命运被改变了,莫名其妙地落在另一个地方。你只好等另一场相反的风把自己刮回去。可能一等多年,再没有一场能刮起你的大风。你在等待飞翔的时间里不情愿地长大,变得沉重无比。

去年,我在一场东风中,看见很久以前从我们家榆树上刮走的一片树叶,又从远处刮回来。它在空中翻了几个跟头,摇摇晃晃地落到窗台上。那场风刚好在我们村里停住,像是猛然刹住了车。许多东西从天上往下掉,有纸片——写字的和没写字的纸片、布条、头发和毛,更多的是树叶。我在纷纷下落的东西中认出了我们家榆树上的一片树叶。我赶忙抓住它,平放在手中。这片叶的边缘已有几处损伤,原先背阴的一面被晒得有些发白——它在什么地方经受了什么样的阳光。另一面粘着些褐黄的黏土。我不知道它被刮了多远又被另一场风刮回来,一路上经过了多少地方,这些地方都是我从没去过的。它飘回来了,这是极少数的一片叶子。

风是空气在跑。一场风一过,一个地方原有的空气便跑光了,有些气味再闻不到,有些东西再看不到——昨天弥漫村巷的谁家炒菜的肉香。昨晚被一个人独享的女人的体香。下午晾在树上忘收的一块布。早上放在窗台上写着几句话的一张纸。风把一个村庄酝酿许久的、被一村人吸进呼出弄出特殊味道的一窝子空气,整个地搬运到百里千里外的另一个地方。

每一场风后,都会有几朵我们不认识的云,停留在村庄上头,模样怪怪的,颜色生生的,弄不清啥意思。短期内如果没风,这几朵云就会一动不动赖在头顶,不管我们喜不喜欢。我们看顺眼的云,在风中跑得一朵都找不见。

风一过,人忙起来,很少有空看天。偶尔看几眼,也能看顺眼,把它认成我们村的云,天热了盼它遮遮阳,地旱了盼它下点雨。地果真就旱了,一两个月没水,庄稼一片片蔫了。头顶的几朵云,在村人苦苦的期盼中果真有了些雨意,颜色由雪白变铅灰再变墨黑。眼看要降雨了,突然一阵北风,这些饱含雨水的云跌跌撞撞,飞速地离开村庄,在荒无人烟的南梁上,哗啦啦下了一夜雨。

我们望着头顶腾空的晴朗天空,骂着那些养不乖的野云。第二天全村人开会,做了一个严厉的决定:以后不管南来北往的云,一律不让它在我们村庄上头停,让云远远滚蛋。我们不再指望天上的水,我们要挖一条穿越戈壁的长渠。

那一年村长是胡木,我太年轻,整日缩着头,等待机会来临。

各种各样的风经过了村庄。屋顶上的土吹光几次,住在房子里的人也记不清楚。无论南墙北墙东墙西墙都被风吹旧,也都似乎为一户户的村人挡住了南来北往的风。有些人不见了,更多的人留下来。什么留住了他们。

什么留住了我。

什么留住了风中的麦垛。

如果所有粮食在风中跑光，所有的村人，会不会在风停之后远走他乡，留一座空荡荡的村庄。

早晨我看见被风刮跑的麦捆，在半里外，被几棵铃铛刺拦住。

这些一墩一墩，长在地边上的铃铛刺，多少次挡住我们的路，挂烂手和衣服，也曾多少次被我们的镢头连根挖除，堆在一起一把火烧掉。可是第二年它们又出现在那里。

我们不清楚铃铛刺长在大地上有啥用处。它浑身的小小尖刺，让企图吃它的嘴、折它的手和践它的蹄远离之后，就闲闲地端扎着，刺天空，刺云，刺空气和风。现在它抱住了我们的麦捆，没让它在风中跑远。我第一次对铃铛刺深怀感激。

也许我们周围的许多东西，都是我们生活的一部分，生命的一部分，关键时刻挽留住我们。一株草，一棵树，一片云，一只小虫……它替匆忙的我们在土中扎根，在空中驻足，在风中浅唱……

任何一株草的死亡都是人的死亡。

任何一棵树的夭折都是人的夭折。

任何一粒虫的鸣叫也是人的鸣叫。

两条狗

父亲扔掉过一条杂毛黑狗。父亲不喜欢它，嫌它胆小，不凶猛，咬不过别人家的狗，经常背上少一块毛，滴着血，或瘸一条腿哭丧着脸从外面跑回来。院子里来了生人，也不敢扑过去咬，站在狗洞前汪汪两声，来人若捡个土块、拿根树条举一下，它便哭叫着钻进窝里，再不敢出来。

这样的尿狗，连自己都保不住咋能看门呢。

父亲有一次去五十公里外的柳湖地卖皮子，走时把狗装进麻袋，口子扎住扔到车上。他装了三十七张皮子，卖了三十八张的价。狗算了一张，活卖给皮店掌柜了。

回来后父亲物色了一条小黄狗。我们都很喜欢这条狗，胖乎乎的，却非常机灵活泼。父亲一抱回来便给它剪了耳朵，剪成三角，像狼耳朵一样直立着。不然它的耳朵耷拉下来会影响听觉。

过了一个多月，我们都快把那条杂毛黑狗忘了。一天傍晚，我们正吃晚饭，它突然出现在院门口，瘦得皮包骨头，也不进来，嘴对着院门可怜地哭叫着。我们叫了几声，它才走进来，一头钻进父亲的腿中间，两只前爪抱住父亲的脚，汪汪地叫个不停。叫得人难受。母亲盛了一碗揪片子，倒在盆里给它吃。它已经饿得站立不稳。

从此我们家有了两条狗。黄狗稍长大些就开始欺负黑狗，它俩共用一个食盆，吃食时黑狗一向让着黄狗，到后来黄狗变得霸道，经常咬开黑狗，自己独吞。黑狗只有委琐地站在一旁，等黄狗走开了，吃点剩食，用舌把食盆舔得干干净净。家里只有一个狗窝，被黄狗占了，黑狗夜夜躺在草垛上。进来生人，全是黄狗迎上去咬，没黑狗的份儿。一次院子里来了条野狗，和黄狗咬在一起，黑狗凑上去帮忙，没想到黄狗放开正咬着的野狗，回头反咬了黑狗一口。黑狗哭叫着跑开，黄狗才又和野狗死咬在一起，直到把野狗咬败，逃出院子。

后来我们在院墙边的榆树下面给黑狗另搭了一个窝。喂食时也用一个破铁锹头盛着另给它吃。从那时起黑狗很少出窝。有时我们都把它忘记了，一连几天想不起它。夜里只听见黄狗的吠叫声。黑狗已经不再出声。这样过了两年，也许是三年，黑狗死掉了。死在了窝里。父亲说它老死了。我那时不知道怎样的死是老死。我想它是饿死的，或者寂寞死的。它常不出来，我们一忙起来有时也忘了给它喂食。

直到现在我都无法完全体味那条黑狗的晚年心境。我对它的死，尤其是临死前那两年的生活有一种难言的陌生。我想，到我老的时候，我会慢慢知道老是怎么回事，我会离一条老狗的生命更近一些，就像它临死前偶尔的一个黄昏，黑狗和我们同在一个墙根晒最后的太阳，黑狗卧在中间，我们坐在它旁边，背靠着墙。与它享受过同一缕阳光的我们，最后，也会一个一个地领受到同它一样的衰老与死亡。可是,无论怎样,我可能都不会知道我真正想知道的——对于它,一条在我们身边长大老死的黑狗,在它的眼睛里,我们一家人的生活是怎样一种情景,我们就这样活着有意思吗。

最后一只猫

我们家的最后一只猫也是纯黑的,样子和以前几只没啥区别,只是更懒,懒得捉老鼠不说,还偷吃饭菜馍馍。一家人都讨厌它。小时候它最爱跳到人怀里让人抚摸,小妹燕子整天抱着它玩。它是小妹有数的几件玩具中的一个,摆家家时当玩具将它摆放在一个地方,它便一动不动,眼睛跟着小妹转来转去,直到它被摆放到另一个地方,还是很听话地卧在那里。

后来小妹长大了没了玩兴,黑猫也变得不听话,有时一跃跳到谁怀里,马上被一把拨拉下去,在地上挡脚了,也会不轻不重挨上一下。我们似乎对它失去了耐心,那段日子家里正好出了几件让人烦心的事。我已记不清是些什么事。反正,有段日子生活对我们不好,我们也没更多的心力去关照家畜们。似乎我们成了一个周转站,生活对我们好一点,我们给身边事物的关爱就会多一点。我们没能像积蓄粮食一样在心中积攒足够的爱与善意,以便生活中没这些东西时,我们仍能节俭地给予。那些年月我们一直都没积蓄下足够的粮食。贫穷太漫长了。

黑猫在家里待得无趣,便常出去,有时在院墙上跑来跑去,还爬到树上捉鸟,却从未见捉到一只。它捉鸟时那副认真劲让人好笑,身子贴着树干,极轻极缓地往上爬,连气都不出。可是,不管它的动作多轻巧无声,总是爬到离鸟一米多远处,鸟便噗地飞走了。黑猫朝天上望一阵,无奈地跳下树来。

以后它便不常回家了。我们不知道它在外面干些啥,村里几户人家夜里丢了鸡,有人看见是我们家黑猫吃的,到家里来找猫。

它已经几个月没回家,早变成野猫了。父亲说。

野了也是你们家的。你要这么推辞,下次碰见了我可要往死里打。来人气哼哼地走了。

我们家的鸡却一只没丢过。黑猫也没再露面,我们以为它已经被人打死了。

又过了几个月,秋收刚结束,一天夜里,我听见猫在房顶上叫,不停地叫。还听见猫在房上来回跑动。我披了件衣服出去,叫了一声,见黑猫站在房檐上,头探下来对着我直叫。我不知道出了啥事,它急声急气地要告诉我什么。我喊了几声,想让它下来。它不下来,只对着我叫。我有点冷,进屋睡觉去了。

钻进被窝我又听见猫叫了一阵,嗓子哑哑的。接着猫的脚步声踩过房顶,然后听见它跳到房边的草堆上,再没有声音了。

第二年,也是秋天,我在南梁地上割苞谷秆。十几天前就已掰完苞米,今年比去年少收了两马车棒子,我们有点生气,就把那片苞谷秆扔在南梁上半个月没去理识。

别人家的苞谷秆早砍回来码上草垛。地里已开始放牲口。我们也觉得没理由跟苞谷秆过不去。它们已经枯死。掰完棒子的苞谷秆,就像一群衣衫破烂的穷叫花子站在秋风里。

不论收多收少,秋天的田野都叫人有种莫名的伤心,仿佛看见多少年后的自己,枯枯抖抖站在秋风里。多少个秋天的收获之后,人成了自己的最后一茬作物。

一个动物在苞谷地迅跑,带响一片苞谷叶。我直起身,以为是一条狗或一只狐狸,提着镰刀悄悄等候它跑近。

它在距我四五米处蹿出苞谷地。是一只黑猫。我喊了一声,它停住,回头望着我。是我们家那只黑猫,它也认出我了,转过身朝我走了两步,又犹疑地停住。我叫了几声,想让它过来。它只是望着我,咪咪地叫。我走到马车旁,从布包里取出馍馍,掰了一块扔给黑猫,它本能地前扑了一步,两只前爪抱住馍馍,用嘴啃了一小块,又抬头望我。我叫着它朝前走了两步,它警觉地后退了三步,像是猜出我要抓住它。我再朝它走,它仍退。相距三四步时,猫突然做出一副很厉害的表情,喵喵尖叫两声,一转身蹿进苞谷地跑了。

这时我才意识到提在手中的镰刀。黑猫刚才一直盯着我的手,它显然不信任我了。钻进苞谷地的一瞬我发现它的一条后腿有点瘸。肯定被人打的。这次相遇使它对我们最后的一点信任都没有了。从此它将成为一只死心塌地的野猫,越来越远地离开这个村子。它知道它在村里干的那些事。村里人不会饶它。

两窝蚂蚁

冬天，每隔一段时间——差不多有半个月，蚂蚁就会出来找食吃，排成一长队，在墙壁炕沿上走，有前去的，有回来的，急急忙忙，全阴得皮肤发黄，不像夏天的蚂蚁，油黑油黑。蚂蚁很少在地上乱跑，怕人不小心踩死它们。也很少一两只单独跑出来。

我们家屋子里有两窝蚂蚁，一窝是小黑蚂蚁，住在厨房锅头旁的地下。一窝大黄蚂蚁，住在靠炕沿的东墙根。蚂蚁怕冷，所以把洞筑在暖和处，紧挨着土炕和炉子，我们做饭烧炕时，顺便把蚂蚁窝也煨热了。

通常蚂蚁在天亮后出来找食吃。那时母亲已经起来把死灭的炉火重新架着。屋子里烟气弥漫。我们全钻在被窝里，只露出头。有的睁眼直望着房顶。有的半眯着眼睛。早睡醒了，谁都不愿起。整个冬天我们没有一点事情，想睡到什么时候就睡到什么时候。直到炉火和从窗户照进的刺眼阳光，使屋子重又变得暖洋洋，才会有人坐起来，偎着被子，再愣会儿神。

蚂蚁一出洞，母亲便在蚂蚁窝旁撒一把麸皮。收成好的年成会撒两把。有一年我们储备的冬粮不足，连麸皮都不敢喂牲口，留着缺粮时人调剂着吃。冬天蚂蚁出来过五次。每次母亲只抓一小撮麸皮撒在洞口。最后一次，母亲再舍不得把麸皮给蚂蚁吃。家里仅剩的半麻袋细粮被父亲扎死袋口，留作春天下地干活时吃。我们整日煮洋芋疙瘩充饥。那一次，蚂蚁从天亮出洞，有上百只，绕着墙根转了一圈又一圈，一直到天快黑时，拖着几小片洋芋皮进洞去了。

蚂蚁发现麸皮便会一拥而上，拖着、背着、几个抬着往洞里搬。跑远的蚂蚁被喊回来。在墙上的蚂蚁一蹦子跳下来。只一会儿工夫，蚂蚁和麸皮便一同消失得一干二净。蚂蚁有了吃的，便把洞口封死，很长时间不出来打搅人。

蚂蚁的洞一般从墙外通到房内，天一热蚂蚁全到屋外觅食，房子里几乎见不到一只。

我喜欢那窝小黑蚂蚁，针尖那么小的身子，走半天也走不了几尺。我早晨出门前看见一只从后墙根朝前墙这边走，下午我回来看见它还在半道上，慢悠悠地移动着身子，一点不急。似乎它已做好了长途跋涉的打算，今晚就在前面一点儿的地方过夜，第二天，太阳不太高时走到前墙根。天黑前争取爬过门槛，走到厨房与卧房的门口处。第二天再进卧房。不过，它要爬过卧房的门槛就得费很大工夫，先要爬上两层土块，再翻过一拃高的木门槛，还得赶早点，趁我们没起来之前翻过来。厨房没有窗户，天窗也盖得很死，即使白天门口处也很暗，我们一走动起来就难说不踩着蚂蚁。卧房比厨房大许多，从山墙经过窗户到东墙根，至少是蚂蚁两天的路程。到第五天，蚂蚁才会从东墙根往炕沿处走,经过我们家唯一的柜子。这段最好走夜路,因为是那窝大黄蚂蚁的领地,会很危险。从东边炕头往西边炕头绕回时也是两天的路,最好也晚上走,沿着炕沿,经过打着鼾声的父亲的头、母亲的头、小弟权娃的头和小妹燕子的头,爬到我的头顶时已是另一个夜晚了。这样,小蚂蚁在我们家屋内绕一圈大概用十天的时间,等它回到窝里时,那个蚂蚁世界是否已几经变故,老蚂蚁死了,小蚂蚁出生,它们会不会还认识它呢。

小黑蚂蚁不咬人。偶尔爬到人身上,好一阵才觉出一点点痒。大黄蚂蚁也不咬人,但我不太喜欢。它们到处乱跑,且跑得飞快,让人不放心。不像小黑蚂蚁,出来排着整整齐齐的队,要到哪就径直到哪。大黄蚂蚁也排队,但队形乱糟糟。好像它们的头管得不严,好像每只蚂蚁都有自己的想法。

有一年春天,我想把这窝黄蚂蚁赶走。我想了一个绝好的办法。那时蚂蚁已经把屋内的洞口封住,打开墙外的洞口,在外面活动了。我端了半盆麸皮,从我们家东墙根的蚂蚁洞口处,一点一点往前撒,撒在地上的麸皮像一根细细的黄线,绕过林带、柴垛,穿过一片长着矮草的平地,再翻过一个坑(李家盖房子时挖的),一直伸到李家西墙根。我把撒剩的小半盆麸皮全倒在李家墙根,上面撒一把土盖住。然后一趟子跑回来,观察蚂蚁的动静。

先是一只洞口处闲游的蚂蚁发现了麸皮。咬住一块拖了一下,扔下又咬另一块。当它发现有好多麸皮后,突然转身朝洞口跑去。我发现它在洞口处停顿了一下,好像探头朝洞里喊了一声，里面好像没听见，它一头钻进去，不到两秒钟，大批蚂蚁像一股黄水涌了出来。

蚂蚁出洞后，一部分忙着往洞里搬近处的麸皮，一部分顺着我撒的线往前跑。有一个先头兵，速度非常快，跑一截子，对一粒麸皮咬一口，扔下再往前跑，好像给后面的蚂蚁做记号。我一直跟着这只蚂蚁绕过林带、柴垛，穿过那片长草的平地，再翻过那个坑，到了李家西墙根，蚂蚁发现墙根的一大堆麸皮后，几乎疯狂。它抬起两个前肢，高举着跳几个蹦子，肯定还喊出了什么，但我听不见。它跑了那么远的路，似乎一点不累，飞快地绕麸皮堆转了一圈，又爬到堆顶上。往上爬时还踩翻一块麸皮，栽了一跟头。但它很快翻过身来，向这边跑几步，又朝那边跑几步，看样子像是在伸长膀子量这堆麸皮到底有多大体积。

做完这一切，它连滚带爬从麸皮堆上下来，沿来路飞快地往回跑。没跑多远，碰到两只随后赶来的蚂蚁，见面一碰头，一只立马转头往回跑，另一只朝麸皮堆的方向跑去。往回跑的刚绕过柴垛，大批蚂蚁已沿这条线源源不断赶来了，仍看见有往回飞跑的。只是我已经分不清刚才发现麸皮堆的那只这会儿跑到哪去了。我返回到蚂蚁洞口时，看见一股更粗的黄泉水正从洞口涌出来，沿我撒的那一溜黄色麸皮浩浩荡荡地朝李家墙根奔流而去。

我转身进屋拿了把铁锨，当我觉得洞里的蚂蚁已出来得差不多，大部分蚂蚁已经绕过柴垛快走到李家墙根了，我便果断地动手，在蚂蚁的来路上挖了一个一米多长、二十公分宽的深槽子。我刚挖好，一大群嘴里衔着麸皮的蚂蚁已翻过那个大坑涌到跟前，看见断了的路都慌乱起来。有几个，像试探着要跳过来，结果掉进沟里，摔得好一阵才爬起来，叼起麸皮又要沿沟壁爬上来，那是不可能的，我挖的沟槽下边宽上边窄，蚂蚁爬不了多高就原掉下去。

而在另一边，迟缓赶来的一小部分蚂蚁也涌到沟沿上，两伙蚂蚁隔着沟相互挥手、跳蹦子。

怎么啦。

怎么回事。

我好像听见它们喊叫。

我知道蚂蚁是聪明动物。慌乱一阵后就会自动安静下来，处理好遇到的麻烦事情。以它们的聪明，肯定会想到在这堆麸皮下面重打一个洞，筑一个新窝，窝里造一个能盛下这堆麸皮的大粮仓。因为回去的路已经断了，况且家又那么远，回家的时间足够建一个新家了。就像我们村有几户人，在野地打了粮食，懒得拉回来，就盖一间房子，住下来就地吃掉。李家墙根的地不太硬，打起洞来也不费劲。

蚂蚁如果这样去做我就成功了。

我已经看见一部分蚂蚁叼着麸皮原回到李家墙根，好像商量着就按我的思路行动了。这时天不知不觉黑了，我才发现自己跟这窝蚂蚁耗了大半天。我已经看不清地上的蚂蚁。况且，李家老二早就开始怀疑我，不住地朝这边望。他不清楚我在干什么。但他知道我不会干好事。我咳嗽了两声，装得啥事没有，踢着地上的草，绕过柴垛回到院子。

第二天一大早，我出来发现那堆麸皮不见了，一粒也没有了。从李家墙根开始，一条细细的、踩得光光的蚂蚁路，穿过大土坑，通到我挖的沟槽边，沿沟边向北伸了一米多，到没沟的地方，又从对面折回来，再穿过草滩、绕过柴垛和林带，一直通到我们家墙根的蚂蚁洞口。

一只蚂蚁都没看见。

我的树

村子周围剩下有数的几棵大榆树,孤零零的,一棵远望着一棵,全歪歪扭扭,直爽点的树早都让人砍光了。

走南梁坡的路经过两棵大榆树。以前路是直的,为了能从榆树底下走过,路弯曲了两次,多出几里。但走路的人乐意。夏天人们最爱坐在榆树下乘凉,坐着坐着一歪身睡着。树干上爬满了红蚂蚁,枝叶上吊着黑蜘蛛。树梢上有鸟窝,四五个或七八个,像一只只粗陶大碗朝天举着。有时鸟聒醒人,看见一条蛇爬到树上偷鸟蛋吃,鸟没办法对付,只是乱叫。叫也没用,蛇还是往上爬,把头伸进鸟窝里。鸟其实可以想办法对付,飞到几十米高处,屁股对准蛇头,下一个蛋下来,准能把蛇打昏过去。

有些树枝上拴着红红绿绿的布条和绳头,那是人做的标记。谁拴了这个树枝就是谁的,等它稍长粗些好赖成个材料时便被人砍去。也往往等不到成材被人砍去。

村里早就规定了这些树不准砍。但没规定树枝也不许砍。也没规定死树不许砍。人想砍哪棵树时总先想办法把树整死。

人有许多整树的办法,砍光树枝是其中一种。树被砍得光秃秃时,便没脸面活下去。

树也有许多办法往下活。我见过靠仅剩的一根斜枝缀着星星点点几片绿叶活过夏天的一棵大榆树,根被掏空像只多腿的怪兽立在沙梁上一年一年长出新叶的一棵胡杨树,被风刮倒躺在地上活了许多年的一棵沙枣树。我不知道树为啥要委屈地活着,我知道实在活不下去了,树就会死掉。死掉是树最后的一种活法。

我经常去东边河湾里那棵大榆树下玩,它是我的树,尽管我没用布条和绳头拴它。树的半腰处有一根和地平行的横枝,直直地指着村子。那次我在河湾放牛,爬到树上玩,大中午牛吃饱了卧在树下刍草。我脸贴着树皮,顺着那个横枝望过去,竟端端地望见我们家房顶的烟囱和滚滚涌出的一股子炊烟。

以后我在河湾放牛经常趴在那个枝杈上望。整个晌午我们家烟囱孤零零的,像一截枯树桩。这时家里没人,院门朝外扣着。到了中午烟囱会冒一阵子烟,那时家里人大都回去了,院子里很热闹,鸡和猪吵叫着要食吃,狗也围着人转,眼睛盯着锅和碗。烟熄时家里人开始吃饭。我带着水壶和馍馍,一直到天黑才赶牛回去。

夜里我常看见那棵树,一闭眼它就会出现,样子怪怪地黑站在河湾,一只手臂直端端指着我们家房子——看,就是那户人家,房顶上码着木头的那户人家。它在指给谁看。谁一直在看着我们家,看见什么了。我独自地害怕着。

那根枝杈后来被张耘家砍走了,担在他们家羊圈棚上,大头朝南小头朝北做了椽子。他们砍它时我正在河湾边的胡麻地割草,听见咚咚的砍树声,我提着镰刀站在埝子上,看见那棵树下停着牛车,一个人站在车上。看不清树上抡着斧头的那个人。

我想跑过去,却挪不动脚步,像一棵树一样呆立在那里。

我是那棵树(我已经是那棵树),我会看见我朝西的那个枝杈,正被砍断,我会疼痛得叫出声,浑身颤动,我会绝望地看着它掉落地上,被人抬上车拉走。

从此我会一年一年地,用树上那个伤心的疤口望着西边的村子。

我会不住地流泪。

我再没有一根伸向西边的树枝。它在多少年里一直端端地指着一户人家的烟囱,那烟囱在夜里端端地指着天上的一颗星星。那屋里的男孩,夜夜梦见自己在村庄上头飘,像羽毛一样,树叶一样。有时他迷失了,飘落在那棵树上,树用朝西的一个枝,指给他看自己家的房顶,看那截黑黑的烟囱。

那些鸟会认人

我们搬走了,那窝老鼠还要生活下去,偷吃冯三的粮食。鸟会落在剩下的几棵树上。更多的鸟会落到别人家树上。也许全挤在我们砍剩的那几棵树上,叽叽喳喳一阵乱叫。鸟不知道院子里发生了啥事。但它们知道那些树不见了。筑着它们鸟窝的那些树枝乱扔在地上,精心搭筑的鸟窝和窝里的全部生活像一碗饭扣翻在地上。

冯三一个人在屋里听鸟叫。我们没有把鸟叫算成钱卖给冯三。我们带不走那些鸟。带不走筑着鸟窝的树枝。那些枝繁叶茂的树砍倒后,我们只拿走主干。其余的全扔在地上。我们经营了多少年才让成群的鸟落到院子,一早一晚,鸟的叫声像绵密细雨洒进粗糙的牛哞驴鸣里。那些鸟是我们家的。我们一家十六只耳朵听鸟叫。冯三一个人,眼睛不好使,耳朵也有些背。从此那些鸟将没人听地叫下去,都叫些什么我们再不会知道。

大多是麻雀在叫。麻雀的口音与我们相近,一听就是很近的乡邻。树一房高时它们在树梢上筑巢,好像有点害怕我们,把巢藏在叶子中间,以为我们看不见。后来树一年年长高,鸟巢便被举到高处，都高过房顶又一房高了，可能鸟觉得太高了，下到地上啄食不方便，又往下挪了几个树枝，也不遮遮掩掩了。

夏天经常有身上没毛的小鸟从树上掉下来，像我们小时候从炕上掉下来一样，扯着嗓子直叫。大鸟也在一旁叫，它没办法把小鸟弄到窝里去，眼睁睁看着叫猫吃掉，叫一群蚂蚁活活拖走。碰巧被我们收工放学回来看见了，赶快捡起来，仰起头瞅准了是哪个窝里掉下来的，爬上树给放回去。

爬树都是我的事，四弟也很能爬树，上得比我还高。不过我们很少上到树上去惹鸟。鸟跟我们吵过好几架，有点怕惹它们了。一次是我上去送一只小鸟，爬到那个高过房顶的横枝上。窝里有八只鸟蛋的时候我偷偷上来过一次，蛋放在手心玩了好一阵又原放进去。这次窝里伸出七八只小头，全对着我叫。头上一大群鸟在尖叫。鸟以为我要毁它的窝伤它的孩子，一会儿扑啦啦落在头顶树枝上，边叫边用雨点般的鸟粪袭击我。一会儿落到院墙上，对着我们家门窗直叫，嗓子都直了，叫出血了。那声音听上去就是在骂人。母亲烦了，出门朝树上喊一声：快下来，再别惹鸟了。

另一次是风把晾在绳上的红被单刮到树梢，正好蒙在一个鸟巢上，四弟拿一根木棍上去取，惹得鸟大叫了一晌午。

还有一次，一只鹞子落在树上，鸟全惊飞到房顶和羊圈棚上乱叫。狗也对着树上叫。鸡和羊也望着树上。我们走出屋子，见一只灰色大鸟站在树杈上。父亲说是鹞子，专吃鸽子和鸟，我捡了块土块扔过去，它飞走了。

除了麻雀，有时房檐会落两只喜鹊，树梢站一只猫头鹰，还有声音清脆的黄雀时时飞来。它们从不在我们家树上筑巢。

好像也从不把黄沙梁当家。它们往别处去，飞累了落在树枝上歇会儿脚，对着院子里的人和牲畜叫几声。

"那堆苞谷赶紧收进去，要下雨啦。"

"镰刀用完了就挂到墙上。锨立在墙角，别满院子乱扔。"

我觉得它们像一些巡逻官，高高在上训我们，只是话音像唱歌一样好听。趁人不注意飞下来叼一口食，又远远飞走。飞出院子飞过村子，再几年都见不到。

"那些麻雀会认人呢。"我对父亲说。昨天我在南梁坡割草，一只麻雀老围着我叫，我以为它想偷吃我背包里的馍馍。我低头割草，它就落在前面的草枝上对着我叫，我捆草时它又落到地上对着我叫。后来我才发现是我们家树上的一只鸟，左爪内侧有一小撮白毛，在院子里胆子特别大，敢走到人脚边觅食吃，所以我认下了。刚才我又看见了它，站在白母羊背上捡草籽吃。

鸟就是认人呢。大哥也说，那天他到野滩打柴，就看见我们家树上的几只鸟。也不知道它们跑那么远去干啥，是跟着牛车去的，还是在滩里碰上了。它们一直围着牛转，叽叽喳喳，像对人说话。大哥装好柴后它们落到柴车上，四只并排站在一根柴火上，一直乘着牛车回到家。

逃跑的马

我跟马没有长久贴身的接触,甚至没有骑马从一个村庄到另一个村庄这样简单的经历。顶多是牵一头驴穿过浩浩荡荡的马群,或者坐在牛背上,看骑马人从身边飞驰而过,扬起一片尘土。

我没有太要紧的事,不需要快马加鞭去办理。牛和驴的性情刚好适合我——慢悠悠的。那时要紧的事远未来到我的生活里,我也不着急。要去的地方永远不动地待在那里,不会因为我晚到几天或几年而消失。要做的事情早几天晚几天去做都一回事,甚至不做也没什么。我还处在人生的闲散时期,许多事情还没迫在眉睫。也许有些活我晚到几步被别人干掉了,正好省得我动手。有些东西我迟来一会儿便不属于我了,我也不在乎。许多年之后你再看,骑快马飞奔的人和坐在牛背上慢悠悠赶路的人,一样老态龙钟回到村庄里,他们衰老的速度是一样的。时间才不管谁跑得多快多慢呢。

但马的身影一直浮游在我身旁,马蹄声常年在村里村外的土路上踏响,我不能回避它们。甚至天真地想,马跑得那么快,一定先我到达了一些地方。骑马人一定把我今后的去处早早游荡了一遍。因为不骑马,我一生的路上必定印满先行的马蹄印儿,撒满金黄的马粪蛋儿。

直到后来,我徒步追上并超过许多匹马之后,才打消了这种想法——曾经从我身边飞驰而过扬起一片尘土的那些马,最终都没有比我走得更远。在我还继续前行的时候,它们已变成一架架骨头堆在路边。只是骑手跑掉了。在马的骨架旁,除了干枯得像骨头一样的胡杨树干,我没找到骑手的半根骨头。骑手总会想办法埋掉自己,无论深埋黄土还是远埋在草莽和人群中。

在远离村庄的路上,我时常会遇到一堆一堆的马骨。马到底碰到了怎样沉重的事情,使它如此强健的躯体承受不了,如此快捷有力的四蹄逃脱不了。这些高大健壮的生命在我们身边倒下,留下堆堆白骨。我们这些矮小的生命还活着,我们能走多远。

我相信累死一匹马的,不是骑手,不是常年的奔波和劳累,对马的一生来说,这些东西微不足道。

马肯定有它自己的事情。

马来到世上,肯定不仅仅是给人拉车当坐骑。

村里的韩三告诉我,一次他赶着马车去沙门子,给一个亲戚送麦种子。半路上马车陷进泥潭,死活拉不出来,他只好回去找人借牲口帮忙。可是,等他带着人马赶来时,马已经把车拉出来走了,走得没影了。他追到沙门子,那里的人说,晌看见一辆马车拉着几麻袋东西，穿过村子向西去了。

韩三又朝西追了几十公里，到虚土庄子，村里人说半下午时看见一辆马车绕过村子向北边去了。

韩三说他再没有追下去，他因此断定马是没有目标的东西，它只顾自己往前走，好像它的事比人更重要，竟然可以把人家等着下种的一车麦种拉着漫无边际地走下去。韩三是有生活目标的人，要到哪就到哪。说干啥就干啥。他不会没完没了地跟着一辆马车追下去。

韩三说完就去忙他的事了。以后很多年间，我都替韩三想着这辆跑掉的马车。它到底跑到哪去了。我打问过从每一条远路上走来的人，他们或者摇头，或者说，要真有一辆没人要的马车，他们会赶着回来的，这等便宜事他们不会白白放过。

我想，这匹马已经离开道路，朝它自己的方向走了。我还一直想在路上找到它。

但它不会摆脱车和套具。套具是用马皮做的，皮比骨肉更耐久结实。一匹马不会熬到套具朽去。

而车上的麦种早过了播种期，在一场一场的雨中发芽、霉烂。车轮和辕木也会超过期限，一天天地腐烂。只有马不会停下来。

这是唯一跑掉的一匹马。我们没有追上它，说明它把骨头扔在了我们尚未到达的某个远地。马既然要逃跑，肯定有什么东西在追它。那是我们看不到的、马命中的死敌。马逃不过它。

我想起了另一匹马，拴在一户人家草棚里的一匹马。我看到它时，它已奄奄一息，老得不成样子。显然它不是拴在草棚里老掉的，而是老了以后被人拴在草棚里的。人总是对自己不放心，明知这匹马老了，再走不到哪里，却还把它拴起来，让它在最后的关头束手就擒，放弃跟命运较劲。

我撕了一把草送到马嘴边，马只看了一眼，又把头扭过去。我知道它已经嚼不动这一口草。马的力气穿透多少年，终于变得微弱黯然。曾经驮几百斤东西，跑几十里路不出汗不喘口粗气的一匹马，现在却连一口草都嚼不动。

"一麻袋麦子谁都有背不动的时候。谁都有老掉牙啃不动骨头的时候。"

我想起父亲告诫我的话。

好像也是在说给一匹马。

马老得走不动时，或许才会明白世上的许多事情，才会知道世上许多路该如何去走。马无法把一生的经验传授给另一匹马。马老了之后也许跟人一样，它一辈子没干成什么大事，只犯了许多错误，于是它把自己的错误看得珍贵无比，总希望别的马能从它身上吸取点教训。可是，那些年轻的活蹦乱跳的儿马，从来不懂得恭恭敬敬向一匹老马请教。它们有的是精力和时间去走错路，老马不也是这样走到老的吗？

马和人常常为了同一件事情活一辈子。在长年累月、人马共操劳的活计中，马和人同时衰老了。我时常看到一个老人牵一匹马穿过村庄回到家里。人大概老得已经上不去马，马也老得再驮不动人。人马一前一后，走在下午的昏黄时光里。

在这漫长的一生中，人和马付出了一样沉重的劳动。人使唤马拉车、赶路，马也使唤人给自己饮水、喂草加料、清理圈里的马粪。有时还带着马去找畜医看病，像照管自己的父亲一样热心。堆在人一生中的事情，一样堆在马的一生中。人只知道马帮自己干了一辈子活，却不知道人也帮马操劳了一辈子。只是活到最后，人可以把一匹老马的肉吃掉，皮子卖掉。马却不能对人这样。

一个冬天的夜晚，我和村里的几个人，在远离村庄的野地，围坐在一群马身旁，煮一匹老马的骨头。我们喝着酒，不断地添着柴火。我们想，马越老，骨头里就越能熬出东西。更多的马静静站立在四周，用眼睛看着我们。火光映红了一大片夜空。马站在暗处，眼睛闪着蓝光。马一定看清了我们，看清了人。而我们一点都不知道马在想些什么。

马从不对人说一句话。

我们对马的唯一理解方式是：不断地把马肉吃到肚子里，把马奶喝到肚子里，把马皮穿在脚上。久而久之，隐隐就会有一匹马在身体中跑动。有一种异样的激情纵动着人，变得像马一样不安、骚动。而最终，却只能用马肉给我们以体力和激情，干点人的事情，撒点人的野和牢骚。

我们用心理解不了的东西，就这样用胃消化掉了。

但我们确实不懂马啊。

记得那一年在野地，我把干草垛起来，我站在风中，更远的风里一大群马，石头一样静立着，一动不动。它们不看我，马头朝南，齐望着我看不到的一个远处。根本没在意我这个割草人的存在。

我停住手中的活，那样长久地羡慕地看着它们，身体中突然产生一股前所未有的激情。我想嘶，想奔，想把镰刀扔了，双手落到地上,撒着欢子跑到马群中去,昂起头,看看马眼中的明天和远方。我感到我的喉管里埋着一千匹马的嘶鸣,四肢涌动着一万只马蹄的奔腾声。而我,只是低下头,轻轻叹息了一声。

我没养过一匹马,不像村里有些人,自己不养马喜欢偷别人的马骑。晚上趁黑把别人的马拉出来骑上一夜,到远处办完自己的事,天亮前把马原拴回圈里。第二天主人骑马去奔一件急事,马却死活跑不起来。马不把昨晚的事告诉主人。马知道自己能跑多远的路,不论给谁跑,马把一生的路跑完便不跑了。人把马鞭抽得再响也没用。

马从来就不属于谁。

别以为一匹马在你胯下奔跑了多少年,这马就是你的。在马眼里,你不过是被它驮运的一件东西。或许马早把你当成了自己的一个器官,高高地安置在马背上,替它看路,拉缰绳,有时下来给它喂草、梳毛、修理蹄子。交配时帮它扶扶马锤子。马不像人,母马也不如女人那般温顺。马全靠感觉、凭天性。人在一旁看得着急,忍不住帮马一把。马正好一用劲,事成了。人在一旁傻傻地替马笑两声。

其实马压根不需要人。人的最大毛病,是爱以自己的习好度量他物。人习惯了自己的,便认定马也需要这样。人只会扫马的兴,多管闲事。

也许,没有骑快马奔一段路,真是件遗憾的事。许多年后,有些东西终于从背后渐渐地追上我。那都是些要命的东西,我年轻时不把它们当回事,也不为自己着急。有一天一回头,发现它们已近在咫尺。这时我才明白了以往年月中那些不停奔跑的马,以及骑马奔跑的人。马并不是被人鞭催着在跑,不是。马在自己奔逃。马一生下来便开始了奔逃。人只是在借助马的速度摆脱人命中的厄运。

而人和马奔逃的方向是否真的一致呢?也许人的逃生之路正是马的奔死之途,也许马生还时人已经死归。

反正,我没骑马奔跑过。我保持着自己的速度。一些年月人们一窝蜂朝某个地方飞奔,我远远地落在后面,像是被遗弃。另一些年月人们回过头,朝相反的方向奔跑,我仍旧慢慢悠悠,远远地走在他们前头。我就是这样一个人。我不骑马。

狗这一辈子

一条狗能活到老，真是件不容易的事。太厉害不行，太懦弱不行，不解人意、善解人意了均不行。总之，稍一马虎便会被人剥了皮炖了肉。狗本是看家守院的，更多时候却连自己都看守不住。

活到一把子年纪，狗命便相对安全了，倒不是狗活出了什么经验。尽管一条老狗的见识，肯定会让一个走遍天下的人吃惊。狗却不会像人，年轻时咬出点名气，老了便可坐享其成。狗一老，再无人谋它脱毛的皮，更无人敢问津它多病的肉体。这时的狗很像一位历尽沧桑的老人，世界已拿它没有办法，只好撒手，交给时间和命。

一条熬出来的狗，熬到拴它的铁链朽了，不挣而断。养它的主人也入暮年，明知这条狗再走不到哪里，就随它去吧。狗摇摇晃晃走出院门，四下里望望，是不是以前的村庄已看不清楚。狗在早年捡到过一根干骨头的沙沟梁转转，在早年恋过一条母狗的乱草滩转转，遇到早年咬过的人，远远避开，一副内疚的样子。其实人早好了伤疤忘了疼。有头脑的人大都不跟狗计较，有句俗话：狗咬了你你还去咬狗吗？与狗相咬，除了啃一嘴狗毛你又能占到啥便宜。被狗咬过的人，大都把仇记恨在主人身上，而主人又一股脑把责任全推到狗身上。一条狗随时都必须准备承受一切。

在乡下，家家门口拴一条狗，目的很明确：把门。人的门被狗把持，仿佛狗的家。来人并非找狗，却先要与狗较量一阵，等到终于见了主人，来时的心境已落了大半，想好的话语也吓得忘掉大半。狗的影子始终在眼前窜悠，答问间时闻狗吠，令来人惊魂不定。主人则可从容不迫，坐察其来意。这叫未与人来先与狗往。

有经验的主人听到狗叫，先不忙着出来，开个门缝往外瞧瞧。若是不想见的人，比如来借钱的、讨债的、寻仇的……便装个没听见。狗自然咬得更起劲。来人朝院子里喊两声，自愧不如狗的嗓门大，也就不喊了。狠狠踢一脚院门，骂声"狗日的"，走了。

若是非见不可的贵人，主人一趟子跑出来，打开狗，骂一句"瞎了狗眼了"，狗自会没趣地躲开，稍慢一步又会挨棒子。狗挨打挨骂是常有的事，一条狗若因主人错怪便赌气不咬人，睁一眼闭一眼，那它的狗命也就不长了。

一条称职的好狗，不得与其他任何一个外人混熟。在它的狗眼里，除主人之外的任何面孔都必须是陌生的、危险的。更不得与邻居家的狗相往来。需要交配时，两家狗主人自会商量好了，公母牵到一起，主人在一旁监督着。事情完了就完了。万不可藕断丝连，弄出感情，那样狗主人会妒忌。人养了狗，狗就必须把所有爱和忠诚奉献给人，而不应该给另一条狗。

狗这一辈子像梦一样飘忽，没人知道狗是带着什么使命来到人世。

人一睡着，村庄便成了狗的世界，喧嚣一天的人再无话可说。土地和人都乏了。此时狗语大作，狗的声音在夜空飘来荡去，将远远近近的村庄连在一起。那是人之外的另一种声音，飘远、神秘。莽原之上，明月之下，人们熟睡的躯体是听者，土墙和土墙的影子是听者，路是听者。年代久远的狗吠融入空气中，已经成寂静的一部分。

在这众狗猖猖的夜晚，肯定有一条老狗，默不作声。它是黑夜的一部分。它在一个村庄转悠到老，是村庄的一部分。它再无人可咬，因而也是人的一部分。这是条终于可以冥然入睡的狗，在人们久不再去的僻远路途，废弃多年的荒宅旧院，这条狗来回地走动，眼中满是人们多年前的陈事旧影。

大杨树

一、树耳

大杨树五十岁时，树心朽了，那时杨树就不想活了。一棵树心死了是什么滋味，人哪能知道，树从最里面的年轮一圈一圈往外朽、坏死。朽掉的木渣被蚂蚁搬出来，冬天风刮进树心里，透心寒。玩耍的孩子钻进树心，让空心越来越大。树一开始心疼自己朽掉的树心，后来朽得没心了，不知道心疼了。树也不想死和活的事。树活不好也没办法死，树不会走，不像人，不想活了走到河边跳进去，树在一百年里见过多少跳河的人，树也记不清。跳河的多半是男人，女人不想活了也不敢跳河，河里水急，人下去就找不见。女人寻短见的方式是跳井。大杨树旁边的院子就有一口井，树走不过去，走过去也跳不进去，跳进去也淹不死。树也不能走到公路上让车碰死。车疯跑过来碰过树，开车的人死了，树没死，碰掉一块皮。树也没法喝农药把自己药死。这些年跳河跳井的人少了，上吊的人也少了，喝农药死的人多起来。好多喝农药死的人最后都后悔了，因为农药的味道像饮料一样好喝,喝下去才知道有多难受。树上也打过农药,药死的全是虫子。多半虫子是树喜欢的,离不开的,都药死了。树闭住眼睛,半死不活地又过了几十年,有些年长没长叶子,树都忘了。

早年树上有鸟窝。住着两只黑鸟。叫声失惊倒怪的,啊啊地叫,像很夸张的诗人。树在鸟的啊啊声里长个子、生叶子,后来树停住生长了,只是活着,高处的树梢死了,有的树枝也死了,没死的树枝勉强长些叶子,不到秋天早早落光。鸟看树不行了,也早早搬家。鸟知道树一死,人就会砍倒树。

树上蚂蚁比以前多了,蚂蚁排着队,爬到树梢,翻过去,又从另一边回来。蚂蚁在树干上练习队形。蚂蚁不需要找食吃,树就是蚂蚁的食物。蚂蚁把朽了的树心吃了,耐心等着树干朽掉。蚂蚁从朽死的树根钻到地下,又从朽空的树干钻到半空中。

鸟落在树上吃蚂蚁。蚂蚁不害怕,鸟站在蚂蚁的长队旁,捡肥大的蚂蚁吃,一口叼一个,有时一口两个三个。蚂蚁管都不管,队形不乱,一个被叼走,下一个马上补上,蚂蚁知道鸟吃不光自己,蚂蚁的队伍长着呢,从树根到树梢,又从树梢连到树根,川流不息。

大杨树有三条主根,朝南的一条先死了。朝北的一条跟着死了。剩下朝西的一条根。那时候树干的多一半已经枯死,剩余的勉强活了两年也死了。朝西的树根不知道外面的树干死了。树干也不知道自己死了,还像以前一样站着,它浑身都是开裂的耳朵,却没有一只眼睛。它看不见。

有几个夏天,它听到头顶周围的树叶声,以为是自己的叶子在响。它要有一只眼睛,朝上看一下,也知道自己死了。可是,它没有眼睛,所有开裂的口子都变成耳朵。它是一棵闭住眼睛倾听的树。一百年来村里的所有声音它都听见了,却没有听到自己的死亡。树的死亡没有声音。人死了有声音。亲人在哭,人死前自己也哭。树下的杨树买买提临死前就经常在夜里哭,哭声只有大白杨树听见。哭是这个人最后能做的一点事情,他放开地哭,眼泪敞开流,泪哭干,嗓子哭哑的时候,气断了,眼睛知道气断了,惊愕地瞪了一下,闭上了。树听到那个人闭眼睛的声音,房顶塌下来一样。

树的耳朵里村子的声音一点没少,它一直以为自己还活着。直到斧头砍在身上,它的根和枝干都发出空洞的回声,树才知道自己死了,啥时候死的它不知道。树埋怨自己浑身的耳朵,一棵树长这么多耳朵有啥用,连自己的死亡都听不见。

二、斧头

长到能当椽子时,树就感到命到头了。好多和自己一起长大的树,都被砍了,树天天等着挨斧头。树长到胳膊粗那年挨过一次斧头。那是一个刮风的夜晚,有人朝它的根上砍了一斧头,可能天黑,砍偏了,只有斧刃的斜尖砍进树干,树哎哟一声,砍树的人停住了,手在树干上下摸了摸,又在旁边的树上摸了一阵,几十斧头把旁边一棵树放倒,枝叶和树梢砍掉,扛着一截木头走了。

从那时起树就心惊胆战地活着。长到檩子粗那年,村里盖库房,要选三棵能当檩条的树,几个人扛着斧头在林带里转,这棵树瞅瞅,那棵树上摸摸。开始砍了,杨树听见不远处一棵树被砍倒,接着砍挨着自己的一棵,那棵树朝自己倒过来,杨树把它抱在怀里,没抱牢,树朝一边倒过去,杨树的几个枝被它拉断。接着一个人提着斧头上下端详自己,头仰得高高,就在这时,一只鸟落到树梢,拉下一滴鸟屎,正好落在那人眼中。那人揉着眼睛转了几圈,觉得倒霉,提起斧头走向另一棵树。

躲过这一劫,树知道自己又能活些年月。树长过当橡子的程度,就只有往檩子奔了。不然二不跨五,当橡子粗当檩子细,啥材都不成。从橡子长到檩子,十几年。这期间村里好多树砍了,树天天等着人来砍它。它旁边的一棵砍倒了,就要轮到它了,不知怎么没人砍了。那一茬杨树里,它独独活下了。树记得它长到檩子粗时,树下人家的主人被人叫了大杨树买买提。自己有幸活下来,是否跟这个人有关系呢?

树不害怕死是在树长空心以后。树觉得死就在树的身体里,跟树在一起。树像抱一个孩子一样,把死亡的树心包裹着。

后来死亡越来越大,包不住了,死亡把树干撑开,蚂蚁进来了,虫子进来了,风刮进来雨淋进来。树中间变成一个空洞。死亡朝更高的树心走,走到一个断茬处,和天空走通了,那时树只剩一半活着。活着的一半,抱着死了的一半。活着的树皮每年都向死去的半个枯树干上包裹,就像母亲把衣服向怀里的孩子身上包裹。

这时树听到地下的凿空声。

大杨树朝东的主根先感到了地的震动,听到地下的挖掘声,接着朝北的主根也听到了,它们屏住气听着。下面的挖掘声让树害怕。根感到地下不稳了,东边的末梢根须感到震动就在不远处,好像几个很大的动物在打洞,听到一条凿空的洞,从树根斜下方穿过去。

树一直以为地下是安全的,树长多高,根伸多长。根是树投在地下的影子。树是根做在地上的一个梦。根能看见枝干的样子,根朝南伸展的时候,上面的一个枝也向南生长,树的样子是根设计出来的。风也改变树的样子。风把树刮歪时,根知不知道树歪了?也许不知道。人砍掉一个枝杈根肯定感到疼痛。根以为只要自己在地下扎稳了,树就没事。多少树根在地下扎稳时,树被人砍了,根留在土里。树听到根下的挖掘声时,树恐惧了。

树知道自己死去的时候,心里的所有东西,一下全放下了。

他们砍它时它数着砍伐的声音,数着数着睡着了,忽悠又醒来,未及睁眼,又滑入另一个梦里。这个更加漫长的梦里它的名字是木头,舒舒展展地躺在地上,像一个活干完的人。木头的耳朵比树多了好多倍,它依旧只会听,看不见。他听到的东西比以前更多更仔细。

三、树倒了

树在太阳偏西时被砍倒。整个白天像一棵树,缓缓朝西斜倒下去。大杨树向东倒去。

砍到剩下树心,大杨树像醉汉一样摇晃了,人都闪开。十几个人拉起拴在树上的绳子。给树选择的倒地方向是东方,那是条路，压不到东西。拉绳子的人似乎没使出多少劲，树就朝东边倒过去。

树倒了。树倒地的声音像天塌了一样，先是嘎巴巴响，树在骨折筋断声中缓缓倾斜，天空随着树倾斜，西斜的太阳也被拉回来，树倒去的方向人纷纷跑开，狗跑开，鸡和牛跑开，蚂蚁不跑，大树压不死小蚂蚁。

树倒了。咚，一声巨响。树从天空带下一场大风，地上的树叶尘土升腾起来，升到树梢高，惊愕地看着地上发生的事。孩子在树的倒地声里一阵惊呼。一群麻雀在旁边的树上尖叫。大人面无表情。树躺倒在地上，那么高的一棵树，倒在地上却不显得长。地上比它长的东西太多。路就比它长。孩子呼叫着围上去，抢折树梢上的枝条，那些他们经常仰天望见，从没有爬上去摸见的树梢，现在倒在尘土里。

树倒了。老额什丁仰头望着树刚才站立的地方，空荡荡的，大杨树把这片天空占了上百年，现在腾出来了。

树倒了。狗跑过来嗅嗅树枝上的大鸟巢，空空的，有鸟的味道。树没倒的时候，狗经常仰头看一对大鸟在树梢的巢里起落。有时夜晚的月亮停在树梢鸟巢边，像一张脸，静静望着巢里的鸟蛋，望着刚出壳的小鸟。狗对着月亮的吠叫突然停住。

树倒了。砍树时树上的鸟早就散了。鸟在天空听见树叫。树的叫声有一百个树那么高，那是一棵声音的大树，刺破天空，穿透大地。

树倒下的地方几天后死了一只鸟，眼睛出血。一只比麻雀稍大的灰鸟。艾肯说，灰鸟经常晚上在大杨树上落脚，它借以前那两只大黑鸟的巢在树上落脚。可能灰鸟晚上过来，以为树梢还在那里,脚一伸,落空了,一头栽下来摔死了。也可能鸟也老了,想落到老杨树上,看见树没了,鸟不想再往别处飞,鸟闭住眼睛,伸直腿,翅膀收起,往下落,最后重重地落在大杨树的断根上。

狗能看见人做的梦

冬天,雪封住远远近近的道路。粮食堆在仓里,劈好的烧柴码在墙根。只剩下睡觉一件事情。人在睡,牲畜也在睡。家里每个人,都可以睡到瞌睡尽头,谁也不喊谁。先醒的人看见其他人都睡着,一闭眼又睡过去。那时人会知道瞌睡尽头不一定是天亮,有时是另一个夜晚。白天有一半人做梦,白日梦把天上的云搅得不安稳。

听王五爷说,狗能看见人做的梦。狗有时在夜里无缘无故地咬,对着空荡荡的夜空叫,那是它看见了人梦中的东西。狗能帮人看家守院,并不是狗机灵。夜里人的梦把狗搅和得闭不住眼睛。狗有时在人的梦中看见自己变成狼,追咬主人。狗也有梦,只是狗被人的梦搅和得闭不住眼睛,狗更喜欢看人的梦,太有意思了,让狗都看上瘾。狗不愿人的梦中断,它知道看守好家院,人的梦就能做下去。

据说人在半夜梦醒时总能听见狗叫。那是狗在替人着急。狗看见人的梦像一个半空中的村子,朝远处飘走了,他在哪儿落地生根,狗眼睛望不了那么远。狗看人的梦跑远了,就叫,人迷迷糊糊睁开眼,听见狗叫,以为贼进院子了。人一醒来就把梦忘光,这时候院子里的一把破铁锨比梦中的金子更重要。

也许猪的梦比人更美好,有意思。猪睡得比人香,这一点谁都承认。猪做梦的时候,有人梦见猪肉的香味。每个夜晚,人的梦和猪的梦,还有牛羊马鸡的梦,像烟花一样开放在村庄上空。它们各自封闭,谁也看不见谁。

人们常说梦破了。梦确实是一个泡泡,梦见的世界都在一个泡泡里。夜晚的天空飘着大大小小的泡泡。突然,一个泡泡破了,做梦人回来,梦里的东西迅疾消失到远处。留心梦的人,醒来前一回头,都会看见一个透明的泡泡,圆的,倏忽间破了。

很少有人梦见自己在睡觉,和躺着歇息。梦中不是被人追着跑便是自己在干一件大事情。由此王五爷认为,人是被自己的梦累坏的。狗肯定也同意王五爷的话。狗看见人在梦中跑得比狗快,比起人在梦中跑的路,现实中多远的地方都显得近。

母亲早早起来生炉子了,那是我记住的冬天早晨,父亲出去给牛羊喂草。

父亲早就不在了,早早开门出去的人是谁。在我不能自己醒来的早晨,父亲早早出门走了,不知道他去了哪里,他回来时总是夜晚,在我遥远的梦中,听见他和母亲说话,甚至听见他隆隆的鼾声,醒来时家里依旧没有他的人影。

其实我们不会睡到大中午,如果鸡叫不醒我们,羊会接着叫,牛和猪会接着叫,驴和马也会大叫,它们饿了,等着我们放牧喂草。

在我们睡梦的尽头,牛哞鸡鸣,日上房顶。

辑 二

共同的家

天空的大坡

一只一只的鹞鹰到达村子。

它们从天边飞来时,地上缓缓掠过翅膀的影子。在田野放牧做活的人,看见一个个黑影在地上移动,他们的狗狂吠着追咬。有一些年,人很少往天上看,地上的活把人忙晕了。

等到人有工夫注意天上时,不断到来的翅膀已经遮住阳光。树上、墙上、烟囱上,鹰一只挨一只站着,眼睛盯着每户人家的房子,盯着每个人。

人有些慌了。村庄从来没接待过这么多鹞鹰,树枝都不够用了。鹰在每个墙头每根树枝上留下爪印。

鹰飞走后那些压弯的树枝弹起来,翅膀一样朝天空扇动。树干嘎巴巴响。

树仿佛从那一刻起开始朝天上飞翔。它的根,朝黑黑的大地深处飞翔。

人们只看见树叶一年年地飞走。一年又一年,叶子到达远方。鹰可能是人没见过的一棵远方大树上的叶子。展开翅膀的树回来。永远回来。没飘走的叶子在树荫下的黑土中越落越深,到达自己的根。

鹰从高远天空往下飞时,人们看见了天空的大坡。

原来我们住在一座天空的大坡下。那些从高空滑落的翅膀留下一条路。

鹰到达村子时,贴着人头顶飞过。鹰落在自己柔软的影子上。鹰爪从不沾地。鹰在天上飞翔时,影子一直在地上替它找落脚处。

刘二爷说,人在地上行走时,有一个影子也在高远天空的深处移动。在那里,我们的影子看见的,是一具茫茫虚土中飘浮的劳忙身体。它一直在那里替他寻找归宿。我们被尘土中的事物拖累的头,很少能仰起来,看见它。

我们在一座天空的大坡下,停住。盖房子,生儿育女。

我们的羊永远啃不到那个坡上的青草。在被它踩虚又踏实的土里,羊看见草根深处的自己。

我们的粮食在地尽头,朝天汹涌而去。

那些粮食的影子,在天空中一茬茬地被我们的影子收割。

我们的魂最终飞到天上自己的光影中。在那里,一切早已安置停当。

鹰飞过村庄后,没有留下一片羽毛,连一点鸟粪都没留下。仿佛一个梦。人们望着空荡荡的村庄,似乎飞走的不是鹰而是自己。

从那时起村里人开始注意天空。地上的事变得不太重要了。一群远去的鹞鹰把翅膀的影子留在了人的眼睛里。留下一座天空的大坡，渐渐地，我们能看见那座坡上的粮食和花朵。

刘二爷说，可能鹰在漫长的梦游中看见了我们的村庄。看见可以落脚的树枝和墙。看见人在尘土中扑打四肢的模样，跟它们折断了翅膀一样。

他们啥时候才能飞走啊。鹰着急地想。

可能像人老梦见自己在天上飞，鹰梦见的或许总是奔跑在地上的自己，笨拙、无力，带钩的双爪沾满泥，羽毛落满草叶尘土。

这说明，我们的村庄不仅在虚土梁上，还在一群鹞鹰的梦中。

每个村庄都由它本身和上下两个村庄组成。上面的村庄在人和经过它的一群鸟的梦中。人最终带走的是一座梦中的村庄。

下面的村庄在土中，村庄没被埋葬前地下的村庄就存在了。它像一个影子在深土中静候。我们在另一些梦中看见村庄在土中的景象：一间连一间，没有尽头的房子。黑暗洞穴。它在地下的日子，远长于在地上的日子。它在天上的时光，将取决于人的梦和愿望。

到村庄真正被埋葬后，天上的村庄落到地上，梦降落到地上。那时地上的一棵草半片瓦都会让我们无限念想。

这个地方的生命也分三层。上层是鸟，中层人和牲畜，下层是蚂蚁老鼠。三个层面的生命在有月光的夜晚汇聚到中层：鸟落地，老鼠出洞，牲畜和人卧躺在地。这时在最上一层的天空飞翔的是人的梦。人在梦中飘飞到最上层，死后葬入最下一层,墓穴和蚂蚁老鼠的洞穴为邻。鸟死后坠落中层。蚂蚁和老鼠死后被同类拖拉出洞,在太阳下晒干,随风卷刮到上层的天空。在老鼠的梦中整个世界是一个大老鼠洞,牲畜和人,全是给它耕种粮食的长工。在鸟的梦中最下一层的大地是一片可以飞进去自由翱翔的无垠天空。鸟在梦中一直地往下落,穿过密密麻麻的树根,穿过纵横交错的地下河流,穿过黑云般的煤层和红云般的岩石。永远没有尽头。

风中的院门

我知道哪个路口停着牛车,哪片洼地的草一直没有人割。黄昏时夕阳一拃一拃移过村子。我知道夕阳在哪堵墙上照的时间最长。多少个下午,我在村外的田野上,看着夕阳很快地滑过一排排平整的高矮土墙,停留在那堵裂着一条斜缝、泥皮脱落的高大土墙上。我同样知道那个靠墙根晒太阳的老人她弥留世间的漫长时光。她是我奶奶。天黑前她总在那个墙根等我,她担心我走丢了,认不得黑路。可我早就知道天从哪片地里开始黑起,夜晚哪颗星星下面稍亮一些,天黑透后最黑的那一片就是村子。再晚我也能回到家里。我知道那扇院门虚掩着,刮风时院门一开一合,我站在门外,等风把门刮开。我一进去,风又很快把院门关住。

谁的影子

那时候,喜欢在秋天的下午捉蜻蜓,蜻蜓一动不动趴在向西的土墙上,也不知哪来那么多蜻蜓,一个夏天似乎只见过有数的几只,单单地,在草丛和庄稼地里飞,一转眼便飞得不见。或许秋天人们将田野里的庄稼收完草割光,蜻蜓没地方落了,都落到村子里。一到下午几乎家家户户每一堵朝西的墙壁上都趴满了蜻蜓,夕阳照着它们透明的薄翼和花色各异的细长尾巴。顺着墙根悄悄溜过去,用手一按,就捉住一只。捉住了也不怎么挣扎,一只捉走了,其他的照旧静静趴着。如果够得着,搭个梯子,把一墙的蜻蜓捉光,也没一只飞走的。好像蜻蜓对此时此刻的阳光迷恋至极,生怕一拍翅,那点暖暖的光阴就会飞逝。蜻蜓飞来飞去最终飞到夕阳里的一堵土墙上。人东奔西波最后也奔波到暮年黄昏的一截残墙根。

捉蜻蜓只是孩子们的游戏,长大长老的那些人,坐在墙根聊天或打盹,蜻蜓趴满头顶的墙壁,趴在黄旧的帽檐上,像一件精心的刺绣。人偶尔抬头看几眼,接着打盹或聊天,连落在鼻尖上的蚊子,也懒得拍赶。仿佛夕阳已短暂到无法将一个动作做完，一口气吸完。人、蜻蜓和蚊虫，在即将消失的同一缕残阳里，已无从顾及。

也是一样的黄昏，从西边田野上走来一个人，个子高高的，扛着锨，走路一摇一晃。他的脊背趴满晒太阳的蜻蜓，他不知觉。他的衣裳和帽子，都被太阳晒黄。他的后脑勺晒得有些发烫。他正从西边一个大斜坡上下来，影子在他前面，长长的，已经伸进家。他的妻子在院子里，做好了饭，看见丈夫的影子从敞开的大门伸进来，先是一个头——戴帽子的头。接着是脖子，弯起的一只胳膊和横在肩上的一把锨。她喊孩子打洗脸水："你爸的影子已经进屋了。快准备吃晚饭了。"

孩子打好水，脸盆放在地上，跑到院门口，看见父亲还在远处的田野里走着，独独的一个人，一摇一晃的。他的影子像一渠水，悠长地朝家里流淌着。

那是谁的父亲。

谁的母亲在那个门朝西开的院子里，做好了饭。谁站在门口朝外看。谁看见了他们……他停住，像风中的一片叶子停住、尘埃中的一粒土停住，茫然地停住——他认出那个院子了，认出那条影子尽头扛锨归来的人，认出挨个摆在锅台上的八只空碗，碗沿的豁口和细纹，认出铁锅里已经煮熟冒出香味的晚饭，认出靠墙坐着抽烟的大哥，往墙边抬一根木头的三弟、四弟，把木桌擦净一双一双总共摆上八双筷子的大妹梅子，一只手拉着母亲后襟嚷着吃饭的小妹燕子……

他感激地停留住。

共同的家

为一窝老鼠我们先后养过四五只猫,全是早先一只黑母猫的后代。在我的印象中猫和老鼠早就订好了协议。自从养了猫,许多年间我们家老鼠再没增多,却也始终没彻底消灭,这全是猫故意给老鼠留了生路。老鼠每天夜里牺牲掉两只供猫果腹,猫一吃饱,老鼠便太平了,满屋子闹腾,从猫眼皮底下走过,猫也懒得理识。

我们早就识破猫和老鼠的这种勾当。但也没办法,不能惩罚猫。猫打急了会跑掉,三五天不回家,还得人去找。有时在别人家屋里找见,已经不认你了。不像狗,对它再不好也不会跑到别人家去。

我们一直由着猫,给它许多年时间,去捉那窝老鼠,很少打过它。我们想,猫会慢慢把这个家当成自己家,把家里的东西当成自己的去守护。我们期望每个家畜都能把这个院子当成家,跟我们一起和和好好往下过日子。虽然,有时我们不得不把喂了两年的一头猪宰掉,把养了三年的一只羊卖掉,那都是没办法的事。

那头黑猪娃刚买来时就对我们家很不满意。母亲把它拴在后墙根,不留神它便在墙根拱一个坑,样子气哼哼的,像要把房子拱倒似的。要是个外人在我们家后墙根挖坑,我们非和他拼命不可。对这个小猪娃,却只有容忍。每次母亲都拿一个指头细的小树条,在小猪鼻梁上打两下,当着它的面把坑填平、踩瓷实。末了举起树条吓唬一句:再拱墙根打死你。

黄母牛刚买来时也常整坏家里的东西。父亲从邱老二家买它时才一岁半。父亲看上了它,它却没看上父亲,不愿到我们家来。拉着一个劲地后退,还甩头,蹄子刨地向父亲示威。好不容易牵回家,拴在槽上,又踢又叫,独自在那里耍脾气。它用角抵歪过院墙,用屁股蹭翻过牛槽,还踢伤一只白母羊,造成流产。父亲并没因此鞭打它。父亲爱惜它那身光亮的没有一丝鞭痕的皮毛。我们也喜欢它的犟劲,给它喂草饮水时逗着它玩。它一发脾气就赶紧躲开。我们有的是时间等。一个月,两个月。一年,两年。我们总会等到一头牛把我们全当成好人,把这个家认成自己家,有多大劲也再不往院墙牛槽上使,爱护家里每一样东西,容忍羊羔在它肚子下钻来钻去,鸡在它蹄子边刨虫子吃,有时飞到脊背上啄食草籽。

牛是家里的大牲畜。我们知道养乖一头牛对这个家有多大意义。家里没人时,遇到威胁其他家畜都会跑到牛跟前。羊躲到牛屁股后面,鸡钻到羊肚子底下。狗会抢先迎上去狂吠猛咬。在狗背后,牛怒瞪双眼,扬着利角,像一堵墙一样立在那里。无论进来的是一条野狗,一匹狼,还是一个不怀好意的陌生人,都无法得逞。

在这个院子里我们让许多素不相识的动物成了亲密一家。我们也曾期望老鼠把这个家当成自己家，饿了到别人家偷粮食，运到我们家来吃。可是做不到。

几个夏天过去后，这个院子比我们刚来时更像个院子。牛圈旁盖了间新羊圈，羊圈顶上是鸡窝。猪圈在东北角上，全用树根垒起来的，与牛羊圈隔着菜窖和柴垛。是我们故意隔开的。牛羊都嫌弃猪。猪粪太臭，猪又爱往烂泥坑里钻，身子脏兮兮的。牛羊都极爱干净。尽管白天猪哼哼唧唧在牛羊间钻来钻去，也看不出牛和羊怎么嫌弃它，更没见羊和猪打过架，但我们还是把它们分开，一来院子东北角正对着荒地，需要把院墙垒结实。二来我们潜意识中觉得，那个角上应该有谁驻守。猪也许最合适。

经过几个夏天——我记不清经过了几个夏天，无论母亲、大哥、我、弟弟妹妹，还是我们进这个家后买的那些家畜们，都已默认和喜欢上这个院子。我们亲手给它添加了许多内容。除了羊圈，房子东边续盖了两间小房子，一间专门煮猪食，一间盛农具和饲料。院墙几乎重修了一遍，我们进来时有好几处篱笆坏了，到处是大大小小的洞，第一年冬天从雪地上的脚印我们知道，有野兔、狐狸，还有不认识的一种动物进了院子。拆掉重盖又拆掉，垒了三次狗窝，一次垒在院子最里面靠菜地的那棵榆树下，嫌狗咬人不方便，离院门太远，它吠叫着跑过院子时惊得鸡四处乱飞。二次移到大门边，紧靠门墩，狗洞对着院门，结果外人都不敢走近敲门，有事站在路上大嗓子喊。三次又往里移了几米。

这些小活都是我们兄弟几个干。大些的活后父带我们一块干。后父早年曾在村里当过一阵小组长，我听有人来找后父帮忙时，还尊敬地叫他方组长，更多时候大家叫他方老二。

我们跟后父干活总要闹许多别扭。那时我们对这个院子的以往一无所知，不知道那些角角落落里曾发生过什么事。"不要动那根木头。"他大声阻止。我们想把这根歪扭的大榆木挪到墙根，腾出地方来栽一行树。"那个地方不能挖土。""别动那个木桩。"我们隐约觉得那些东西上隐藏着许多事。我们太急于把手伸向院子的每一处，想抹掉那些不属于我们的陈年旧事，却无意中翻出了它们，让早已落定的尘埃重又弥漫在院子。我们挪动那些东西时已经挪动了后父的记忆。我们把他的往事搅乱了。他很生气。他一生气便气哼哼地蹲到墙根，边抽烟边斜眼瞪我们。在他的乜视里我们小心谨慎干完一件又一件事，照着我们的想法和意愿。

牲畜们比我们更早地适应了一切。它们认下了门：朝路开的大门、东边侧门、菜园门、各自的圈门，知道该进哪个不能进哪个。走远了知道回来，懂得从门进进出出，即使院墙上有个豁口也不随便进出。只有野牲口（我们管别人家的牲口叫野牲口）才从院墙豁口跳进来偷草料吃。经过几个夏天（我总是忘掉冬天，把天热的日子都认成夏天），它们都已经知道了院子里哪些东西不能踩，知道小心地绕过筐、盆子、脱在地上没晾干的土坯、斜躺的农具，知道了各吃各的草、各进各的圈，而不像刚到一起时那样相互争吵。到了秋天院子里堆满黄豆、甜菜、苞谷棒子，羊望着咩咩叫，猪望着直哼哼，都不走近，知道那是人的食物，吃一口就要鼻梁上挨条子。也有胆大的牲畜趁人不注意叼一个苞谷棒子，狗马上追咬过去，夺回来原放在粮堆。

　　一个夜晚我们被狗叫声惊醒，听见有人狠劲顶推院门，门哐哐直响。父亲提马灯出去，我提一根棍跟在后面。对门喊了几声，没人应。父亲打开院门，举灯过去，看见三天前我们卖给沙沟沿张天家的那只黑母羊站在门外，眼角流着泪。

劳动是件荒凉的事情

劳动的人把名字放在家里出去了。

劳动不需要姓名。

那是一个人远离另一个人的孤远劳动。一村庄人远离另一村庄人。

同行的老牛不会喊出你的名字。它顶多对你哞一声，像对其他牲口那样。手中的锨只感到你逐渐消失的力气。你引水浇灌的麦田不会记住你的名字，那些在六月的骄阳下缓缓抬起头来的麦穗不会望见你，它遍地的拔节声中没有一声因你而响为你而呼。黄昏时你牵牛途经的一片坡地上，一种不知名的草正默默结束花期，它不为你开也不为你凋谢。多少年来你遇见多少次与你无关的花开花落，你默默打它们身边走过，它们不认识你。

劳动是件荒凉的事情。像四处蔓延的草，像东刮西刮的风，像风中的草屑和尘土，像只有一行脚印的路……在一个人的一生里，在一村庄人的一生里，劳动是件荒凉的事情。

隐身劳动的人，成为荒野的一部分。

人的忧郁是一棵草一只鸟的忧郁，没有名字。人的快乐是一头猪一粒虫的快乐，没有名字。秋天，粮食不会按姓名走到谁家里。粮食是一群盲者，顺着劳动之路，回到劳动者心里。

也往往错走到不劳动的人手里。

名字不是人的地址。人没有名字也能活到老。人给牲口起名，是为使唤起来方便。有名字的牲口注定要为名字劳苦一辈子。

人把所有的芦苇都叫芦苇，把所有的羊都叫羊。它们没有单个的名字。单个的名字在它们心里。人没必要知道。

试想，一株叫刘二的草生长在浩莽的草野中，它必会为名字而争风水，抢阳光，出人头地。也会为名字而孤芳自赏，离群孑立。而作为旁观者的人，永远不会从一野的风声中单独地分辨出某一株草的声音。

劳动也是一样的。

你打的粮他打的粮到秋天都会被一车拉走，入到一个大仓里。谁也不会在吞食它们时想到这一粒是张三家的麦子，那一粒是王五家的玉米。

一个人在暗处处理着自己的事情。一村庄人在暗处处理着各自的事情。这是一大片原野上的事情。

就像草，看起来每一株都孤立生长着，有各自的根、茎和叶子，有各自的长势和风姿。可是风一刮一大片都倒了，天一旱一大片都黄了，春天一到一野都绿了。

这不是哪个人的事情。你只是一个干活的人，干着你身边手边的那一份。你在心里知道自己就行了。

你干完的活，别人不会再找到。你把它干掉了。

名字是件没啥实际用处的家什，摆设在人的一生里。一村庄人的名字就像一堆废铁，叮叮当当扔了一地。

那些一辈子没人叫两声的名字，叫不了几年便仓促扔掉的名字，无人怀念的名字，被自己弄脏又擦得锃亮的名字，牛棚一样潦草的名字……现在，都扔在村里，谁也没有跑出去。

黄昏的时候，名字对着荒野呼喊人，声音比最细微的风声还轻，直达人的内心。每个人听见的都是自己的名字。每个名字只有一个去处。

被名字呼喊的人，从黄土中缓缓抬起身，男人、女人、剩一架骨头的人，听到名字的呼唤会扔下活往家走。荒芜一天的人，此刻走在回家途中，不远处泥屋简单的家使这群劳动的人有名有姓。

没有名字的人还将无休止地埋身劳动。没有名字的人像草一样，一个季节一个季节地荒凉下去。

一条土路

每个村庄都用一条土路与外面世界保持着坑坑洼洼的单线联系，其余的路只通向自己。

每个村庄都很孤独。

他们把路走成这个样子，他们想咋走就咋走。咋走也走不到哪里。人的去处也是一只鸡、一头驴、一只山羊的去处。这条土路上没有先行者，谁走到最后谁就是幸福的。谁也走不到最后。

磨掉多少代生灵路上才能起一层薄薄的溏土。人的影子一晃就不见了，生命像根没咋用便短得抓不住的铅笔。这些总能走到头的路，让人的一辈子变得多么狭促而具体。

走上这条路你就马上明白——你来到一个地方了。这些地方在一辈子里等着，你来不来它都不会在乎的。

一个早晨你看见路旁的树绿了，一个早晨叶子黄落。又一个早晨你没有抬头——你感到季节的分量了。

人四处奔走时季节经过了村庄。

季节不是从路上来的。

路上的生灵总想等来季节。

这条路就这般犹犹豫豫,九曲回肠,走到头还觉得远着呢。这条路永远不会伸直。一旦伸直路会在目的地之外长出一截子。这截子是无处交代的。

谁也不能取消一段路。谁也不能把一条路上的生灵赶上另一条路。

这些远离大道的乡村小路形成另一种走势。

这些目的明确的路,使人的空茫一生变得有理可依。他看到更加真实的、离得不远的一些去处,日复一日消磨着人的远足。

这些路的归宿或许让你失望呢。

它们通向牛圈、马棚、独门孤院的一户人家、一块地、一坑水、一片麦场、一圈简陋茅厕……

——这些枝枝杈杈的土路结出不属于其他人的果实。

要是通到了别处肯定会让更多生灵失望呢。

一场叫刘二的风

树挡日头墙挡风。墙是风不熟悉的一种东西。墙经常绊住风的腿,风打个趔趄,踉跄着穿过村子。比大地还古老的风,经常绊倒在只有几十个年头的土墙根。

风也经常推倒墙。

我们盖房子打好墙后,总要先放一阵,不忙着上顶,人离得远远的,让风去吹。等东风西风全刮过,人才敢放心大胆站在墙根。那时的墙,就可以一立多年,让几代人住在中间。

我们最害怕新盖的房子新垒的墙。新墙没有根。就像村里新来的那些人,看他们跟我们一样在村里走、说话、干活,其实他们脚底下不稳,一看就是外来的生人,走一步看一眼路,东张西望,不刮风都摇晃。不像我们,在这个地方住久了,脚下都生了根——这一脚踩在多少年前的一脚上,又实在又稳,多少年前的一只脚印已经扎入土地两米深,我们踏平的坎、踩出的坑,落到地上的唾沫和头发——是我们早年失去的东西为我们在土地中牢牢扎下了根。

土墙也一样,从地上站起的那一刻起,墙的下半截子便开始一寸一寸扎入土地，成为墙的根。墙会一年年变矮。你别小看一堵半米高的老土墙，它两米高的大半截子已经扎入土中。到了这个时候它就再不会倒。狗一蹿从它上面越过去，人一叉腿跨过去。谁都可以站在它头顶了，但是没有谁能到达它的深。

一堵老墙和一个老人一样，在村里拥有自己的声誉和地位。如果一堵老墙要倒了，墙身明显西斜，谁都说这堵墙站不到明天了。人往墙根两米远处用黑灰溜一条线，站在线外边远远地看，没有谁会动手把它推倒。墙啥时候倒是墙的事情。墙直着身子站累了，想斜站一阵也不一定。即使墙真要倒了，一堵墙最后的挣扎和坚持我们也不去干涉。就像一个人快要死了，我们也只能静静站在旁边，等死亡按照它自己的时辰和方式缓缓降临。我们不能因为这个人反正要死了，推他一把，照头给一棒子。

我见过一堵向西斜的墙，硬是让西风顶住，不让它朝西倒下去。一棵朝东歪的树，东风硬把树头折卷向西，树身弯折了三次，最后累死了。西风和东风在大地上比本事。西风过来推倒一堵墙，刮歪几棵树。东风过去掀翻一座房顶，吹散几垛草。西风东风都没把这个村庄当一回事，我们也没当一回事。西风东风都刮过去了，黄沙梁变成了这个样子。我变成这个样子——每一棵树都是一场风，每一个人都是一场风，每堵墙都是一场风，每条狗每只蚂蚁都是一场风。在这一场场永远刮不出去、刮不到天上、无人经历的弱小微风中，有一场叫刘二的风，已经刮了三十多年了。

寒风吹彻

　　雪落在那些年雪落过的地方,我已经不注意它们了。比落雪更重要的事情开始降临到生活中。三十岁的我,似乎对这个冬天的来临漠不关心,却又一直在倾听落雪的声音,期待着又一场雪悄无声息地覆盖村庄田野。

　　我静坐在屋子里,火炉上烤着几片馍馍,一小碟咸菜放在炉旁的木凳上,屋里光线暗淡。许久以后我还记起我在这样的一个雪天,围抱火炉,吃咸菜啃馍馍想着一些人和事情,想得深远而入神。柴火在炉中啪啪地燃烧着,炉火通红,我的手和脸都烤得发烫了,脊背却依旧凉飕飕的。寒风正从我看不见的一道门缝吹进来。冬天又一次来到村里,来到我的家。我把怕冻的东西一一搬进屋子,糊好窗户,挂上去年冬天的棉门帘,寒风还是进来了。它比我更熟悉墙上的每一道细微裂缝。

　　就在前一天,我似乎已经预感到大雪来临。我劈好足够烧半个月的柴火,整齐地码在窗台下。把院子扫得干干净净,无意中像在迎接一位久违的贵宾——把生活中的一些事情扫到一边,腾出干净的一片地方来让雪落下。下午我还走出村子,到田野里转了一圈。我没顾上割回来的一地葵花秆,将在大雪中站一个冬天。每年下雪之前,都会发现有一两件顾不上干完的事而被搁一个冬天。冬天,有多少人放下一年的事情,像我一样用自己那只冰手,从头到尾地抚摸自己的一生。

屋子里更暗了,我看不见雪。但我知道雪在落,漫天地落。落在房顶和柴垛上,落在扫干净的院子里,落在远远近近的路上。我要等雪落定了再出去。我再不像以往,每逢第一场雪,都会怀着莫名的兴奋,站在屋檐下观看好一阵,或光着头钻进大雪中,好像有意要让雪知道世上有我这样一个人,却不知道寒冷早已盯住了自己活蹦乱跳的年轻生命。

经过许多个冬天之后,我才渐渐明白自己再躲不过雪,无论我蜷缩在屋子里,还是远在冬天的另一个地方,纷纷扬扬的雪,都会落在我正经历的一段岁月里。当一个人的岁月像荒野一样敞开时,他便再无法照管好自己。

就像现在,我紧围着火炉,努力想烤热自己。我的一根骨头,却露在屋外的寒风中,隐隐作痛。那是我多年前冻坏的一根骨头,我再不能像捡一根牛骨头一样,把它捡回到火炉旁烤热。它永远地冻坏在那段天亮前的雪路上了。

那个冬天我十四岁,赶着牛车去沙漠里拉柴火。那时一村人都靠长在沙漠里的梭梭柴取暖过冬。因为不断砍挖,有柴火的地方越来越远,往往要用一天半夜时间才能拉回一车柴火。每次去拉柴火,都是母亲半夜起来做好饭,装好水和馍馍,然后叫醒我。有时父亲也会起来帮我套好车。我对寒冷的认识是从那些夜晚开始的。

牛车一走出村子,寒冷便从四面八方拥围而来,把我从家里带出的那点温暖搜刮得一干二净，浑身上下只剩下寒冷。

那个夜晚并不比其他夜晚更冷。

只是我一个人赶着牛车进沙漠。以往牛车一出村，就会听到远远近近的雪路上其他牛车的走动声，赶车人隐约的吆喝声。只要紧赶一阵路，便会追上一辆或好几辆去拉柴的牛车，一长串，缓行在铅灰色的冬夜里。那种夜晚天再冷也不觉得。因为寒风在吹好几个人，同村的、邻村的、认识和不认识的好几架牛车在这条夜路上抵挡着寒冷。

而这次，一野的寒风吹着我一个人。似乎寒冷把其他一切都收拾掉了，现在全部地对付我。

我掖紧羊皮大衣，一动不动趴在牛车里，不敢大声吆喝牛，免得让更多的寒冷发现我。从那个夜晚我懂得了隐藏温暖——在凛冽的寒风中，身体中那点温暖正一步步退守到一个隐秘得连我自己都难以找到的深远处——我把这点隐深的温暖节俭地用于此后多年的爱情和生活。我的亲人们说我是个很冷的人，不是的，我把仅有的温暖全给了你们。

许多年后有一股寒风，从我自以为火热温暖的从未被寒冷侵入的内心深处阵阵袭来时，我才发现穿再厚的棉衣也没用了。生命本身有一个冬天，它已经来临。

天亮后，牛车终于到达有柴火的地方。我的一条腿却被冻僵了，失去了感觉。我试探着用另一条腿跳下车，拄着一根柴火棒活动了一阵，又点了一堆火烤了一会儿，勉强可以行走了，腿上的一块骨头却生疼起来，是我从未体验过的一种疼，像一根根针刺在骨头上又狠命往骨髓里钻——这种痛感一直延续到以后所有的冬天以及夏季里阴冷的日子。

太阳落地时,我装着半车柴火回到家里,父亲一见就问我:怎么拉了这点柴,不够两天烧的。我没吭声。也没向家里说腿冻坏的事。

我想很快会暖和过来。

那个冬天要是稍短些,家里的火炉要是稍旺些,我要是稍把这条腿当回事,或许我能暖和过来。可是现在不行了。隔着多少个季节,今夜的我,围抱火炉,再也暖不热那个遥远冬天的我,那个在上学路上不慎掉进冰窟窿,浑身是冰往回跑的我,那个跺着冻僵的双脚,捂着耳朵在一扇门外焦急等待的我……我再不能把他们唤回到这个温暖的火炉旁。我准备了许多柴火,是准备给这个冬天的。我才三十岁,肯定能走过冬天。

但在我周围,肯定有个别人不能像我一样度过冬天。他们被留住了。冬天总是一年一年地弄冷一个人,先是一条腿、一块骨头、一副表情、一种心境……而后整个人生。

我曾在一个寒冷的早晨,把一个浑身结满冰霜的路人让进屋子,给他倒了一杯热茶。那是个上了年纪的人,身上带着许多个冬天的寒冷,当他坐在我的火炉旁时,炉火须臾间变得苍白。我没有问他的名字,在火炉的另一边,我感觉到迎面逼来的一个老人的透骨寒气。

他一句话不说。我想他的话肯定全冻硬了,得过一阵才能化开。

大约坐了半个时辰,他站起来,朝我点了一下头,开门走了。我以为他暖和过来了。

第二天下午,听人说村西边冻死了一个人。我跑过去,看见这个上了年纪的人躺在路边,半边脸埋在雪中。

我第一次看到一个人被冻死。

我不敢相信他已经死了。他的生命中肯定还深藏着一点温暖，只是我们看不见。一个人最后的微弱挣扎我们看不见，呼唤和呻吟我们听不见。

我们认为他死了。彻底地冻僵了。

他的身上怎么能留住一点点温暖呢。靠什么去留住。他的烂了几个洞、棉花露在外面的旧棉衣？底快磨通、一边帮已经脱落的那双鞋？还有，他多少个冬天积累起来的彻骨寒冷。

落在一个人一生中的雪，我们不能全部看见。每个人都在自己的生命中，孤独地过冬。我们帮不了谁。我的一小炉火，对这个贫寒一生的人来说，显然微不足道。他的寒冷太巨大。

我有一个姑妈，住在河那边的村庄里，许多年前的那些个冬天，我们兄弟几个常走过封冻的玛纳斯河去看望她。每次临别前，姑妈总要说一句：天热了让你妈过来喧喧。

姑妈年老多病，她总担心自己过不了冬天。天一冷她便足不出户，偎在一间矮土屋里，抱着火炉，等待春天来临。

一个人老的时候，是那么渴望春天来临。尽管春天来了她没有一片要抽芽的叶子，没有半瓣要开放的花朵。春天只是来到大地上，来到别人的生命中。但她还是渴望春天，她害怕寒冷。

我一直没有忘记姑妈的这句话，也不止一次地把它转告给母亲。母亲只是望望我，又忙着做她的活。母亲不是一个人在过冬，她有五六个没长大的孩子，她要拉扯着他们度过冬天，不让一个孩子受冷。她和姑妈一样期盼着春天。

……天热了，母亲会带着我们，蹚过河，到对岸的村子里看望姑妈。姑妈也会走出蜗居一冬的土屋,在院子里晒着暖暖的太阳和我们说说笑笑……多少年过去了,我们一直没有等到这个春天。好像姑妈那句话中的"天"一直没有热。

姑妈死在几年后的一个冬天。我回家过年,记得是大年初四,我陪着母亲沿一条即将解冻的马路往回走。母亲在那段路上告诉我姑妈去世的事。她说:"你姑妈死掉了。"

母亲说得那么平淡,像在说一件跟死亡无关的事情。

"怎么死的。"我似乎问得更平淡。

母亲没有直接回答我。她只是说:"你大哥和你弟弟过去帮助料理了后事。"

此后的好一阵,我们再没说话,只顾静静地走路。快到家门口时,母亲说了句:"天热了。"

我抬头看了看母亲,她的身上散着热气,或许是走路的缘故,不过天气真的转热了。对母亲来说,这个冬天已经过去了。

"天热了过来喧喧。"我又想起姑妈的这句话。这个春天再不属于姑妈了。她熬过了许多个冬天还是被这个冬天留住了。我想起奶奶也是死在多年前的冬天。母亲还活着。我们在世上的亲人会越来越少。我告诉自己,不管天冷天热,我都常过来和母亲坐坐。

母亲拉扯大她的七个儿女。她老了。我们长高长大的七个儿女,或许能为母亲挡住一丝的寒冷。每当儿女们回到家里,母亲都会特别高兴,家里也顿添热闹的气氛。

但母亲斑白的双鬓分明让我感到她一个人的冬天已经来临,那些雪开始不退、冰霜开始不融化——无论春天来了,还是儿女们的孝心和温暖备至。

隔着三十年的人生距离,我感受着母亲独自在冬天的透心寒冷。我无能为力。

雪越下越大。天彻底黑透了。
我围抱着火炉,烤热漫长一生的一个时刻。我知道这一时刻之外,我其余的岁月,我的亲人们的岁月,远在屋外的大雪中,被寒风吹彻。

炊烟是村庄的根

当时在刮东风,我们家榆树上的一片叶子,和李家杨树上一片叶子,在空中遇到一起,脸贴脸,背碰背,像一对恋人和兄弟,在风中欢舞着朝远处飞走了。它们不知道我父亲和李家有仇。它们快乐地飘过我的头顶时,离我只有一膀子高,我手中有根树条就能打落它们。可我没有。它们离开树离开村子满世界转去了。我站在房顶,看着满天空的东西向东飘移,又一个秋天了,我的头愣愣的,没有另一颗头在空中与它遇到一起。

如果大清早刮东风,那时空气潮湿,炊烟贴着房顶朝西飘。清早柴火也潮潮的,冒出的烟又黑又稠。在沙沟沿新户人家那边,张天家的一溜黑烟最先飘出村子,接着王志和家一股黄烟飘出村子。烧碱蒿子冒黄烟,烧麦草和苞谷秆冒黑烟,烧红柳冒紫烟,梭梭柴冒青烟,榆树枝冒蓝烟……村庄上头通常冒七种颜色的烟。

老户人家这边,先是韩三家、韩老二家、张桩家、邱老二家的炊烟一挨排出了村子。路东边，我们家的炊烟在后面，慢慢追上韩三家的炊烟，韩元国家的炊烟慢慢追上邱老二家的炊烟，冯七家的炊烟慢慢追上张桩家炊烟。

我们家烟囱和韩三家烟囱错开了几米，两股烟很少相汇在一起，总是并排儿各走各的，飘再远也互不理识。韩元国和邱老二两家的烟囱对个正着，刮正风时不是邱老二家的烟飘过马路追上张元国家的，就是张元国家的烟越过马路追上邱老二家的，两股烟死死缠在一起，扭成一股朝远处飘。

早先两家好的时候，我听见有人说，你看这两家好得连炊烟都缠抱在一起。后来两家有了矛盾，炊烟仍旧缠抱在一起。张元国是个火暴脾气，他不允许自家的孩子和邱老二家的孩子一起玩，更不愿意自家的炊烟与仇家的纠缠在一起，他看着不舒服，就把后墙上的烟囱捣了，挪到了边墙上。再后来，我们家搬走的前两年，那两家又好得不得了了，这家做了好饭隔着路喊那家过来吃，那家有好吃的也给这家端过来，连两家的孩子间都按大小叫哥叫弟。只是那两股子炊烟，再走不到一起了。

如果刮一阵乱风，全村的炊烟像一头乱发绞缠在一起。麦草的烟软梭梭柴的烟硬，碱蒿子的烟最呛人。谁家的烟在风中能站直，谁家的烟一有风就趴倒，这跟所烧的柴火有关系。

炊烟是村庄的头发。我小时候这样比喻。大一些时我知道它是村庄的根。我在滚滚飘远的一缕缕炊烟中，看到有一种东西被它从高远处吸纳了回来，<u>丝丝缕缕地进入到每一户人家的每一口锅底、锅里的饭、碗、每一张嘴</u>。

夏天的早晨我从草棚顶上站起来，我站在缕缕炊烟之上，看见这个镰刀状的村子冒出的烟,在空中形成一把巨大无比的镰刀,这把镰刀刃朝西,缓慢而有力地收割过去,几百个秋天的庄稼齐刷刷倒了。

父 亲

我们家搬进这个院子的第二年，家里的重活开始逐渐落到我们兄弟几个身上，父亲过早地显出了老相，背稍重点的东西便显得很吃力，嘴里不时嘟囔一句：我都五十岁的人了，还出这么大力气。

他觉得自己早该闲坐到墙根晒太阳了。

母亲却认为他是装的。他看上去那么高大壮实，一只胳膊上的劲，比我们浑身的劲都大得多。一次他发脾气，一只手一拨，老三就飞出去三米远。我见他发过两次火，都是对着老三、老四。我和大哥不怎么怕他，时常不听他的话。我们有自己的想法。我们一到这个家，他便把一切权力交给了母亲。家里买什么不买什么，都是母亲说了算。他看上去只是个干活的人，和我们一起起早贪黑。每天下地都是他赶车，坐在辕木上，很少挥鞭子。他嫌我们赶不好，只会用鞭子打牛，跑起来平路颠路不分。他试着让我赶过几次车。往前走叫"哒尿"。往左拐叫"嗷"。往右叫"外"。往后退叫"缩"。我一慌忙就叫反。一次左边有个土圪垯，应该喊"外"让牛向右拐绕过去。我却喊成"嗷"。牛愣了一下，突然停住，扭头看着我，我一下不好意思，"外、外"了好几声。

我一个人赶车时就没这么紧张。其实根本用不着多操心，牛会自己往好路上走，遇到坑坎它会自己躲过。它知道车轱辘碰到圪垯陷进坑都是自己多费劲。

我们在黄沙梁使唤老了三头牛。第一头是黑母牛，我们到这个家时它已不小岁数了，走路肉肉的，没一点脾气。父亲说它八岁了。八岁，跟我同岁，还是孩子呢。四弟说。可牛只有十几岁的寿数，活到这个年龄就得考虑卖还是宰。黑母牛给我印象最深的是那副木讷神情。鞭子抽在身上也没反应。抽急了猛走几步，鞭子一停便慢下来，缓缓悠悠地挪着步子。父亲已经适应了这个慢劲。我们不行，老想快点走到地方，担心去晚了柴被人砍光草被人割光。一见飞奔的马车牛车擦身而过，便禁不住抡起鞭子，"呔尿、呔尿"叫喊一阵。可是没用。鞭抽在它身上就像抽在地上一样，只腾起一股白土。黑母牛身上纵纵横横爬满了鞭痕。我们打它时一点都不心疼。似乎我们觉得，它已经不知道疼，再多抽几鞭就像往柴垛上多撂几棵柴一样无所谓了。它干得最重的活就是拉柴火，来回几十公里。遇到上坡和难走的路，我们也会帮着拉，肩上套根绳子，身体前倾着，那时牛会格外用力，我们和牛，就像一对兄弟。实在拉不动时，牛便伸长脖子，晃着头，哞哞地叫几声，那神情就像父亲背一麻袋重东西，边喘着气边埋怨：我都快五十岁的人了，还出这么大力气。

一年后，我才能勉强地叫出父亲。父亲一生气就嘟囔个不停。我们经常惹他生气。他说东，我们朝西。有一段时间我们故意和他对着干,他生了气跟母亲嘟囔,母亲因此也生气。在这个院子里我们有过一段很不愉快的日子。后来我们渐渐长大懂事,父亲也渐渐地老了。

  我一直觉得我不太了解父亲,对这个和我们生活在一起叫他父亲的男人有种难言的陌生。他会说书、讲故事,在那些冬天的长夜里,母亲在油灯旁纳鞋底,我们围坐在昏暗处,听父亲说着那些陌生的故事,感觉很远处的天,一片一片地亮了。我不知道父亲在这个家里过得快乐不快乐,幸福不幸福,他把我们一家人接进这个院子后悔吗。现在他和母亲还有我最小的妹妹妹夫一起住在沙湾县城。早几年他喜欢抽烟,吃晚饭时喝两盅酒。他从不多喝,再热闹的酒桌上也是喝两盅便早早离开。我去看他时,常带点烟和酒。他打开烟盒,自己叼一根,又递给我一根——许多年前他第一次递给我烟时也是这个动作,手臂半屈着,伸一下又缩一下,脸上堆着不自然的笑,我不知所措。现在他已经戒烟,酒也喝得更少了。我不知道该给他带去些什么。每次回去我都在他身边,默默地坐一会儿。依旧没什么要说的话。他偶尔问一句我的生活工作,就像许多年前我拉柴回到家,他问一句"牛拴好了吗",我答一句。又是长时间的沉默。

修门

我十四岁那年的夏天,有一天早晨,父亲吩咐我修一个院门。他只告诉我木头在房顶上呢,让我拣好的用,便扛着锨头也不回下地去了。

修院门这件事在我们家已嚷嚷了好几年,从我记事起,所谓的院门便是院墙上一个不规则的豁口,常年敞开着。那时院子里除了几棵谁也拿不走的歪树,便是几堆干草和柴火。后来逐渐有了些像样的东西,比如父亲从什么地方砍来的几根木头、用刺条编的几片樆,还有一头牛……这样到了晚上豁口处便一上一下地横起两根木头,象征性地算是门。因为啥也挡不住,免不了常丢东西。为此母亲早就嚷着让父亲修个院门,父亲总是找出许多理由推托。

父亲是个很懒的人,他一生只干了一件勤快事——他收养了我们五个孩子,我们叫他养父,他又和母亲生了两个孩子,总共七个儿女。尔后他便偷起懒来,把能拖延的、能搁下的事一件件都留给了他迟早会长大的儿女们。

没想到修门这件事会这么早地落到我身上。那时的我,并不理解父亲的真正用意。父亲一直留着这个院门，并不是他没时间去修，也不是有意要偷懒。修门是个很有象征意义的活儿，父亲把它留给了儿子，他要从儿子身上看到这个家族以后的兴衰和前景。

十四岁的我，怎么会领会这些呢？

我只觉得这活儿好玩。

我和了一堆泥，土坯是现成的。动手砌门墩时，为院门的宽窄我还思量了一阵。那天家里好像只剩了我，门口的马路上也没有一个过路人。忽然感到我要独自完成一件事情，心里没底，却又找不到一个可以帮忙的人。

院门快修好时，过来两个扛锨的人，他们在门口停住，指指点点说了些什么。我停住活，小心翼翼地走过去，我想问问：门墩是不是砌歪了？我走过去时，他们扛起锨走了，像有意躲开了我。

当时我心中似乎只有一个原则：门要挡住什么，又不能把该进门的挡在门外。我先想到了父亲。家里父亲最高大，万一院门修窄修矮了，父亲进自家的门都要低头侧身，那就太委屈他了。我没想到家里还有更高大的一头黑母牛。尽管院门修好后，比当时估计的稍宽了些，并没把母牛拒之门外，就是在它怀孕时，也能挤扁肚子走进来，但我当时确实欠考虑，只是大概量好间距，砌了两个厚实的门墩，我干得很仔细，放了许多座泥，让土坯之间粘合得没一丝缝隙。

顺便说一句，我是挖路旁林带边的土和的泥，十多年后，当我站在已成废墟的这片宅院上时，还辨认出我当时和泥巴时挖的这个土坑，它使整齐的林带边沿向内凹下去一块。我记得每次浇灌林带的水淌在这里，都会先流进这个凹坑，淌满后才会缓缓朝前流去。

接下来是修门楼，我提着把斧子，在柴火堆里挥砍了一阵，修整出十几根棒棒棍棍，我没舍得用房顶上的大木料。我爬到房上，看见平躺在房顶上的几根又粗又直的大木料，我没敢动。它们看上去有些朽了。那是父亲盖这院房子时没舍得用的几根木头。年轻时的父亲，用手头仅有的一点钱和材料，很随便地盖了一院土房子。他原想，用不了几年，他就会把这些土房子拆了，起一院高大漂亮的砖瓦房。父亲抱着这个想法，没舍得用一根好木头。如今几十年过去了，我们还住在这院低矮破旧的土房子里。那时放歪的一根檩子，依旧歪斜地横在房梁上，那时砌剩的半堵墙，还残缺地立在那里。多少年来，父亲非但没重建新房，甚至没给旧房子添半块土坯，抹一把泥……

太富于幻想的父亲，那时候想到了隐在岁月中的、像时光一样不断涌来的巨大财富。否则他会把这院房子盖得更高大结实些，至少让这几根好木头充梁作栋，而不是白白地躺在房顶上晒几十年太阳。

父亲肯定早意识到自己的失误，他或许无数次地爬上房顶，看着他留下的这几根好木头一天天腐朽而深感痛心。他想让我用掉它。他吩咐我用房顶上的木头，也是在暗示我修一个阔大的院门。

我却让父亲失望了。

半中午的时候，父亲下地回来，我正趴在门楼顶上抹最后几把泥。我看见父亲站在院门外端详了好一阵，一脸的阴沉，然后一句话不说进屋去了。

显然父亲对这个院门不满意，我却不知道他不满意在什么地方，是门墩砌歪了，还是门楼修得不好看。

不久后的一天，我坐在对门韩四家的墙根晒太阳，隔着马路认真地端详了自己修的院门，才发现门修小了。偌大的宅院不协调地配上这个鼠头鼠脑的小院门，显得多么滑稽可笑，就像童话世界中的一个地方。我却不知道这个小院门会影响到家族的前景。

不管怎样，家里总算有了一个可以关住的院门。父亲下地回来，开始很放心地把铁锨立在院子里的一个墙角，而不是像以前，一到天黑就赶紧拿进房子。母亲也渐渐习惯于把一些不紧要的小家什放在院子里。尤其到了秋天，院子就成了打谷场，玉米棒子、甜菜，还有草堆得到处都是，连人都走不过去。到了晚上，临睡觉前，家里总会有人问一句：院门顶住了没有？油灯吹灭后黑黑的屋子里总会有一个人答应：顶住了。

看来，这个小院门并没把一年年的丰收挡在门外，多少年来多少大大小小的东西，都是通过这个小院门搬进家里。

有时父亲在往里扛一捆柴一麻袋麦子时，会偶尔埋怨门太小。有一个早晨父亲发现盗贼进了院子，只拿走一点不值钱的小东西，值钱的大东西一件没少时，他也略带庆幸地说了一句：幸亏院门小，大东西不好搬出去，要不然损失就大啦。

在我的印象中家里人很快就习惯了这个小院门，包括父亲，也对日日必须进出的院门习以为常。一次我看见他跟本村的一个人谈一笔交易。那个人想用自己的马车换我们家的五只母羊。父亲一直想拥有一辆马车。我从他们的谈话中听出父亲已经同意了这笔交易。后来，当父亲考虑到这辆马车太宽，进不了院门时，便毫不惋惜地放弃了。

父亲并没有因为一辆自己喜爱的马车而拆掉这个阻碍他的小院门。其实我们家的牛车从来没有从这个门进过院子，它停在东边的柴垛旁，那是另一重院落，由牛圈、羊圈、猪圈和柴垛围起来，连着屋后面我们家的一段路。牛车拉回的柴火和草，都从那里进来。东边的院子没有全围住，但是我们不担心，那里有狗窝，有高大的柴垛、草垛，好似它们能把自己守住。我们主要的防护方向在西边，西门出去是马路，天从西边黑，夜里黑黑的马路上，响起让我们担心的脚步声。多少个夜晚，我修的院门阻挡住了它们。

以后的许多年里，家里没有谁提出重修一个更大些的院门。它已成为我们家不可或缺的一部分，一个象征。

也许正因为这样，在我的成长过程中院门始终是一块无法言说的心病，尤其在我知道父亲让我修院门的真正用意之后，愈加觉得自己干了件不成功的事情。每当家里遇到不顺或不愉快的事，我都会敏感地想到这个小院门。是否我们家的前景和命运，真的在那个上午，被未成年的我无知地前定了。

我曾在后来的一个梦中，梦见我租用的匠人们，正在修大门，比房子还高的大门，能驶进汽车的大门。我租用的匠人个个技艺高超，想到一百年以后的事情，黄铜啊铁啊油漆啊堆了一地。

醒来后我又想起我修的那个院门。

也许年幼无知的我，真的把家门修小了。直到我们家搬出这个院子时，家里竟没有一件大过院门的贵重东西。是那些贵重的大东西都被这个小院门挡在外面了，还是家里人在添置家什和财物时，都考虑周到地从不把大于院门的东西弄回家，免得进不了院门？

但是，我们兄弟几个却在这个院子里长大了，先是老大，接着是我、老三、老四……一个个高高大大地立了起来。这种长势，是无论什么也无法影响和阻止的。

后来我离开父母有了自己的家，也圈了一个院子。从砌院墙到修院门，都是我亲手干的。我无法把这些活留给我的儿女。那时我正准备结婚，尽管还没有一件值钱东西可以放在院子里，但我想到了这个院子里以后会堆满属于我的东西。我用砖和水泥砌了两个相距三米远的高大门墩，在上面横放了一块结实的钢筋水泥板。我还准备修一个别致大气的门楼。因为当时没有材料便搁下了。——门墩修好的一两年里，我都没能力订做两扇像样的门，把这个空旷的大门关住。

大门修好后，我特意把父亲接来，我想让他老人家看看这个院门修得够不够大。我希望他能夸我一回。

这时的我，或许同样不能懂得父亲。我二十四岁。十年时间并不能使我长大到足以和父亲对视。到了父亲这个年纪，门在他的生命中也许已经变成另一种东西。每当我看到他袖着手，紧掖着棉衣行走的样子，就会感到父亲的四周洞开着许许多多的门，它们透着阳光也透着寒冷和风，父亲已无力关住任何一扇门，他能做到的只是把自己的衣襟掖得更紧。父亲在一个村庄里走遍一生的山山岭岭。那些远远近近的门，都对他洞开了。他感到透彻洞明的同时，也感到了寒冷。父亲现在渴望的，只是一扇能够关严实的小门。

许多年后，当我回来，我们家的院子只剩下孤孤的两间破房子，院墙早已不在，唯独我修的门楼还孤立在那里，空旷而孤独，曾经跟它连在一起的院墙房屋都倒塌了，它挺立着，让阔别多年的我怆然走进去——走进满是断墙荒草的家园旧址。它再挡不住什么，无论进来的还是出去的。能走掉的，都从这里走掉了——家里的人、家畜、炊烟、柴火和人声……这个院子里的生活中断了，它们移到了另一个宅院里。荒草涌了进来，从院门，从倒塌的院墙外。

我转了一圈，从空旷的院门出去，站在路对面韩四家的一堵破墙下回望这个院门时，第一次感觉到它不小，也许曾使它显小的那些墙院和房屋都消失了，它独立地存在着，跟以往的一切都没有了关系。

离开时，我预感到这个院门还会耸立许多年。其一，不会有人为门楼上的几根细小木棍去拆掉它。其二，再不会有比一个家更大的东西经过这里。

它将成为一座荒野中的门。

进出的只有时间和风。

柴火

我们搬离黄沙梁时，那垛烧剩下一半的梭梭柴，也几乎一根不留地装上车，拉到了元兴宫村。元兴宫离煤矿近，取暖做饭都烧煤，那些柴火因此留下来。后来往县城搬家时，又全拉了来，跟几根废铁、两个破车轱辘，还有一些没用的歪扭木头一起，乱扔在院墙根。不像在黄沙梁时，柴火一根根码得整整齐齐，像一堵墙一样，谁抽走一棵都能看出来。

柴垛是家力的象征。有一大垛柴火的人家，必定有一头壮牲口、一辆好车、一把快镢头、一根又粗又长的刹车绳。当然，还有几个能干的人，这些好东西凑巧对在一起了就能成大事，出大景象。

可是，这些好东西又很难全对在一起。有的人家有一头壮牛，车却破破烂烂，经常坏在远路上，满车的东西扔掉，让牛拉着空车逛荡回来。有的人家正好相反，置了辆新车，能装几千斤东西，牛却体弱得不行，拉半车干柴都打摆子。还有的人家，车、马都配地道了，镢头也磨利索，刹车绳也是新的，人却不行了——死了，或者老得干不动活。家里失去主劳力，车、马、家具闲置在院子，等儿子长大、女儿出嫁，一等就是多少年，这期间车马家具已旧的旧，老的老，生活又这样开始了，长大长壮实的儿女们，跟老马破车对在一起。

一般的人家要置办一辆车得好些年的积蓄。往往买了车就没钱买马了，又得积蓄好些年。我们到这个家时，后父的牛、车还算齐备，只是牛稍老了些。柴垛虽然不高，柴火底子却很厚大排场。不像一般人家的柴火，小小气气的一堆，都不敢叫柴垛。先是后父带我们进沙漠拉柴，接着大哥单独赶车进沙漠拉柴，接着是我、三弟，等到四弟能单独进沙漠拉柴时，我们已另买了头黑母牛，车轱辘也换成新的，柴垛更是没有哪家可比，全是梭梭柴，大棵的，码得跟房一样高，劈一根柴就能烧半天。

现在，我们再不会烧这些柴火了，把它当没用的东西乱扔在院子里，却又舍不得送人或扔掉。我们想，或许哪一天没有煤了，没有暖气了，还要靠它烧饭取暖。只是到了那时我们已不懂得怎样烧它。劈柴的那把斧头几经搬家已扔得不见，家里已没有可以烧柴火的炉子。即便这样我们也没扔掉那些柴火，再搬一次家还会带上。它是家的一部分。那个墙根就应该码着柴火，那个院角垛着草，中间停着车，柱子上拴着牛和驴。在我们心中一个完整的家院就应该是这样的。许多个冬天，那些柴火埋在深雪里，尽管从没人去动，但我们知道那堆雪中埋着柴火，我们在心里需要它，它让我们放心地度过一个个寒冬。

那堆梭梭柴就这样在院墙根待了二十年，没有谁去管过它。

有一年扩菜地，往墙角移过一次，比以前轻多了，扔过去便断成几截子，颜色也由原来的铁青变成灰黑。另一年一棵葫芦秧爬到柴堆上，肥大的叶子几乎把柴火全遮盖住，那该是它最凉爽的一个夏季了，秋天我们为摘一颗大葫芦走到这个墙角，葫芦卡在横七竖八的柴堆中，搬移柴火时我又一次感觉到它们腐朽的程度，除此之外似乎再没有人动过。在那个墙角里它们独自过了许多年，静悄悄地把自己燃烧掉了。

最后，它变成一堆灰时，我可以说，我们没有烧它，它自己变成这样的。我们一直看着它变成了这样，从第一滴雨落到它们身上、第一层青皮在风中开裂时我们看见了。它根部的碴口朽掉，像土一样脱落在地时我们看见了。深处的木质开始发黑时我们看见了，全都看见了。

当我成一具尸时，你们一样可以坦然地说，我们没有整这个人，没有折磨他，他自己死掉的，跟我们没一点关系。

那堵墙说，我们只为他挡风御寒，从没堵他的路。前墙有门，后墙有窗户。

那个坑说，我没陷害他，每次他都绕过去。只有一次，他不想绕了，栽了进去。

风说，他的背不是我刮弯的。他的脸不是我吹旧的。眼睛不是我吹瞎的。

雨说我只淋湿他的头发和衣服，他的心是干燥的，雨下不到他心里。

狗说我只咬烂过他的腿，早长好了。

土说，我们埋不住这个人，梦中他飞得比所有尘土都高。

可是，我不会说。

它们说完就全结束了。在世间能够说出的只有这么多。没谁听见一个死掉的人怎么说。

我一样没听见一堆成灰的梭梭柴，最后说了什么。

先父

一

我比年少时更需要一个父亲,他住在我隔壁,夜里我听他打呼噜,费劲地喘气。看他弓腰推门进来,一脸皱纹,眼皮耷拉,张开剩下两颗牙齿的嘴,对我说一句话。我们在一张餐桌上吃饭,他坐上席,我在他旁边,看着他颤巍巍伸出一只青筋暴露的手,已经抓不住什么,又抖抖地勉力去抓住。听他咳嗽,大口喘气——这就是数年之后的我自己。一个父亲,把全部的老年展示给儿子。一如我把整个童年、青年带回到他眼前。

在一个家里,儿子守着父亲老去,就像父亲看着儿子长大成人。这个过程中儿子慢慢懂得老是怎么回事。父亲在前面蹚路。父亲离开后儿子会知道自己四十岁时该做什么,五十岁、六十岁时要考虑什么。到了七八十岁,该放下什么,去着手操劳什么。

可是,我没有这样一个老父亲。

我活得比你还老时,身心的一部分仍旧是一个孩子。我叫你爹,叫你父亲,你再不答应。我叫你爹的那部分永远地长不大了。

多少年后,我活到你死亡的年龄:三十七岁。我想,我能过去这一年,就比你都老了。作为一个女儿的父亲,我会活得更老。那时想起年纪轻轻就离去的你,就像怀想一个早夭的儿子。你给我童年,我自己走向青年、中年。

我的女儿只看见过你的坟墓。我清明带着她上坟,让她跪在你的墓前磕头,叫你爷爷。你这个没福气的人,没有活到她张口叫你爷爷的年龄。如果你能够,在那个几乎活不下去的年月,想到多少年后,会有一个孙女附在耳边轻声叫你爷爷,亲你胡子拉碴的脸,或许你会为此活下去。但你没有。

二

留下五个儿女的父亲,在五条回家的路上。一到夜晚,村庄的五个方向有你的脚步声。狗都不认识你了。五个儿女分别出去开门,看见不同的月色星空。他们早已忘记模样的父亲,一脸漆黑,站在夜色中。

多年来儿女们记住的,是五个不同的父亲。或许根本没有一个父亲。所有对你的记忆都是空的。我们好像从来就没有过你。只是觉得跟别人一样应该有一个父亲,尽管是一个死去的父亲。每年清明我们上坟去看你,给你烧纸,烧烟和酒。边烧边在坟头吃喝说笑。喝剩下的酒埋在你的头顶。临走了再跪在墓碑前叫一声父亲。

我们真的有过一个父亲吗。

当我们谈起你时,几乎没有一点共同的记忆。我不知道六岁便失去你的弟弟记住的那个父亲是谁。当时还在母亲怀中哇哇大哭的妹妹记住的，又是怎样一个父亲。母亲记忆中的那个丈夫跟我们又有什么关系。你死的那年我八岁，大哥十一岁，最小的妹妹才八个月。我的记忆中没有一点你的影子。我对你的所有记忆是我构想的。我自己创造了一个父亲，通过母亲、认识你的那些人，也通过我自己。

如果生命是一滴水，那我一定流经了上游，经过我的所有祖先、爷爷奶奶、父亲母亲，就像我迷茫中经过的无数个黑夜，我浑然不觉的黑夜。我睁开眼睛。只是我不知道我来到世上那几年里，我看见了什么。我的童年被我丢掉了，包括那个我叫父亲的人。

我真的早已忘了，这个把我带到世上的人。我记不起他的样子，忘了他怎样在我记忆模糊的幼年，教我说话，逗我玩，让我骑在他的脖子上，在院子里走。我忘了他的个头，想不起家里仅存的一张照片上，那个面容清瘦的男人曾经跟我有过什么关系。他把我拉扯到八岁，他走了。可我八岁之前的记忆全是黑夜，我看不清他。

我需要一个父亲，在我成年之后，把我最初的那段人生讲给我。就像你需要一个儿子，当你死后，我还在世间传播你的种子。你把我的童年全带走了，连一点影子都没留下。

我只知道有过一个父亲。在我前头，隐约走过这样一个人。

我的有一脚踩在他的脚印上，隔着厚厚的尘土。我的有一声追上他的声。我吸的有一口气，是他呼出的。

你死后我所有的童年之梦全破灭了。只剩下生存。

三

我没见过爷爷,他在父亲很小时便去世了。我的奶奶活到七十八岁。那是我看见的唯一一个亲人的老年。父亲死后她又活了三年,或许是四年。她把全部的老年光景示意给了母亲。我们的奶奶,那个老年丧子的奶奶,我已经想不起她的模样,记忆中只有一个灰灰的老人,灰白头发,灰旧衣服,弓着背,小脚,拄拐,活在一群未成年的孙儿中。她给我们做饭,洗碗。晚上睡在最里边的炕角。我仿佛记得她在深夜里的咳嗽和喘息,记得她摸索着下炕,开门出去。过一会儿,又进来,摸索着上炕。全是黑黑的感觉。有一个早晨,她再没有醒来,母亲做好早饭喊她,我们也大声喊她。她就睡在那个炕角,弓着身,背对我们,像一个熟睡的孩子。

母亲肯定知道奶奶的更多细节,她没有讲给我们。我也很少问过。仿佛我们对自己的童年更感兴趣。童年是我们自己的陌生人。我们并不想看清陪伴童年的那个老人。我们连自己都无法弄清。印象中奶奶只是一个遥远的亲人,一个称谓。她死的时候,我们的童年还没有结束。她什么都没有看见,除了自己独生儿子的死,她在那样的年月里,看不见我们前途的一丝光亮。我们的未来向她关闭了。她对我们的所有记忆是愁苦。她走的时候,一定从童年领走了我们,在遥远的天国,她抚养着永远长不大的一群孙儿孙女。

四

在我九岁,你离世的第二年,我看见十二岁时的光景:个头稍高一些，胳膊长到锨把粗，能抱动两块土坯，背一大捆柴从野地回来，走更远的路去大队买东西——那是我大哥当时的岁数。我和他隔了三年，看见自己在慢慢朝一捆背不动的柴走近，我的身体正一碗饭、一碗水地，长到能背起一捆柴、一袋粮食。

然后我到了十六岁，外出上学。十九岁到沙湾安集海小镇工作。那时大哥已下地劳动，我有了跟他不一样的生活，我再不用回去种地。

可是，到了四十岁，我对年岁突然没有了感觉。路被尘土蒙蔽。我不知道四十岁以后的下一年我是多大。我的父亲没有把那时的人生活给我看。他藏起我的老年，让我时刻回到童年。在那里，他的儿女永远都记得他收工回来的那些黄昏，晚饭的香味飘在院子。我们记住的饭菜全是那时的味道。我一生都在找寻那个傍晚那顿饭的味道。已经忘了是什么饭，一家人围坐在桌旁，筷子摆齐，等父亲的脚步声踩进院子，等他带回一身尘土，在院门外拍打。

有这样一些日子，父亲就永远是父亲了，没有谁能替代他。我们做他的儿女，他再不回来我们还是他的儿女。一次次，我们回到有他的年月，回到他收工回来的那些傍晚，看见他一身尘土，头上落着草叶。他把铁锨立在墙根，一脸疲惫。母亲端来水让他洗脸，他坐在土墙的阴影里，一动不动，好像叹着气，我们全在一旁看着他。多少年后，他早不在人世，我们还在那里一动不动看着他。我们叫他父亲，声音传不过去。盛好饭，碗递不过去。

五

你死去后我的一部分也在死去。你离开的那个早晨我也永远地离开了，留在世上的那个我究竟是谁。

父亲，只有你能认出你的儿子。他从小流落人世，不知家，不知冷暖饥饱。只有你记得我身上的胎记，记得我初来人世的模样和眼神，记得我第一眼看你时，紧张陌生的表情和勉强的一丝微笑。

我一直等你来认出我。我像一个父亲看儿子一样，一直看着我从八岁，长到四十岁。这应该是你做的事情。你闭上眼睛不管我了。我是否已经不像你的儿子。我自己拉扯大自己。这个四十岁的我到底是谁。除了你，是否还有一双父亲的眼睛，在看着我。

我在世间待得太久了。谁拍打过我头上的土。谁会像擦拭尘埃一样，拭去我的年龄、皱纹，认出最初的模样。当我淹没在熙攘人群中，谁会在身后喊一声：哎，儿子。我回过头，看见我童年时的父亲，我满含热泪，一步步向他走去，从四十岁，走到八岁。我一直想把那个八岁的我从童年领出来。如果我能回去，我会像一个好父亲，拉着那个八岁孩子的手，一直走到现在。那样我会认识我，知道自己走过了怎样一条路。

现在，我站在四十岁的黄土梁上，望不见自己的老年，也看不清远去的童年。

我一直等你来认出我，告诉我辈分，一一指给我母亲兄弟。他们一样急切地等着我回去认出他们。当我叫出大哥时，那个太不像我的长兄一脸欢喜，他被辨认出来。当我喊出母亲时，我一下喊出我自己，一个四十岁的儿子，回到家里，最小的妹妹都三十岁了。我们有了一个后父。家里已经没你的位置。

你在世间只留下名字，我为怀念你的名字把整个人生留在世上。我的身体承受你留下的重负，从小到大，你不去背的一捆柴我去背回来，你不再干的活我一件件干完。他们说我是你儿子，可是你是谁，是我怎样的一个父亲。我跟你走掉的那部分一遍遍地喊着父亲。我留下的身体扛起你的铁锨。你没挖到头的一截水渠我得接着挖完，你垒剩的半堵墙我们还得垒下去。

六

如果你在身旁，我可能会活成另外一个人。你放弃了教养我的职责。没有你我不知道该听谁的。谁有资格教育我做人做事。我以谁为榜样一岁岁成长。我像一棵荒野中的树，听由了风、阳光、雨水和自己的性情。谁告诉过我哪个枝丫长歪了。谁曾经修剪过我。如果你在，我肯定不会是现在的样子。尽管我从小就反抗你——听母亲说，我自小就不听你的话，你说东，我朝西；你指南，我故意向北——但我最终仍长得跟你一模一样。没有什么能改变你的旨意。我是你儿子，你孕育我的那一刻我便再无法改变。但我一直都想改变，我想活得跟你不一样。我活得跟你不一样时，内心的图景也许早已跟你一模一样。

早年认识你的人，见了我都说：你跟你父亲那时候一模一样。

我终究跟你一样了。你不在我也没活成别人的儿子。

可是，你那时坚持的也许我早已放弃，你舍身而守的，我或许已不了了之。没有你我会相信谁呢。你在时我连你的话都不信。现在我想听你的，你却一句不说。我多想让你吩咐我干一件事，就像早年，你收工回来，叫我把你背来的一捆柴码在墙根。那时我那么的不情愿，码一半，剩下一半。你看见了，大声呵斥我。我再动一动，码上另一半，仍扔下一两根，让你看着不舒服。

可是现在，谁会安排我去干一件事呢。我终日闲闲。半生来我听过谁的半句话。我把谁放在眼里，心存佩服。

父亲，我现在多么想你在身边，喊我的名字，说一句话，让我去门外的小店买一盒火柴，让我快一点。我干不好时你瞪我一眼，甚至骂我一顿。

如今我多么想做你让我做的每一件事情，哪怕让我倒杯水。只要你吭一声，递个眼神，我会多么快乐地去做。

父亲，我如今多想听你说一些道理，哪怕是老掉牙的，我会毕恭毕敬倾听，频频点头。你不会给我更新的东西。我需要那些新东西吗。

父亲，我渴求的仅仅是你说过千遍的老话。我需要的仅仅是能够坐在你身旁，听你呼吸，看你抽烟的样子，吸一口，深咽下去，再缓缓吐出。我现在都想不起你是否抽烟，我想你时完全记不起你的样子。不知道你长着怎样一双眼睛，蓄着多长的头发和胡须，你的个子多高，坐着和走路是怎样的架势。还有你的声音，我听了八年都没记住。我在生活中失去你，又在记忆中把你丢掉。

七

你短暂落脚的地方，无一不成为我长久的生活地。有一年你偶然途经、吃过一顿便饭的沙湾县城，我住了二十年。你和母亲进疆后度过第一个冬天的乌鲁木齐，我又生活了十年。没有谁知道你的名字，在这些地方，当我说出我是你的儿子，没有谁知道。四十年前，在这里拉过一冬天石头的你，像一粒尘土埋在尘土中。

只有在故乡金塔，你的名字还牢牢被人记住。我的堂叔及亲戚们，一提到你至今满口惋惜。他们说你可惜了。一家人打柴放牛供你上学。年纪轻轻做到县中学校长、县团委副书记。

要是不去新疆，不早早死掉，也该做到县长了。

他们谈到你的活泼性格，能弹会唱，一手好毛笔字。在一个叔叔家，我看到你早年写在两片白布上的家谱，端正有力的小楷。墨迹浓黑，仿佛你刚刚写好离去。

他们听说我是你儿子时，那种眼神，似乎在看多少年前的你。在那里我是你儿子。在我生活的地方你是我父亲。他们因为我而知道你，但你不在人世。我指给别人的是我的后父，他拉扯我们长大成人。他是多么的陌生，永远像一个外人。平常我们一起干活，吃饭，张口闭口叫他父亲。每当清明，我们便会想起另一个父亲，我们准备烧纸、祭食去上坟，他一个人留在家，无所事事。不知道他死后，我们会不会一样惦念他。他的祖坟在另一个村子，相距几十公里，我们不可能把他跟先父埋在一起，他有自己的坟地。到那时，我们会有两处坟地要扫，两个父亲要念记。

八

埋你的时候,我的一个远亲姨父掌事。他给你选了玛纳斯河边的一块高台地,把你埋在龙头,前面留出奶奶的位置。他对我们说,后面这块空地是留给你们的。我那时多小,一点不知道死亡的事,不知道自己以后也会死,这块地留给我们干什么。

我的姨父料理丧事时,让我们、让他的儿子们站在一旁,将来他死了,我们会知道怎样埋他。这是做儿子的必须要学会的一件事,就像父母懂得怎样生养你,你要学会怎样为父母送终。在儿子成年后,父母的后事便成了时时要面对的一件事,父母在准备,儿女们也在准备,用很多年、很多个早晨和黄昏,相互厮守,等待一个迟早会来到的时辰,它来了,我们会痛苦,伤心流泪,等待的日子全是幸福。

父亲,你没有让我真正当一次儿子,为你穿寿衣,修容,清洗身体,然后,像抱一个婴儿一样,把你放进被褥一新的寿房。我那时八岁,看见他们把你装进棺材。我甚至不知道死亡是怎么回事。在我的记忆中埋你的墓坑是一个长方的地洞,他们把你放进去,棺材头上摆一碗米饭,插上筷子,我们趴在坑边,跟着母亲大声哭喊,看人们一锨锨把土填进去。我一直认为你从另一个出口走了。他们堵死这边,让你走得更远。多少年来我一直想你会回来,有一天突然推开家门,看见你稍稍长大几岁的儿女,衣衫破旧;看见你清瘦憔悴的妻子,拉扯五个儿女艰难度日;看见只剩下一张遗像的老母亲。你走的时候,会想到我们将活成怎样。我成年以后,还常常想着,有一天我会在一条异乡的路上遇见你,那时你已认不出我,但我一定会认出你,领你回家。一个丢掉又找回来的老父亲,我们需要他的时候他离去了。等我长大,过上富裕日子,他从远方流浪回来,老得走不动路。他给我一个赡养父亲的机会,也给我一个料理死亡的机会。这是父亲应该给儿子的,你没有给我。你早早把死亡给了别人。

九

我将在黑暗中孤独地走下去,没有你引路。四十岁以后的寂寞人生,衰老已经开始,我不知道自己在年老腰疼时,怎样在深夜独自忍受,又在白天若无其事,一样干活说话。在老得没牙时,喝不喜欢的稀粥,把一块肉含在口中,慢慢地嚼。我的身体迟早会老到这一天。到那时,我会怎样面对自己的衰老。父亲,你是我的骨肉亲人,你的每一丝疼痛我都能感知。衰老是一个缓慢到来的过程,也许我会像接受自己长个子、生胡须一样,接受脱发、骨质增生,以及衰老带来的各种病痛。

但是,你忍受过的病痛我一定能坦然忍受。我小时候,有大哥,有母亲和奶奶,引领我长大。也有我单独寂寞的成长。我更需要你教会我怎样衰老和死亡。

如果你在身旁,我会早早知道,自己的腿在多大年龄变老,走不动路。眼睛在哪一年秋天花去。这一年到来时,我会有时间给自己准备老花镜和拐杖。我会在眼睛彻底失明前,记住回家的路,和那些常用物件的位置。我会知道你在多大年龄开始为自己准备后事,吩咐你的大儿子,准备一口好棺材,白松木的，两条木凳支起，放在草棚下。着手还外欠的债。把你一生交往的好朋友介绍给儿子，你死后无论我走到哪，遇到什么难事，认识你的人会说，这是你的后人。他们中的某个人，会伸手帮我一把。

可是，没有一个叫父亲的人，白发飘飘，把我向老年引。我不知道老是什么样子。我的腿不把酸痛告诉我。我的腰不把弯曲告诉我。我的皮肤不把皱纹告诉我。我老了我不知道。就像我年少时，不知道自己是一个孩子。我去沙漠砍柴，打土坯，背猪草。干大人的活。没人告诉我是个孩子。父亲离开的那一年我们全长大了，从最小的妹妹，到我。你剩给我们的全是大人的日子。我的童年不见了。

直到有一天，我背一大捆柴回家，累了在一户人家墙根歇息，那家的女人问我多大了，我说十三岁。她说，你还是个孩子，就干这么重的活。我羞愧地低下头，看见自己细细的腿和胳膊，露着肋骨的前胸和独自长大的一双脚。你都死去多少年了，我以为自己早长大了，可还小小的，个子不高，没有多少劲。背不动半麻袋粮食。

如果寿命跟遗传有关，在你死亡的年龄，我会做好该做的事。如果我活过了你的寿数，我就再无遗憾。我的儿女们，会有一个长寿的父亲。他们会比我活得更长久。有一个老父亲在前面引领，他们会活得自在从容。

现在，我在你没活过的年龄，给你说出这些。我说的时候，我能感觉到你在听。我也在听，父亲。

后父

我们家住的地方有一条金沟河，民国时"日产斗金"。现在已少有人淘金了，上游河岸千疮百孔，到处是淘金人留下的无底金洞。金子淘完了，河原变成河。我们住在下游，用淘洗过金子的河水浇地，也能在河边的淤沙中看见闪闪发亮的金屑。这一带的老户人家，对金子从不稀罕，谁家没有过成疙瘩的黄金。我们家就有过一褡裢金子，那是多少我都不敢说出来。听我后父讲，他父亲在那时，也去上游的山里淘金。是在麦收后，地里没啥活了，赶上马车，一人拿一把小鬃毛刷子，在河边的石头缝里扫金子。全是颗粒金，几十天就弄半袋子。

我们家那一褡裢金子，后来不知去向。后父只是说整光了。咋整光的？就不说了。有几年他说自己藏的有金子呢，有几年又说没有了。我们就在他的金子谎话里，过了一年又一年。到现在，家里再没有人会相信他藏的有金子。

但我们家确实有过一褡裢金子。我后父也确实是一个有过金子的人，他说起金子来，一脸的自足和不在乎。

我们家邻居也有过一褡裢金子。那家的王老爷子，却从来不提金子的事。我后父说，他们家的金子，在解放前三区革命逃战乱时，过玛纳斯河，家里的马不够用，把一褡裢金子交给本村的一个骑马人。过河后就失散了。

多少年后，王老爷子竟然找到了那个人，他就住在河对面的玛纳斯县，那个人也承认帮助驮过一褡裢金子，但过河后为了逃命，就把金子扔了。

"命要紧，哪能顾上金子。"那个人说。

王老爷子开始不信，后来偷偷打探了几年，这家人穷得钩子上揽毡，根本不像有金子的人家。后来就不追要了。王老爷子也再不提金子的事了。

那我们家的金子呢？后父闭口不说。早先我们住在他的旧房子，他有时给我母亲说金子的事。我们隐约觉得他藏的有金子。他是这里的老户，老新疆人，家底子厚。啥叫家底子，就是墙根子底下埋的有金子。听说村里的老户人家，都藏的有金子，却从来不说自己有。成疙瘩的金子埋在破房子底下，自己过穷日子，装得跟没钱人似的。我母亲也半信半疑地觉得我后父有金子。他不拿出来，可能是留了一手。

我们家搬出黄沙梁那天，有用的东西都装上拖拉机，几只羊也装上了拖拉机，我母亲想，这下后父该把金子挖出来了吧。我们要搬到元兴宫去生活，后父的旧院子也便宜卖给了村里的光棍冯四，他不会把金子留给别人吧。可是，后父只是磨磨蹭蹭在他的旧院子转了几圈，捡了几根烂木棒扔到车上。然后，自己也上到车上。

这地方的有钱人，有过好多金子的人家，突然全变成了穷人。留下的全是有关金子的故事，不知道金子去了哪里。

上个世纪七八十年代，经常有人到我们这地方来挖金子。有一年大地主张寿山的孙子带一帮人，在他们家的老庄子上挖了三个月，留下一个大坑。另一年中地主方家的后人又在自家的老房子下挖了一个大坑。最大的一个坑是小地主唐人田家羊倌的后人挖的。羊倌曾看见唐家的人把一个坛子埋在羊圈下面。坛子由两个人抬，里面肯定是贵重东西。羊倌夜里睡在羊圈棚顶，看得清清楚楚。匪徒打来时，唐家人仓皇逃跑，没顾上把东西挖出来。后来也再没有唐家人音信，可能没逃掉，全被杀死了。

那个坑是三台推土机挖的，挖了两年。头一年挖到冬天停工了。第二年开春又挖了一个月。金子真是贵重，一点点东西，就要人挖这么大的坑。听人说，金子在地下会走动。但人又不知道金子会朝哪个方向走动，一年走几步。几十年来可能早已离开老地方，走得很远。也可能会朝下走，越走越深。或朝上走，走到地面，早被人拾走。所以，人在埋金子的羊圈棚下挖不到金子，便会把坑往大往深挖。这个坑一旦开挖了，便不会轻易罢休。因为挖坑要花钱雇人雇车，还要向当地的"土地爷"交土管费。假如花一万块钱还没找到金子，他就会再投五千块。这跟赌博押宝一样，总不甘心，金子会在下一锹土里，下一铲就会推出那个装金子的坛子。结果坑越挖越大，直挖到河边，挖到别人家墙根。往往是坑挖得越大，越证明没挖到东西。

在我们村边，那个挖得最深最大的坑，已经被当成水库。我们叫金坑水库。另几个小一点的坑被村民放水养鱼，有叫金鱼塘的，叫金塘子的。这些土坑纷纷被村民承包，合同一定六十年。那些人都鬼得很，借养鱼的钱把坑又往大往深挖，说是整理鱼塘，其实想侥幸找到金子。找不到也不要紧，养着鱼，占着坑。反正有一坛金子在里面呢。这里的老户人，都相信金子没有走远。好多走远的人又回来，守着早已破败的老房底子。从没听说谁挖到或拾到过金子。但埋金子的地方会被人牢牢记住。多少年后谁做梦听到黄金的动静，这地方又会无端地被挖一个大坑。

我后父的旧院子，以后会不会被我们挖成一个大坑呢？

有时候我想，后父可能真的藏有金子呢，他经常回黄沙梁去看他的老房子，早年家里有马车时赶着马车去，后来我们家搬到县城，马车卖了，他就坐班车去，说是去要账。那院老房子作价四百五十块钱卖给冯四，只给了二百块，剩下的钱一直要不回来。冯四没钱。一年四季都没钱。他是五保户，不种地，村里救济一点口粮。冯四不可能把口粮卖掉还我们家的钱。后父知道这些，但依旧每年去要。去了跟冯四一起住在老房子里。我们就想，他可能打着要钱的幌子，去看他埋的金子。这么多年，他来来去去地到黄沙梁，可能已经把金子挖出来，挖出来会藏哪呢？可能已经埋到我们现在的房子底下。

也许他没挖出来，那些金子依旧在黄沙梁的老房子底下。也许后父把它埋进去时就没想过要挖出来，他是留给自己的。留到最后，不知道会以什么样的方式给我们。也许他隐约说那一褡裢金子的时候，就已经把它给了我们。后父现在有八十岁了，因为年龄大了，这几年去黄沙梁少了，金子的事也说得少了。但经常说村里的老房子，说冯四的钱还没给，说要把老房子收回来。后父这样看重他的老房子，总让我们觉得那个老房底子下真的埋了金子。

将来有一天,我们会不会真的相信了那一褡裢金子的事,兄弟几个,雇一台推土机,轰轰隆隆地进到我们的老院子?

谁的叫声让一束花香听见

一些沙枣花向着天上的一颗星星开,那些花香我们闻不见。她穿过夜空,又穿过夜空,香气越飘越淡。在一个夜晚,终于开败了。

可能那束花香还在向远空飘,走得并不远,如果喊一声,她会听见。

可是,谁的叫声会让一束花香听见。那又是怎样的一声呼唤,她回过头,然后一切都会被看见——一棵开着黄白碎花的沙枣树,枝干曲扭,却每片叶子都向上长,每朵花都朝天开放。树下的人家,房子矮矮的,七口人,男人在远路上,五岁的孩子也不在家,母亲每天黄昏在院门外喊,那孩子就蹲在不远的沙包上,一声不吭,看着村子一片片变黑,自己家的院子变黑,母亲的喊声变黑。夜里每个窗户和门都关不住,风把它们一一推开。那孩子魂影似的回来,蹲在树杈上,看着空荡荡的房子。人都到哪去了。妈妈。妈妈。那孩子使劲喊。却从来没喊出一句。

另外一个早晨,这家的男人又要出远门,马车吱出院子,都快走远了,突然听见背后的喊声。

"哒。"

只一声。他蓦然回头,看见自己家的矮土房子,挨个站在门前沙枣树下的亲人:妻子一脸愁容,五个孩子都没长大,枯枯瘦瘦地围在母亲身边。那个五岁的孩子站在老远处,一双眼睛空空荡荡地望着路——这就是我的日子。他一下全看见了。

他满脸泪水地停住。

他是我父亲,那个早晨他没走成,被母亲喊住了。我蹲在远远的土墙上,看见他转身回来。车上的皮货卸下来,马牵进圈棚。那以后他在家待了三年,或是五年,我记不清。我以后的生活被别人过掉了,我再没看见这个叫父亲的人。也许他给别人当父亲去了。我记住的全是他的背影,那时他青年接近中年的样子,脊背微驼,穿一件蓝布上衣,衣领有点破了,晒得发白的后背上,落着尘土和草叶,他不知道自己脊背上的土和草叶,他一直背着它。那时候我想,等我长大长高一些,我会帮他拍打脊背上的土,我会帮他把后脑勺的一撮头发捋顺。我一直没长大。我像个跟屁虫,跟在他后面,似乎从没走到前头,看见过他的脸。我想不起他的微笑,不知道他衣服的前襟,有几颗纽扣,还有他的眼睛,我只看见他看见过的东西,他望远处时我也望远处,他低头看脚下的虫子时我也看着虫子,他目光抚过的每样东西我都亲切无比。但我从没看见他的眼睛。有一天我和他迎面相遇,我会认不出他,与他相错而去。我只有跟在后面,才会认识他,才是他儿子。他只有走在前面,才是我父亲。

在我更小的时候,他把我抱在胸前,我那时的记忆全是黑暗,如果我出生了,那一刻我会看见,我的记忆到哪去了,我怎么一点都想不起出生时的情景,我连母乳的味道都忘记了,我不会说话的那几个月、一年,我用什么样的声音说出了我初来人世的惊恐和欢喜。

还有什么没有被看见。

那棵沙枣树又陪我们过了一年。如果树有眼睛,它一样会看见我们的生活,看见自己的叶子和花在风中飘远。更多的叶子落在树下,被我们扫起。树会看见我们砍它的一个枝干做了锨把。那个断碴慢慢地长成树上的一只眼睛,它天天看见立在墙根的铁锨,看见它的枝做成的锨把,被我们一天天磨光磨细。父亲拿锨出去的早晨它看见了,我一身尘土回来的傍晚它看见了。整个晚上,那个断碴长成的树眼,直直地盯着我们家院子,盯着月亮下的窗户和门。它看见什么了。那个蹲在树杈的五岁男孩又看见了什么。

夜夜刮风。风把狗叫声引向北边的戈壁沙漠。雪把牛哞单独包裹起来,一片片撒向东边的田野。雨落在大张的驴嘴里。夜晚的驴叫是下向天空的一场雨,那些闪烁的星星被驴叫声滋润。每一粒星光都是深夜的一声惊叫。我们听不见。我们看见的只是它看我们的遥远目光。

多少年后,我才能说出今天傍晚的一滴雨,它落在额头,冰凉传到内心时我已是一个中年人。当什么突然地击疼我,多少年后,谁发出一声叫喊。那些我永远不会叫出的喊声,星星一样躲得远远。我被她胆怯地注视。

多少年后,我才碰见今天发生的事情,它们走远又回来。就像一声狗吠游遍世界回到村里,惊动所有的狗,跟自己多年前的回音对咬。

有一种小黑沙枣,专门长着喂鸟。人也喜欢吃。熟透了黑亮黑亮。人看着树上的沙枣做农活,沙枣刚黑一点小尖时,编榶,收拾磙子。沙枣黑一半时,麦种摊在苇席上晾半天,拌种的肥料碾碎。沙枣全黑时鸟全聚在树上,人下地,把麦子播撒下去。对鸟来说,沙枣的甘甜比麦粒可口,顾不上到地里刨食麦种。树上的沙枣可以让鸟一直吃到落雪前,那时麦苗已长到一拃高,根早扎深了。鸟想到吃麦粒时已经太晚。

我们在一棵沙枣树下生活多少年,一些花香永远闻不见。几乎所有的沙枣花向天开放,只有个别几朵,面向我们,哀哀怨怨的一息香环家绕院。

那些零碎星光,也一直在茫茫夜空找寻花香。找到了就领她回去。它们微弱的光芒,仅能接走一丝花香,再没力气照在地上。

更多的花香被鸟闻见。鸟被熏得头晕,满天空乱飞,鸣叫。

还有一些花香被那个五岁的孩子闻见。花落时,他的惊叫划破夜晚。梦中走远的人全回来,睁大双眼。其实什么都看不见,除了自己的梦。

一朵花向整个大地开放自己

我记住临近秋天的黄昏,天空逐渐透明,一春一夏的风把空气中的尘埃吹得干干净净。早黄的叶子开始往远处飘了。我的母亲,在每年的这个时节站在房顶,做着一件我们都不知道的事。

她把油菜种子绑在蒲公英种子上,一路顺风飘去。把榆钱的壳打开,换上饱满麦粒。她用这种方式向远处播撒粮食,骗过鸟、牲畜,在漫长的西风里,鸟朝南飞,承载麦粒、油菜的榆钱和蒲公英向东飘,在空中它们迎面相遇。鸟的右眼微眯,满目是迅疾飘近的东西,左眼圆睁,左眼里的一切都在远去。

我很早的时候,看见母亲等候外出的父亲,每个黄昏她做好晚饭等,铺好被褥等。我们睡着后她望着黑黑的屋顶等。我不知道远去的人中哪个是我的父亲。我不认识他。偶尔的一个夜晚他赶车回来,或许是经过这个有他的家和孩子的村庄。在我迷迷糊糊的梦中,听见马车吃进院子,听见他和母亲低声说话。他卸下几袋粮食装上几张皮子,换上母亲纳的新鞋,把他穿破的一双鞋脱在炕头。在我们来不及醒来的早晨，他的马车又赶出村子上路了。出门前他一定挨个地抚摸我们的头，从土炕的这边到那边，他的五个孩子，没有一个在那时候醒来，看他一眼，叫声爹。他走后的一年里，这个土炕上又会多一个孩子。每次经过村庄他都会让母亲再一次怀孕，从他离开的那一夜起，母亲的身体会一天天变重。她哪都去不了。我的母亲，只有在每年的五月，榆钱熟落时，成筐地收拾榆树种子。她早早把榆树下的地铲平，扫干净，等榆钱落了厚厚一层，便带我们来到树下。那时东风已刮得起劲了。我们在沙沙的飘落声里，把满地的榆钱扫成堆，一筐筐提回家。到了六月，早熟的蒲公英开始朝远处飘了。我的母亲，赶在它们飘飞前，把那些带小白伞的种子装进布袋，她用它给儿女们做枕头，让她的孩子夜夜梦见自己在天上飞，然后，她在早晨问他们看见了什么。

许多事情他们不知道。母亲，我看你站在高高的房顶，手一扬一扬，仿佛做着一件天上的事。风吹种子。许多事情没有弄清。一棵蒲公英只知道它的种子随风飘起，不知道每一颗都落向哪里。第二年春天，或夏天，有没有它们落地扎根的消息随风传来。就像我们的亲人，在千里外的甘肃老家，收到我们在虚土庄安家的消息。

那些信上说，我们已经在一道虚土梁上住下来，让他们赶紧来，我们在梁上等他们。虚土梁是一个显眼的高处，几十里外就能看见我们盖在梁上的房子，望见我们一早一晚的炊烟。

信里还说，我们在梁上顶多等五年。顶多五年，我们就搬到一个更好的地方。

他们说等五年的时候，只想到五年内故乡的亲人有可能到齐，地里的余粮够重新上路，房后的榆树长到可以做辕木。

可是，栽在屋前的桃树也会长大，第三年就开花结果。那些花和果会留人。今年的桃子吃完了，明年后年的鲜桃还会等他们。等待人们的不仅仅是远处的好地方，还有触手可及的身边事物。

一年年整平顺的地会留人，走熟的路会留人，破墙头会留人。即使等来的老家亲人，走到这里也早筋疲力尽，就像当初人们到来时一样，没有前走的一丝力气。

不过，等到真正动身了，人就已经铁了心，什么东西都留不住了。铃铛刺撕扯衣襟也没用，门槛绊脚也没用，泪水遮眼也没用。

关键是人没动身之前，下午照在西墙的一缕阳光，就把人牢牢留住。长在屋旁的一棵小草的浅浅花香，就把人永远留住。

蒲公英从五月开始播撒种子。那时早熟的种子随东风飘向西边的广阔戈壁。到了七月南风起时，次熟的种子被刮到沙漠边的灌木丛，或更远的沙漠腹地。八、九月，西风骤起，大量熟落的种子飘向东边的干旱荒野。十月，北风把最后的蒲公英刮向南山。南山是蒲公英最理想的生栖地。吹到北沙漠的种子，也会在漫长的漂泊中被另一场风刮回来，落在水土丰美的南山坡地。

一年四季，一棵生长在虚土梁上的蒲公英，朝四个方向盛开自己。它巨大的开放被谁看见了。在一朵蒲公英的盛开里，我们生活多年。那朵开过头顶的花，覆盖了整个村庄荒野。那些走得最远的人，远远地落在一朵飘飞的蒲公英后面。它不住地回头，看见他们。看见和自己生存在同一片土梁的那些人，和自己一样，被一场一场的风吹远。又永远地跑不快跑不远。它为他们叹息，又无法自顾。

一粒种子在飘飞的路途中渐渐有了意识，知道自己要往哪去，在哪扎根。一粒种子在昏天暗地的大风中睁开眼睛，看见迅疾向后漂移的荒漠大地，看见匍匐的草，疯狂摇晃的树木，看见河流、深陷荒野的细细流水和向深扩展的莽莽两岸，看见一片土坡上，艰难活命的自己，一根歪斜的枝，几片皱巴巴的叶子。看见秋天从头顶经过，风声枯涩，带走夏天时就已坠地的几片黄叶——这就是我的命啊。一粒种子在落地的瞬间永远地闭上眼睛。从此它再看不见自己。不知道自己是否发芽，是否长出叶子，是否未落稳又被另一场风刮走。它的生长，只是一场不让自己看见的黑暗的梦。

这就是一棵草。

它或许永远不知道自己怎样活着。它的叶子被一只羊看见，被飘过头顶的一粒自己的种子看见。

就在人们待在村里，梦想着怎样远走的那些年，一群鸟一次次飞到南方又回来。一窝蚂蚁，排起长队，拖家带口迁徙到戈壁那边的胡杨绿地。连爬得最慢的甲壳虫，也穿过荒滩去了趟沙漠边。每一朵花都向整个大地开放了自己。

夜晚的咳嗽声

每个人都有截然不同的好几种人生,我们看见的只是其中一种。

那年冬天,韩老二若不进沙漠打柴,他的腿就不会被车压断,没被车压断腿的韩老二,过着以往的平顺日子。人们看见的是压断腿的韩老二,在那个冬天的黄昏,躺在牛车上回来。他的牛没坐住坡,装满梭梭柴的牛车在大沙包上跑坡了,韩老二绊倒在地,一只车轱辘从右腿压过去。

那以后,出现在村里的是一个叫韩拐子的人,拄着拐杖,拖着一条右腿,在路上留下一只脚印一个拐杖窝。叫韩老二的人不在了,只有在一些人的话语中,还隐约听见他的存在。

"唉,我这条腿要不断,也早该把新房子盖起来,生活也不会落在别人后头。"

"韩老二是个倔性子人,那条腿要不断,还不定能干出啥大事情。"

"我那男人,幸亏腿断了,要不然,早天南海北跑掉了。"

从这些话语中,人们隐约看见盖起新房子的韩老二,整出大事情的韩老二,尤其天南海北跑掉的韩老二,在外面做成买卖,挣了大钱。他正越来越远地离开村子。有几年他似乎离虚土庄很近了,到处有人传说他的事,却始终没走进村子。这样过了二十年,甚至更久,走在村里的依旧是拖着一条断腿的韩拐子,他哪都没去成,啥事都没整出来。

韩拐子的断腿还是影响了一些人。比如马三娃,自从韩老二的腿压断后,他再不敢进沙漠拉梭梭柴,更不敢赶车上远路,他经常看见自己的腿在一个大沙坡上被车压断,瘸着腿的自己过着韩拐子一样的生活,啥重活都干不了,走路一颠一颠,在路上留下一个脚印一个拐杖窝。

因为一个人的腿断了,村庄看上去也不稳了。每当韩拐子一瘸一拐走路时,我就感觉村子在摇晃,码在房顶的苞谷棒都被摇落下来,天空也在晃。我觉得头晕,就蹲在地上,闭着眼睛等他走过去。

每个人都会影响村子,村里多一个瞎子,就会少看见多少东西。瞎子的手在墙上树上门框上摸出一条路,那条路我们看不见,瞎子的手摸在墙上树上时,就知道自己走到了哪里。

要是一个人病了,他的咳嗽声会改变一个夜晚的梦。俗话说,老人的咳嗽能把房梁上的灰土震落下来。年轻时落在房梁上的土,会被年老时的咳嗽声震落。

要有五个人咳嗽,跑买卖的车户会绕过村子。

他们会认为这个村庄生病了。

咳嗽声还让一些动物不敢进村。但会招惹苍蝇和蚊子,俗话说,富人身边朋友多,病人头上苍蝇多。苍蝇喜欢病人。大概人一病就躺着不动了，苍蝇叮起来不费劲。可能还有其他原因，是不是对苍蝇来说，病人的味道更好吃一些。

　　咳嗽是村庄很重要的声音。不管有病没病，一个村庄都会有咳嗽声。深夜走近村庄的外乡人，都要蹲在村边静静倾听狗叫和咳嗽声，以此判断是否进村。有时一村人在说梦话。在夜里，人的梦话跟虫鸣一样聒耳，只不过虫鸣像水一样漫在地面，人的梦呓雾一样飘在空中。咳嗽声能让夜晚停顿，让梦回头。有威望的老人，像王五爷、冯七爷、刘二爷这些人，每个夜里都要咳嗽几声。王五爷上半夜咳嗽两声，冯七爷下半夜准会咳嗽三声，刘二爷天明前要咳嗽五声。年轻人都悄悄的，不吭声。人一咳嗽，狗就不叫了。狗不跟人比声。跑顺风买卖的冯七爷知道，一走出二十里地，村庄只剩下狗吠驴鸣，还有早晨的鸡叫，人的什么声音都听不见了。咳嗽声在夜晚只能传五里地。人越老咳嗽声传得越远。这些数字都是走夜路的赶车人测出来的。他们根据咳嗽声大小和传播远近，判断这个村庄谁说了算。刘二爷的咳嗽声只能传三里半。他的底气还不足，后二十年里村子才逐渐落在他手里。

空气中多了一个人的呼吸

那一年，一个叫唐八的人出世，天空落了一夜土，许多东西变得重起来：房顶、绳子、牛车、灯。

我早醒了一阵，天还没亮。父亲说，好睡眠是一根长绳子，能把黑夜完全捆住。那个晚上我的睡眠又短了一截子。

我又一次看见天是怎么亮的。我睁大眼睛，一场黑风从眼前慢慢刮过去，接着一场白风徐徐吹来。让人睡着和醒来的，是两种不同颜色的风。我回想起谁说过的这句话。这个村子的每个角落里都藏着一句话，每当我感受到一种东西，很快，空气中便会冒出一句话，把我的感受全说出来。

这时空气微微波动了一下，极轻微的一下。不像是鸟扇了扇翅膀，房边渠沟里一个水泡破了，有人梦中长叹一口气。我感到空气中突然多了一个人的呼吸。因为多了一个人，这片天地间的空气重新分配了一次。

如果在梦中，我不会觉察到这些。我的睡眠稍长一点，我便错过了一个人的出世。

梦见的人不呼吸我们的空气。我听见谁说过这句话，也是天快亮的时候，我从梦中醒来，一句话在枕旁等着我。

我静静躺着，天空在落土。我想听见另一句。许多东西变得重起来。我躺了一大阵子，公鸡叫了，驴叫了，狗叫了。我感觉到的一个人的出生始终没被说出来。

可能出生一个人这样平常的小事，从来没必要花费一句话去说。鸡叫一声就够了。驴叫一声，狗再叫一声，就够够的了。

可是那一天，村里像过年一样迎接了一个人的出生。一大早鞭炮从村南头一直响到村北头。我出门撒尿，看见两个人在路旁拉鞭炮，从村南开始，一棵树一棵树地用鞭炮连起来，像一根红绳子穿过村子，拉到村北头了还余出一截子。接连不断的鞭炮声把狗吓得不敢出窝，树震得簌簌直落叶子。

唐家生了七个女儿，终于等来了一个儿子。吃早饭时母亲说，今天别跑远了，有好吃的。

多少年来这个村庄从没这样隆重地接迎过一个人。唐家光羊宰了八只，院子里支了八只大锅，中午全村人被请去吃喝。每人带着自家的碗和筷子，房子里坐不下，站在院子里，院子挤不下的站在路上、蹲在墙头上。狗在人中间窜来窜去，抢食人啃剩的骨头。鸡围着人脚转，等候人嘴里漏下的菜渣饭粒。那顿饭一直吃到天黑，看不见锅、看不见碗了人才渐渐散去。

又过多少年（十三年或许八年，我记不清楚），也是在夜里，天快亮时，这个人悄然死去。空气依旧微微波动了一下，我没有醒来。我在梦中进沙漠拉柴火，白雪覆盖的沙丘清清楚楚，我能看见很远处隔着无数个沙丘之外的一片片柴火，看清那些梭梭的铁青枝干和叶子,我的牛车一瞬间到了那里。

那时我已经知道梦中的活不磨损农具,梦中丢掉的东西天亮前全都完好无损回到家里,梦中的牛也不耗费力气。我一车一车往家里拉柴火,梦中我知道沙漠里的柴火不多了,有柴火的地方越来越远,要翻过无数个沙包。

我醒来的一刻感到吸进嘴里的气多了一些,天开始变亮,我长大了,需要更多一点的空气,更稠一些的阳光,谁把它们及时地给予了我。我知道在我的梦中一个人已经停止呼吸,这片天地间的空气又重新分配了一次。

我静静躺着,村子也静静的。我想再等一阵,就能听见哭喊声,那是多少年前那一场热闹喜庆的回声,它早早地转返回来,就像是刚刚过去的事,人们都还没离开。

在这地方,人咳嗽一声、牛哞一声、狗吠虫鸣,都能听见来自远方的清晰回声。每个人、每件事物,都会看见自己的影子在阳光下缓缓伸长,伸到看不见的遥远处,再慢慢返回到自己脚跟。

可是那个早晨,我没等到该有的那一片哭声。我出去放牛又回来,村子里依旧像往常一样安静。

天快黑时母亲告诉我,唐家的傻儿子昨晚上死了,唐家人也没吭声,悄悄拉出去埋了。

一个人的名字

人的名字是一块生铁,别人叫一声,就会擦亮一次。一个名字若两三天没人叫,名字上会落一层土。若两三年没人叫,这个名字就算被埋掉了,上面的土有一铁锨厚。这样的名字已经很难被叫出来,名字和属于他的人有了距离。名字早寂寞地睡着了,或朽掉了。名字下的人还在瞎忙碌,早出晚归,做着莫名的事。

冯三的名字被人忘记五十年了。人们扔下他的真名不叫,都叫他冯三。

冯三一出世,父亲冯七就给他起了大名:冯得财。等冯三长到十五岁,父亲冯七把村里的亲朋好友召集来,摆了两桌酒席。

冯七说,我的儿子已经长成大人,我给起了大名,求你们别再叫他的小名了。我知道我起多大的名字也没用,只要你们不叫,他就永远没有大名。当初我父亲冯五给我起的名字多好:冯富贵。可是,你们硬是一声不叫。我现在都六十岁了,还被你们叫小名。我这辈子就不指望听到别人叫一声我的大名了。

我的两个大儿子，你们叫他们冯大、冯二，叫就叫去吧，我知道你们改不了口了。可是我的三儿子，就求你们饶了他吧。你们这些当爷爷奶奶、叔叔大妈、哥哥姐姐的，只要稍稍改个口，我的三儿子就能大大方方做人了。

可是，没有一个人改口，都说叫习惯了，改不了了。或者当着冯七的面满口答应，背后还是冯三冯三地叫个不停。

冯三一直在心中默念着自己的大名。他像珍藏一件宝贝一样珍藏着这个名字。

自从父亲冯七摆了酒席后，冯三坚决再不认这个小名，别人叫冯三他硬不答应。"冯三"两个字飘进耳朵时，他的大名会一蹦子跳起来，把它打出去。后来冯三接连不断灌进耳朵，他从村子一头走到另一头，见了人就张着嘴笑，希望能听见一个人叫他冯得财。

可是，没有一个人叫他冯得财。

"冯三"就这样蛮横地踩在他的大名上面，堂而皇之地成了他的名字。已经五十年了，冯三仍觉得别人叫他的名字不是自己的。夜深人静时，冯三会悄悄地望一眼像几根枯柴一样朽掉的那三个字。有时四下无人，冯三会突然张口，叫出自己的大名。很久，没有人答应。冯得财就像早已陌生的一个人，五十年前就已离开村子，越走越远，跟他，跟这个村庄，都彻底没关系了。

为啥村里人都不叫你的大名冯得财，一句都不叫。王五爷说，因为一个村庄的财是有限的，你得多了别人就少得，你全得了别人就没了。当年你爷爷给你父亲起名冯富贵时，我们就知道,你们冯家太想出人头地了。谁不想富贵呀。可是村子就这么大,财富就这么多,你们家富贵了别人家就得贫穷。所以我们谁也不叫他的大名,一口"冯七"把他叫到老。可他还不甘心,又希望你长大得财。你想想,我们能叫你得财吗。你看刘榆木,谁叫过他的小名。他的名字不惹人。一个榆木疙瘩,谁都不眼馋。还有王木叉,为啥人家不叫王铁叉,木叉柔和,不伤人。

虚土庄没有几个人有正经名字,像冯七、王五、刘二这些有头面的人物,也都一个姓,加上兄弟排行数,胡乱地活了一辈子。他们的大名只记在两个地方:户口簿和墓碑上。

你若按着户口簿点名,念完了也没有一个人答应,好像名字下的人全死了。你若到村边的墓地走一圈,墓碑上的名字你也不认识一个。似乎死亡是别人的,跟这个村庄没一点关系。

其实呢,你的名字已经包含了生和死。你一出生,父母请先生给你起名,先生大都上了年纪,有时是王五、刘二,也可能是路过村子的一个外人。他看了你的生辰八字,捻须沉思一阵,在纸上写下两个或三个字,说,记住,这是你的名字,别人喊这个名字你就答应。

可是没人喊这个名字。你等了十年、五十年。你答应了另外一个名字。

起名字的人还说,如果你忘了自己的名字,一直往前走,路尽头一堵墙上,写着你的名字。

不过,走到那里已到了另外一个村子。被我们埋没的名字,已经叫不出来的名字,全在那里彼此呼唤,相互擦亮。而活在村里的人互叫着小名,莫名其妙地为一个小名活着一辈子。

后父的老

我很小的时候，奶奶就已经老了，我们一家养着奶奶的老，给她送终。奶奶去世后，轮到母亲老了，但她不敢老，她要拉扯一堆未成年的孩子。现在我五十多岁，先父、后父都已经不在，剩下母亲，她老成奶奶的样子了，我们养她的老，也在随着母亲一起老。因为有她在，我不敢也没有资格说自己老。老是长辈享有的，我年纪再大，也是儿子。真正到了前面光秃秃的没了父母，我成了后一辈人的挡风墙，那时候，就可以心安理得地老了。

但老终究是不容易的一件事情。

记得有一年，我陪母亲回甘肃酒泉老家，在村里看望一个叔叔，院门锁着，家里人下地干活去了。等到大中午，看见两个老人扛农具走来，远看着一样老，都白了头，一脸皱纹。走近了，经介绍才知道，是叔叔和他的父亲，一个六十多岁，一个八十多岁，活成一对老兄弟，还在一起干农活。

我父亲没有和我一起活老。

我八岁时父亲去世，感觉自己突然成了大人。十三岁时，母亲再嫁,我们有了后父,觉得自己又成了孩子。后父的父母走得早,他的前面光秃秃的,就他一个人,后面也光秃秃的,无儿无女。我们成了他的养儿女,他成了我们的养父。

我十八岁时,有一天,后父把我和大哥叫在一起,郑重地给我们交代一件事。后父说,我已经五十岁的人了,你们两个儿子,该操心给我备一个老房(棺材)了。这个事都是当儿子要做的。说后面的张家,儿子早几年就给父亲备好了老房。

备老房的事,在村里很常见,到一户人家院子,会常看见一口棺材摆在草棚下,没上漆,木头的色,知道是给家里老人备的,或是家里老人让儿子给自己备的。棺材有时装粮食、饲料,或盛放种子,顶板一盖,老鼠进不去。

我们小时候玩捉迷藏,也会藏进老房里,头顶的板一盖,就仿佛到了另一个世界,外面的声音瞬间远了,待到听不见一丝声响时,恐惧便来了,赶紧顶开盖板爬出来。

家里的老人也会躺进去,试试宽窄长短,也会睡一觉醒来。

其实这些老人都不老,五六十岁、六七十岁的样子,因为送走了前面的老人,自己跟着老上了。

老有老样子,留胡须,背手,吃饭坐上席,大声说话。一般来说,男人五六十岁便可装老了,那时候儿女也二三十岁,能在家里挑大梁,干重活。装老的目的,一是在家里在村里塑造尊严,让人敬;二是躲清闲,有些重活累活,动动嘴使唤儿女干就可以了。

也是我十八岁那年,后父开始装老,突然腰也疼了,腿也困了,有时候抽烟呛着,故意多咳嗽两声。去年秋天还能背动的一麻袋麦子,今年突然就不背了,让我和大哥背。其实我们两个的劲加起来，也没他大。

我后父打定主意，要盘腿坐在炕上，享一个老人的福了。

可就在这个节骨眼上，我大哥外出开拖拉机，我外出上学，留在家里的三弟四弟都没成人，指望不上，后父只好忘掉自己已经五十岁的年龄，重活累活都又亲手干了。

后父吩咐我们备的老房，也因为种种原因，一直没有做。其间我们搬了三次家，第一次，从沙漠边的黄沙梁村搬到天山半坡上的元兴宫村，过了些年又搬到县城边的城郊村，后来又搬进县城住了楼房。想想也幸亏没给后父备老房，若备了，会一次次地带着它搬家，但终究没有一个安放它的地方。

后父活到八十四岁，走了。

距他给我和大哥交代备老房那年，已经过去三十四年。

后父去世时我在乌鲁木齐，晚上十二点，家人打来电话，说后父走了。我们赶紧驱车往回赶，那晚漫天大雪，路上少有车辆，天地之间，雪花飘满。

回到沙湾已是后半夜，后父的遗体被安置在殡仪馆，他老人家躺在新买来的棺材里，面容祥和，嘴角略带微笑，像是笑着离开的。

听母亲说，半下午的时候，后父把自己的衣物全收拾起来，打了包，说要走了。

母亲问，你走哪去，活糊涂了。

后父说要回家，马车都来了，接他的人在路上喊呢。

后父在生产队时赶过马车。在临终前的时光里，他看见来接他的马车，要把他接回到村里。

可是，我们没有让一辆马车把他接回村里。我们把他葬在了县城边的公墓。

但我知道，他的魂，一定被那辆马车接走，回到了故乡。我们在县城的殡仪馆为他操持的这一场葬礼，已经跟他没有关系。公墓里那个写有他名字和生卒日期的墓碑跟他没有关系。在离县城七十公里的老沙湾黄沙梁村，他家荒寂多年的祖坟上，他几十年前送走的老母亲的坟墓旁，一定有了一串轻微的脚步声，一个儿子回到了那里。

月亮在叫

那一夜刮风,我听见三层声音,上层是乌云的,它们在漆黑的夜空翻滚、碰撞、磨蹭,挨挨挤挤,向往更黑暗的年月里迁徙搬运。中层是大风翻过山脊的声音,草、麦子、野蔷薇和树梢被风撕扯,全是揪心的离散之声。我在树梢下的屋子里,听见从半空刮走的一场大风,地上唯一的声音是黑狗月亮的吠叫,它在大杨树下叫,对着疯狂摇动的树梢叫,对着翻滚的乌云叫。紧接着,我听见它爬上屋后被风刮响的山坡,它的叫声加入到山顶的风声中,在更高的云层中也一定有它的叫声。它在那里撕心裂肺地叫。我不知道它遇见了什么。对一条狗来说,这样的夜晚注定不得安宁,从天上到地下,所有的一切都在发出响动,都在丢失。它在疯狂跑动的风中奔跑狂叫,像是要把所有离散的声音叫回来。

另一夜我被它的狂吠叫起来,循声爬上山坡。我猫着腰,双手扒地,在它走过的草丛中潜行,它在自己的吠叫声里,不会听见背后有一个人过来,我在离它不远的草丛停住,看见它伸长脖子,对着天上的月亮汪汪吠叫,我像它一样伸长脖子,嘴大张,却没有一丝声音。

满山坡的白草,被月光照亮。树睡在自己的影子里,朝向月亮的叶子发着忘记生长的光。我仰起的额头一定也被月光照亮,连最深的皱纹里都是盈盈月光。

这时我听见远处的狗吠,先是山坡那边泉子村的,一只嗓门宽大的狗在叫,像哐哐的拍门声,每一句汪汪声都在拍开一面漆黑的大门。紧接着村子北面的几条狗也吠起声,南边大板沟的狗吠也隔着山梁传过来。

此刻我们家的牧羊犬月亮,正昂首站在坡顶明亮的月光里,站在四周汪汪的狗吠中心。

我站在它身后,一声不吭。

我们不在院子的多少个黄昏和夜晚,它独自爬上山坡,用一只母狗的汪汪吠叫,唤起远近村庄的连片狗吠。然后,它循着一个声音跑去,每跑过一片坡地麦田,每爬上一座荒草山顶,都停下来,回头看身后的院子,侧耳听后面的动静,它对这个大院子的不放心,使它一夜夜地不曾跑远,那些夜晚的风声带着满院子树叶屋檐的响声,把它唤回来。它回到自己的院子里吠叫,把远近村庄的狗,叫到书院四周,它们进不了院子,不知道院墙上它独自进出的狗洞。

那样的夜晚,院子没有人,月亮的叫声悠远孤高,它不是叫给我们听,它知道自己的主人在听不见狗吠的远处,它在院子里闻不到主人的气味,从远处刮来的风中也没有主人的气息,整个院子是它的,悄然矗立的房子是它的,寂静移动的光阴是它的。

又一个夜晚,我听见它吠叫着往山坡上跑,一声紧接一声的狗吠在爬坡,待它上到坡顶,吠叫已经悬在我的头顶,我仰躺在床上,听见它的叫声在半空里,如果星星上住着人,也会被它叫醒。

接着我听见它的叫声跑下山那边的大坡,那个坡似乎深不见底,它的声音正掉下去。其实那边是泉子沟的山谷,不深,只是月亮的吠叫深了,我再听不见。

我担心地躺在床上,不知道什么声音把它喊走了,想起来去看看,又被沉沉的睡意拖住。

那个夜晚,天上的月亮从东边出来,翻过菜籽沟,逐渐地移到后面的泉子沟。这只叫月亮的狗,跟着天上的半个月亮,翻山越岭。

它可能不知道天上悬着那个也叫月亮。但它肯定比我更熟知月亮。它守在有月亮的夜里,彻夜不眠。在无数的月光之夜,它站在坡顶的草垛上,对着月亮汪汪汪吠叫,仿佛跟月亮诉说。那时候,我能感觉到狗吠和月光是彼此听懂的语言,它们彻夜诉说。我能听懂月光的一只耳朵,在遥远的梦里,朝我睡着的山脚屋檐下,孤独地倾听。我的另一只耳朵,清醒地听见外面所有的动静里,没有一丝月光的声音。

它一定知道我在听。

它听见屋后山坡上的响动。有时一场大风在翻过山顶。有时一个人悄然走过,踩动草叶的脚步声被它灵敏的耳朵听见。有时它听见黑云贴地,从后山压过来。它知道我的耳朵听不见黑夜到来的声音。它先在我的门口叫，在窗户边叫。它要先叫醒我，让我知道夜已经变得更黑更冷。

有时它叫得紧了，金子会喊我出去看看。更多时候我懒得出门，打开手电从窗户照出去，光柱对着两侧教室的门窗扫一圈，对着高高的白杨树和松树扫一圈，对着孔子石像前的台阶照下去，大门和外面的马路，被树挡住。

看见手电光它会回来，站在光柱里，扭过头看。我打开窗户，探头出去，喊一声"月亮"，我的喊声在它停息吠叫的大院子里，空空地响着。我关了手电，悄然走在有它陪伴的月光里。它对着月亮叫，我也对着月亮，嘴大张，发出的声音却仿佛是它的。

有时它的叫声在院子外面，在屋后山坡上，我的手电光掠过树梢，朝它对着吠叫的月亮照去。四周没有一点光，两旁黑沉沉的山梁，将远处城市的灯火挡在了另一个世界，所有的光亮都在天上，繁星、银河、月亮。这来自地上的一束手电光，伴随我仰望的一缕目光，在遥遥的月亮上，与一只狗的目光相汇。

有一夜它不停地叫到天快亮，我睡着又被它叫醒，金子一直醒着，她过一阵对我说一句，你出去看看吧，院子可能进来人了。

我说没事，睡吧。

说完我却睡不着，满耳朵是月亮的狂吠。它嗓子都哑了，还在叫。

我穿衣出去，手电朝它狂吠的果园照过去，走到它吠叫的教室后面，对着穿过林带的小路上照。全是黑黑的树影。月亮亲热地往我身上蹭，我摸着它热乎乎的额头，它叫了一晚上，就想叫我出来，有东西在夜里进了院子，但我看不见它所看见的。我关了手电,蹲下身耳朵贴着它的耳朵静听了一会儿,又打开手电,天上寥寥地闪着几颗星星,光亮照不到地上。树挤成一堆一堆,感觉那些高大的树都蹲在夜里,手电照过去的一瞬,它们突然站起来。

果真有人进了院子。那是另一个夜晚,我掀开窗帘,看见一个人走进大杨树下阴影里。我赶紧起床,开门出去,手电对着那块阴影照,什么都没有。月亮在我前面狂吠,沿着穿过白杨树阴影的小路往上走,前面是一棵挨一棵的大树,那个人不见了。

我回来睡觉。过了会儿,月亮又大叫起来,我掀开窗帘,看见刚才那个人正从大杨树的阴影里走出来,这次我看清了,他肩上扛着东西,还打着一个小手电。月亮只是站在台阶上狂吠,不接近那个人。

我出门喊了一声。那人站住,手电照过去,看见他肩上的铁锹。

是书院后面的村民,他在夜里浇地,水渠穿过我们院子,他沿渠巡水。

月亮见我出来胆子大了,直接扑上去咬。我喊住月亮,和那人说了几句话,仍然没认清他是谁。

这时东方已经泛白,从对面山梁上露出的曙光,还不能全部照亮书院。我喜欢这种微明,天空、树、房子和人,都半睡半醒。

头遍鸡叫了。我们家那只大公鸡先叫出第一声,接着,一山沟的鸡都开始叫。

我看看手机,早晨六点。我还有三个小时的回头觉,得把脑子睡醒，不然一天迷迷糊糊，啥事情都想不清楚。

另一夜大风进了院子，呼啦啦地摇白杨树和松树，摇苹果树和榆树。月亮在铺天盖地的风声里听见一个人的脚步声，它对着果园狂吠。我也隐隐听见了，像是多少年前我在那些刮大风的夜晚回家的脚步声，被风吹了回来。

我起身开门，顶着凉飕飕的秋风，走进月亮吠叫的果园。这时候大风已经把天上的云朵刮开，月光星光，照亮整个院子，我没有开手电，在清亮的月光里，看见一个人站在苹果树下，摘果子。风摇动着果树梢，树下却安安静静。那个人头伸进树枝里摸索一阵，弯腰把摸到的苹果放进袋子。那些苹果泛着月光，我想在他弯腰的一瞬看见他是谁。但是，他一弯腰，脸就埋在阴影里。我在另一棵苹果树下，静静地看他摘我们的果子，有一刻他似乎觉察出了什么，朝我站的这棵果树望，我害怕得憋住呼吸，好像我是一个贼，马上要被发现了。接着他又摘了几个果子，然后，背起满满的一袋子苹果，朝后院墙走。

月亮突然狂叫着追过去。在我静悄悄站在树下看那人时，月亮靠在我的腿边，它也安静地看着那个人。它或许在等我开口说话，它等了很久，终于忍不住，猛地扑了过去。那人一慌，摔倒在地，爬起来便跑，跑到院墙根，连滚带爬，从院墙豁口翻出去。

我没有喊月亮。它追咬到豁口处停住，对着院墙外叫了一阵，又转头回来。

我带着月亮穿过秋风呼啸的果园，不时有熟透的苹果落下来，咚的一声。有时好多个苹果噼噼啪啪地落在身边，我慢慢地走着,弓腰躲过斜伸的树枝,我想会有一个苹果落在我头上,咚的一声,我猛地被砸醒,不由自主地发出疼痛的"哎呀"声。

可是没有,从始至终,我没有发出一丝声音,甚至没有叫一声月亮。

待我回屋躺在床上,突然后悔起刚才自己的噤声。月亮那样声嘶力竭地叫我出去,它是想让我叫一声,它知道那个人在拿东西,它认得贼的样子,它想让只有孤单狗吠的夜里,也有我的一声喊叫。可是,我没有出声。

在我沉睡前的模糊听觉里,月亮孤独的叫声又在外面响起来了,一声接一声地,把我送入凉飕飕的梦中。

在无数个刮风的夜晚,它彻夜不眠,风进院子了,树梢在动,树的影子在动,所有的东西都发出声响,连死去两年的那棵枯杏树,都呜呜地叫。

黑狗月亮的吠叫淹没在巨大的风声里,仿佛它也被风吹着叫,它的叫声也成了风声的一部分。在它过于灵敏的耳朵里,风吹树叶的声音都大得惊人。那时候,我在自己辽远的睡梦中,满世界不安的响动,四周阴森森,我身不由己,被拖进一场恐怖的梦魇中,我奔跑、嘴大张,我的声音像被谁没收了。最后,我拼命喊出的那一声,飘出窗户,被它听见。它猛地转身,从屋后满是月光的山坡回来,从树荫摇曳的果园回来,从只有它自己的吠叫声里回来。它对着我的窗户大叫,它不知道我在梦中发生了什么,但它听见我从未有过的叫声,它拿脊背操门,像我晚起的那些早晨,它在门口守候久了,拿脊背笨拙地操门。

我在它的叫声里突然醒来。

一片叶子下生活

如果我们要求不高,一片叶子下安置一生的日子。花粉佐餐,露水茶饮,左邻一只叫花姑娘的甲壳虫,右邻两只忙忙碌碌的褐黄蚂蚁。这样的秋天,各种粮食的香味弥漫在空气里,粥一样稠浓的西北风,喝一口便饱了肚子。

我会让你喜欢上这样的日子,生生世世跟我过下去。叶子下怀孕,叶子上产子。我让你一次生一百个孩子。他们三两天长大,到另一片叶子下过自己的生活。我们不计划生育,只计划好用多久时间,让田野上到处是我们的子女。他们天生可爱懂事,我们的孩子,只接受阳光和风的教育,在露水和花粉里领受我们的全部旨意。他们向南飞,向北飞,向东飞,都回到家里。

如果我们要求不高,一小洼水边,一块土下,一个浅浅的牛蹄窝里,都能安排好一生的日子。针尖小的一丝阳光暖热身子,头发细的一丝清风,让我们凉爽半个下午。

我们不要家具,不要床,困了你睡在我身上,我睡在一粒发芽的草籽上,梦中我们被手掌一样的蓓蕾捧起,越举越高,醒来时就到夏天了。扇扇双翅,我要到花花绿绿的田野转一趟。

一朵叫紫胭的花上你睡午觉，一朵叫红媚的花儿在头顶撑开凉棚。谁也不惊动你，紫色花粉沾满身子，红色花粉落进梦里。等我转一圈回来，拍拍屁股，宝贝，快起来怀孕生子，东边那片麦茬地里空空荡荡，我们赶紧把子孙繁衍到那里。

如果不嫌轻，我们还可以像两股风一样过日子。春天的早晨你从东边那条山谷吹过来，我从南边那片田野刮过去。我们遇到一起合成一股风，是两股紧紧抱在一起的风。

我们吹开花朵不吹起一粒尘土。

吹开尘土，看见埋没多年的事物，跟新的一样。

当更大更猛的风刮过田野，我们在哗哗的叶子声里藏起了自己，不跟它们刮往远处。

围绕村子，一根杨树枝上的红布条够你吹动一个下午，一把旧镰刀上的斑驳尘锈够我们拂拭一辈子。生活在哪儿停住，哪儿就有锈迹和累累尘土。我们吹不动更重的东西：石磨盘下的天空草地，压在深厚墙基下的金子银子。还有更沉重的这片村庄田野的百年心事。

也许，吹响一片叶子，摇落一粒草籽，吹醒一只眼睛里的晴朗天空——这些才是我们最想做的。

可是，我还是喜欢一片叶子下的安闲日子，叶子下怀孕，叶子上产子。田野上到处是我们可爱的孩子。

如果我们死了，收回快乐忙碌的四肢，一动不动躺在微风里。说好了，谁也不蹬腿，躺多久也不翻身。

不要把我们的死告诉孩子。死亡仅仅是我们的事。孩子们会一代一代地生活下去。

如果我们不死，只有头顶的叶子黄落，身下的叶子也黄落。落叶铺满秋天的道路。下雪前我们搭乘拉禾秆的牛车回到村子。天渐渐冷了，我们不穿冬衣，长一身毛。你长一身红毛，我长一身黑毛。一红一黑站在雪地。太冷了就到老鼠洞穴蚂蚁洞穴避寒几日。

不想过冬天也可以，选一个隐蔽处昏然睡去，一直睡到春暖草绿。睁开眼，我会不会已经不认识你，你会不会被西风刮到河那边的田野里。冬眠前我们最好手握手面对面，紧抱在一起。春天最早的阳光从东边照来，先温暖你的小身子。如果你先醒了，坐起来等我一会儿。太阳照到我的脸上我就醒来，动动身体，睁开眼睛，看见你正一口一口吹我身上的尘土。

又一年春天了。你说。

又一年春天了。我说。

我们在城里的房子是否已被拆除。在城里的车是否已经跑丢了轱辘。城里的朋友，是否全变成老鼠，顺着墙根溜出街市，跑到村庄田野里。

你说，等他们全变成老鼠了，我们再回去。

这是别人的田野，有一条埂子让我们走路，一渠沟秋水让你洗手濯足。有没有一小块地，让我们播自己的种子。

我们有自己的种子吗。如果真有一块地，几千亩、几万亩这样大的地，除了任它长草开花，长树，落雪下雨，荒成沙漠戈壁，还能种下什么呢。

当我们一路忙活着走远时，大地上的秋天从一粒草籽落地开始，一直地铺展开去。牛车走坏道路。鸟儿在空中疾飞急叫，眼睛都红了。没有粮仓的鸟儿们，眼巴巴看着人一车车把粮食全收回去。随后的第一场雪，又将落地的谷粒全都盖住。整个冬天鸟站在最冷的树枝上，盯着人家的院子，盯着人家的烟囱冒烟，一群一伙地飞过去，围着黑烟囱取暖。老鼠在人收获前的半个月里，已经装满仓，封好洞，等人挥镰舞叉来到地里，老鼠已步态悠闲地在田间散步，装得若无其事，一会儿站在一块土圪垯上叫一声：快收快收，要下雨了。一会儿又在地头喊：这里漏了两束麦子，捡回去，别浪费了。

每当这个时候，你知道谁在收割人这种作物，一镰挨一镰地，那把刀从来不老，从不漏掉一个，嚓嚓嚓的收割声响在身后。我们回过头，看见自己割倒的一片麦田，看见田地那，几千几万里的莽莽大野里，几万万年间的人们，一片片地割倒在地。我们是剩在地头的最后的一长溜子。

我们青青的叶子是否让时光之镰稍稍缓迟。

你勉力坚持、不肯放弃的青春美丽，是否已经改变了命运前途。

我看见那个提刀的人，隐约在田地那边。在随风摇曳的大片麦穗与豆秧那头，是他一动不动的那颗头。

他看着整个一大片金黄麦田。

他下镰的时候，不会在乎一两株叶青穗绿的麦子。他的镰刀绕不过去。他的收成里不缺少还没成熟的那几粒果实。他的喜庆中夹杂的一两声细微哭泣只有我们听见。他的镰刀不认识生命。

他是谁呢？

当那把镰刀握在我们手中，我们又是谁呢？

辑 三

我受的教育

我五岁时的早晨

我五岁时的早晨,听见村庄里的开门声,我睁开眼睛,看见好多人的脚、马腿,还有车轱辘,在路上动。他们又要出远门。车轮和马蹄声,朝四面八方移动,踩起的尘土朝天上飞扬,我在那时看见两种东西在远去。一个朝天上,一个朝远处。我看一眼路,又看天空。后来,他们走远后,飘到天上的尘土慢慢往回落。一粒一粒地落。天空变得干干净净。但我总觉得有一两粒尘土没有落下来,在云朵上,孤独地睁开眼睛,看着虚土梁上的村子。再后来,可能多少年以后,走远的人开始回来,尘土又一次扬起来。那时我依旧是个孩子,我站在村头,看那些出远门的人回来,我在他们中间没看见我,一个叫刘二的人。

我在五岁的早晨,突然睁开眼睛。仿佛那以前,我的眼睛一直闭着,我在自己不知道的生活里,活到五岁。然后看见一个早晨,一直不向中午移动的早晨。看见地上的脚印,人的脚和马腿。村子一片喧哗,有本事的人都在赶车出远门。我在那时看见自己坐在一辆马车上,瘦瘦小小,歪着头,脸朝后看着村子,看着一棵沙枣树下的家,五口人,父亲在路上,母亲站在门口喊叫。我的记忆在那个早晨,亮了一下。我记住我那时候的模样,那时的声音和梦。然后我又什么都看不见。

我是被村庄里的开门声唤醒的。这座沉睡的村庄,可能只有一个早晨,剩下的全是被别人过掉的夜晚和黄昏。有的人被鸡叫醒,有的人被狗叫醒。醒来的方式不一样,生活和命运也不一样。被马叫醒的人,在远路上,跑顺风买卖,多少年不知道回来。被驴叫醒的人注定是闲锤子,一辈子没有正经事。而被鸡叫醒的人,起早贪黑,忙死忙活,过着自己不知道的日子。虚土庄的多数人被鸡叫醒,鸡一般叫三遍,就不管了。剩下没醒的人就由狗呀、驴呀、猪呀去叫。苍蝇蚊子也叫醒人,人在梦中的喊声也能叫醒自己。被狗叫醒的人都是狗命,这种人对周围动静天生担心,狗一叫就惊醒。醒来就警觉地张望,侧耳细听。村庄光有狗不行,得有几个狗一叫就惊醒的人,白天狗一叫就跑过去看个究竟的人。最没出息的是被蚊子吵醒的人,听说梦的入口是个喇叭形,蚊子的叫声传进去就变成牛吼,人以为外面发生了啥大事情,醒来听见一只蚊子在耳边叫。

被开门声唤醒的,可能就我一个人。

那个早晨,我从连成一片的开门声中,认出每扇门的声音。在我没睁开眼睛前,便已经认识了这个村子。我从早晨的开门声里,清晰地辨认出每户人家的位置,从最南头到最北头,每家的开门声都不一样,它们一一打开时,村子的形状被声音描述出来，和我以后看见的大不一样，它更高，更大，也更加喑哑。越往后，早晨的开门声一年年小了，柔和了，听上去仿佛村庄一年年走远，变得悄无声息，门和框再不磨出声音，我再不被唤醒。我在沉睡中感到自己越走越远。我五岁的早晨，看见自己跟着那些四十岁上下的人，去了我不知道的远处。当我回来过我的童年时，村子早已空空荡荡，所有门窗被风刮开，开门声像尘土落下飘起，没有声音。

我不长大，不行吗

他们说我早长大走了，我不知道。待我一个人在村里游逛，我的影子短短的，脚印像树叶一片片落在身后。我在童年待的时间仿佛比一生还久。村子里只有我一个五岁的孩子，不知道其他孩子去哪了，也许早长大走了。他们走的时候，也没喊我一声。也许喊了我没听见。一个早晨我醒来，村子里剩下我一个孩子。我和狗玩，跟猫和鸡玩，追逐飘飞的树叶玩。

大人们扛锨回来或提镰刀出去，永远有忙不完的事。我遇见的都是大人。我小的时候，人们全长大走了，车被他们赶走了，立在墙根的铁锨被他们扛走，牛被他们牵走，院门锁上钥匙被他们带走。他们走远的早晨，村子里只剩下风，我被风吹着在路上走。他们回来的傍晚风停了，一些树叶飘进院子，一些村东边的土落在村西，没有人注意这些，他们只知道自己一天干了些什么，加了几条埂子，翻了几亩地，从不清楚穿过村庄的风干了些什么，照在房顶和路上的阳光干了些什么。

还有我，一个五岁的孩子干了什么。

有时他们大中午回来，汗流浃背。早晨拖出去的长长影子不见了，仿佛回来的是另一些人。我觉得我是靠地上的影子认识他们的，我从没看清他们的脸，我记住的是他们走路的架势，后脑勺的头发和手中的农具，他们的脸太高，像风中的树梢，我的眼睛够不到那里。我从肩上的铁锨认出扛锨的人。听到一辆马车过来，就知道谁走来了。我认得马腿和蹄印。还有人的脚印。往往是他们走远了，我才知道走掉的人是谁。我没有长大到他们用旧一把铁锨、使坏一辆车。我的生命在五岁时停住了。我看见他们一岁一岁地往前走，越走越远。他们从我身边离开的时候，连一只布鞋都没有穿破。

我以为生活会这样不变地过下去，他们下地干活，我在村子里游逛。长大是别人的事，跟我没关系。那么多人长大了，又不缺少大人，为啥让所有人都长大，去干活。留一个没长大的人，不行吗。村里有好多小孩干的活，钻鸡窝收鸡蛋，爬窗洞取钥匙。就像王五爷说的，长到狗那么大，就钻不进兔子的洞穴。村子的一部分，是按孩子的尺寸安排的。孩子知道好多门洞，小小的，遍布村子的角角落落。孩子从那些小门洞走到村子深处，走到大人从来没去过的地方。后来，所有人长大了，那些只有孩子能进去的门洞和门洞里的世界，便被遗忘。

大人们回来吃午饭，只回来了一半人，另一半人留在地里，天黑才回来。天黑也不一定全回来，留几个人在地里过夜。每天都有活干完回不来的人，他把劲用光了，身子一歪睡着在地里，就算留下来看庄稼了。其实庄稼不需要看守,夜晚有守夜人呢。但这个人的瞌睡需要庄稼地,他的头需要一截田埂做枕头,身体下需要一片虚土或草叶当褥子。就由着他吧。第二天一早其他人下地时,他可以扛着锨回家。夜晚睡在地里的人,第二天可以不干活。这是谁定的规矩我不清楚。好像有道理,因为这个人昨天把劲用完了,又没回家吃饭。他没有劲了。不管活多忙,哪怕麦子焦黄在地里,渠穿帮跑水,一个人只要干到把劲用完,再要紧的事也都跟他没关系,他没劲了。

我低着头看他们的鞋、裤腿。天太热了,连影子都躲在脚底下,不露头。我觉得光看影子不能认出他们,就抬头看裤腿、腰。系一条四指宽牛皮腰带的是冯七,一般人的腰带三指宽。马肚带才四指宽。有人说冯七长着一副马肚子,我看不怎么像,马肚子下面吊一截子黑锤子,冯七却没有。

两腿间能钻过一只狗的是韩二,他的腿后来被车压断,没断的时候,一条离一条就隔得远,好像互不相干,各走各的。后来一条断了,才拖拉着靠近另一条,看出相互的关系了。我好像一直没认清楚他们腰上面那一截子。我的头没长过他们的腰。我做梦梦见的也都是半截子的人,腰以上是空的。天空低低压下来,他们的头和上身埋在黑云中,阳光贴着地照,像草一样从地上长出来。

"呔,你还没玩够。你想玩到啥时候。"
我以为是父亲,声音从高处掼下来。却不是。
这个人丢下一句话不见了,我看看脚印,朝北边去了,越走越小,肩上的铁锨也一点点变小,小到没办法挖地,只能当玩具。最后他钻进一个小门洞，不见了。他是冯三，我认识他的脚印，右脚尖朝外撇，让人觉得，右边有一条岔路，一只脚要走上去，一只不让。冯三总是从北边回来，他家在路右边，离开路时，总是右脚往外撇，左脚跟上，才能拐到家。这样就走成了习惯，往哪走都右脚外撇。要是冯三从南边回来几次，也许能把这个毛病改了。可是他在南边没一件事情，他的地在北边，放羊的草场在北边，连几家亲戚都住在北边。那时我想给他在南边找一件事，偷偷把他的一只羊赶到村南的麦地，或者给他传一句话，说王五爷叫他过去一趟。然后看他从南边回来时，脚怎样朝左拐。也许他回来时不认识家了，他从来没从那个方向回来过，没从南边看见过家的样子。

这个想法我长大后去做了没有，我记不清楚。

天色刚到中午，我要玩到傍晚，我们家的烟囱冒烟了再回去，玩到母亲做好饭，站在门口喊我了再回去。玩到天黑，黄昏星挂到我们家草垛顶上再回去。

大人们谈牲口女人，买卖收成。他们坐在榆树下聊天时，我和他们一样高。我站在不远的下风处，他们的话一阵阵灌进耳朵，他们吐出的烟和放的屁也灌进我的嘴和鼻子。他们坐下来时说一种话，站起来又说另一种话。一站起来就说些实实在在的话，比如，我去放牛了。你把车赶到南梁，拉一车石头来。我喜欢他们坐下时说的话，那些话朝天上飘，全是虚的，他们说话时我能看见那些说出的事情悬在半空，多少年都不会落下来。

长大的只是那些大人

我听人们说着长大以后的事。几乎每个见到的人都问我："你长大了去干什么？"问得那么认真，又好像很随便，像问你下午去干什么，吃过饭到哪去一样。

一个早晨我突然长大，扛一把铁锨走出村子，我的影子长长地躺在空旷田野上，它好像早就长大躺在那里，等着我来认出它。没有一个人，路上的脚印，全后跟朝向远处，脚尖对着村子，劳动的人都回去了，田野上的活早结束了，在昨天黄昏就结束了，在前天早晨就结束了。他们把活干完的时候，我刚长大成人。粮食收光了，草割光了，连背一捆枯柴回来的小事，都没我的份。

我母亲的想法是对的，我就不该出生。出生了也不该长大。

我想着我长大了去干什么，我好像对长大有天生的恐惧。我为啥非要长大。我不长大不行吗。我就不长大，看他们有啥办法。我每顿吃半碗饭，每次吸半口气，故意不让自己长。我在头上顶一块土块，压住自己。我有什么好玩的都往头上放。

我从大人的说话中，隐约听见他们让我长大了去放羊，扛铁锹种地，跑买卖，去野地背柴。他们老是忙不过来，总觉得缺人手，去翻地了，草没人锄，出去跑买卖吧，老婆孩子身边又少个大人。反正，干这件事，那件事就没人干。猪还没喂饱，羊又开始叫了。尤其春播秋收，忙得腾不开手时，总觉得有人没来。其实人全在地里了，连没长大的孩子也在地里了。可是他们还是觉得少个人。每个人都觉得身边少个人。

"要是多一个人手就好了。"

父亲说话时眼睛盯着我。我知道他的意思，嫌我长得慢了，应该一出生就是一个壮劳力。

我觉得对不住父亲。我没帮上他的忙。

我小时候，他常常远出。我没看见他小时候的样子。也许没有小时候。我不敢保证每个人都有小时候。我一出生父亲就是一个大人。等我长大——我真的长大过吗——他依旧没有长老，我在那些老人堆里没找到他。

在这个村庄，年轻人在路上奔走，中年人在一块地里劳作，老年人在墙根晒太阳或乘凉。只有孩子不知道在哪。哪都是孩子，白天黑夜，到处有孩子的叫喊声，他们奔跑、玩耍，远远地听到声音。找他们的时候，哪都没有了。嗓子喊哑也没一个孩子答应。不知道那些孩子去哪了。或许都没出生。只是一些叫喊声来到世上。

我还不会说话时，就听大人说我长大以后的事。

"这孩子骨头细细的,将来可能干不了力气活。"

"我看是块跑买卖的料。"

"说不定以后能干成大事呢,你看这孩子头长的,前锛拉,后瓦勺,想的事比做的多。"

我母亲在我身边放几样东西:铁锨、铅笔、头绳、铃铛和羊鞭,我记不清我抓了什么。我刚会说话,就听母亲问我:呔,你长大了去干什么?我歪着头想半天,说,去跑买卖。

他们经常问我长大了去干什么。我记得我早说过了,他们为啥还问。可能长大了光干一件事不行,他们要让我干好多事,把长大后的事全说出来。

一次我说,我长大去放羊。话刚出口,看见一个人赶羊出村,他的背有点驼,翻穿着毛皮袄,从背后看像一只站着走路的羊,一会儿就消失在羊踩起的尘土里。又过了一阵,传来一声吆喝,远远的。那一刻,我看见当了放羊人的我就这样走远了。

多少年后,他吆半群羊回来,我已经不认识他。他也不认识我。

这个放一群羊长老的我,腰背佝偻,走一步咳嗽两声。他在羊群后面吸了太多尘土,他想把它咳出来。

每当我说出一个我要干的事时,就会有一个我从身边走了,他真的按我说的去跑买卖了。开始我还能想清楚他去了哪里,都干了些什么,后来就糊涂了,再想不下去,我把他丢在路上,回来想另外一件事。那个跑买卖的我自己走远了。

有一年他贩一车皮子回到虚土庄,他有了自己的名字,我认不出他。他挣了钱也不给我。

　　我从他们的话语中知道，有好多个我已经在远处。我正像一朵蒲公英慢慢散开。我害怕地抱紧自己。我被"你长大了去干什么"这句话吓住了，以后再没有长大。长大的只是那些大人。

树上的孩子

我天天站在大榆树下，仰头看那个趴在树上的孩子。我不知道他的名字。也许没有名字。他的家人"呔""呔"地朝树上喊。那孩子听见喊声，就越往高爬，把树梢的鸟都吓飞了。

村里孩子都爱往高处爬。一群一群的孩子，好像突然出现在村子，都没顾上起名字。房顶、草垛、树梢，到处站着小孩子，一个离一个远远的。大人们在下面喊：

"呔，下来。快下来。下来给你糖吃。"

"看，老鹰飞来了，把你叼走。"

"再不下来追上去打了。"

好多孩子下来了。那个年龄一过，村庄的高处空荡了，草垛房顶上除了鸟、风刮上去的树叶和偶尔一个爬梯子上房掏烟囱的大人，再没什么了。许多人的头低垂下来。地上的事情多起来。那些早年看得清清楚楚的远山和地平线，都又变得模糊。

只有那个树上的孩子没下来，一直没下来。他的家人把各种办法用尽了。父亲上去追，他就往更高的树梢爬。父亲怕他摔下来,便不敢再追。他用枝叶在树上搭了窝,母亲把被褥递上去,每天的饭菜用一个小筐吊上去。筐是那孩子在树上编的。那棵榆树长得怪怪的,一根磨盘粗的独干,上去一房高,两个巨权像一双手臂向东斜伸过去。那孩子趴在北边的树权上,南边的权上落着一群黑鸟,"啊、啊"地叫,七八个鸟巢筑在树梢。

我不知道那孩子在树上看见了什么。他好像害怕下到地上。

村里突然出现许多孩子,有的比我大,有的比我小,不知道从哪来的。多少年后他们长成张三、韩四,或刘榆木,我仍然不能一一辨认出来。我相信那些孩子没有长大,他们留在童年了。长大的是大人自己,跟那些孩子没有关系。不管过去多少年,只要有人回去,都会看见那些孩子还在那里,玩着多少年前的游戏,爬高上低,村庄的房顶、草垛、树梢,到处都是孩子。

"上来。快上来。"

只要你回去,就会有一个孩子在高处喊你。

只有那个树上的孩子被我记住了。有一天他上到一棵大榆树上,就再不下来。他的家人天天朝树上喊。我站在树下,看他看地上时惊恐的目光。地上究竟有什么,让他这样害怕。一定有什么东西被他看见了。

我记不清他在树上待了多久,有半个夏天吧。一个早晨,那个孩子不见了,搭在树梢的窝还在,每天吊饭的小筐还悬在半空,人却没有了。有人说那孩子飞走了,人一离开地就会像鸟一样长出翅膀。也有人说让老鹰叼走了。

多少年后我想那个孩子,觉得那就是我。我五岁时,看见他趴在树上,十一二岁的样子。他一脸惊恐地看着地上,看着时而空荡,时而人影纷乱的村庄。我站在树下盯着他看,他也盯着我,我觉得那个树上的目光是我的。我十一二岁时在干什么呢。我好像一直没走到那个年龄。我的生命在五岁时停住了。剩下的全是被别人过掉的生活。多少年后我回来过我的童年,那棵榆树还在,树上那孩子搭的窝还在。他一脸惊恐地目睹的村子还在。那时我仍不知道他惊恐地上的什么东西。我活在自己永远看不见的恐惧中。那恐惧是什么,他没告诉我。也许他一脸的恐惧已经把什么都告诉我了。

我五岁时看见自己,像一群惊散的鸟,一只只鸣叫着飞向远处。其中有一只落到树上。我的生命在那一刻,永远地散开了。像一朵花的惊恐开放。

捉迷藏

我从什么时候离开了他们——那群比我大好几岁的孩子，开始一个人玩。好像有一只手把我从他们中间强拉了出来，从此再没有回去。

夜里我躺在草垛上，听他们远远近近的喊叫。我能听出那是谁的声音。他们一会儿安静，一会儿一阵吵闹，惹得村里的狗和驴也鸣叫起来。村子四周是黑寂寂的荒野和沙漠。他们无忌的喊叫使黑暗中走向村子的一些东西远远停住。我不知道那是些什么东西，是一匹狼、一群乘夜迁徙的野驴、一窝老鼠？或许都不是。但它们停住了。另一些东西闻声潜入村子，悄无声息地融进墙影尘土里，成为村子的一部分。

那时大人们已经睡着。睡不着的也静静躺着。大人们很少在夜里胡喊乱叫，天一黑就叫孩子回来睡觉。"把驴都吵醒了。驴睡不好觉，明天咋拉车干活。"他们不知道孩子们在黑夜中的吵闹对这个村子有啥用处。

我那时也不知道。

许多年后的一个长夜，我躺在黑暗中，四周没有狗叫驴鸣，没一丝人声，无边的黑暗压着我一个人，我不敢出声。呼吸也变成黑暗的，仿佛天再不会亮。我睁大眼睛，无望地看着自己将被窒息。这时候，一群孩子的喊叫声远远响起，越来越近，越来越近。

他们在玩捉迷藏游戏。还是那一群孩子。有时从那堆玩泥巴的尕小子中加进来几个，试玩两次，不行，原回去玩你的尿泥。捉迷藏可不是谁都能玩的。得机灵。"藏好了吗。""藏好了。"喊一声就能诈出几个傻小子。天黑透了还要能自己摸回家去。有时也会离开几个，走进大人堆里再不回来。

夜夜都有孩子玩，夜夜玩到很晚。有的玩着玩着一歪身睡着，没人叫便在星光月影里躺一夜。有时会被夜里找食吃的猪拱醒，迷迷糊糊起来，一头撞进别人家房子。贼在后半夜才敢进村偷东西。野兔在天亮前那一阵子才小心翼翼钻进庄稼地，咬几片青菜叶，留一堆粪蛋子。也有孩子玩累了不想回家，随便钻进草垛柴堆里睡着。有人半夜出来解手，一蹲身，看见墙根阴影里躺着做梦的人，满嘴胡话。夜再深，狗都会出来迎候撒尿的主人，狗见主人尿，也一撇腿，洒一股子。至少有两个大人睡在外面。一个看麦场的李老二，一个河湾里看瓜的韩老大。孩子们的吵闹停息后两个大人就会醒来。一个坐在瓜棚，一个躺在粮堆上。都带着狗。听见动静人大喝一声，狗狂叫两声。都不去追。他们的任务只是看住东西。整个村子就这两样东西由人看着。孩子们一散，许多东西扔在夜里。土墙一夜一夜立在阴影里，风飕飕地从它身上刮走一粒一粒土。草垛在棚顶上暗暗地下折了一截子。躺在地上的一根木头，一面黑一面白，像被月光剖开，安排了一次生和死的见面。立在墙边的一把锨，搭在树上的一根绳子，穿过村子黑黑地走掉的那条路。过去许多年后，我会知道这个村子丢失了什么。那些永远吵闹的夜晚。有一个夜晚，他们再找不见我了。

"粪堆后面找了吗。看看马槽下面。"

"快出来吧。我已经看到了，再不出来扔土块了。"

谁都藏不了多久。我们知道每一处藏人的地方。知道哪些人爱往哪几个地方藏。玩了好多年，玩过好几茬人，那些藏法和藏人的地方都已不是秘密。

早先孩子们爱往树上藏，一棵一棵的大榆树蹲在村里村外，枝叶稠密。一棵大树上能藏住几十个孩子，树窟里也能藏人。树上是鸟的家，人一上去鸟便叽叽喳喳叫，很快就暴露了。草丛也藏不住人，一蹲进去虫便不叫了。夜晚的田野虫声连片，各种各样的虫鸣交织在一起。"有一丈厚的虫声。"虫子多的年成父亲说这句话。"虫声薄得像一张纸。"虫子少的时候父亲又这样说。父亲能从连片的虫声中听出田野上有多少种虫子，哪种虫多了哪种少了。哪种虫一只不留地离开这片土地远远走了，再不回来。

我从没请教过父亲是咋听出来的。我跟着他在夜晚的田野上走了许多次后，我就自己知道了。

最简单的是在草丛里找人。静静蹲在地边上，听哪片地里虫声哑了，里面肯定藏着人。

往下蹲时要闭住气，不能带起风，让空气都觉察不出你在往下蹲。你听的时候其他东西也在倾听。这片田野上有无数双耳朵在倾听。一个突然的大声响会牵动所有的耳朵。一种东西悄然间声息全无也会引来众多的惊恐和关注。当一种东西悄无声息时，它不是死了便是进入了倾听。它想听见什么？它的目标是谁？那时所有的倾听者会更加小心寂静，不传出一点声息。

听的时候耳朵和身体要尽量靠近地，但不能贴在地上。一样要闭住气。一出气别的东西就能感觉到你。吸气声又会影响自己。只有静得让其他东西听不到你的一丝声息，你才能清晰地听到他们。

我不知道父亲是不是用这种方式倾听，他很少教给我绝活。也许在他看来那两下子根本不叫本事，看一眼谁都会了。

那天黄昏我们家少了一只羊，我和父亲去河湾里找。天还有点亮，空气中满是尘烟霞气，又黄又红，吸进去感觉稠稠的，能把人喝饱似的。

河湾里草长得比我高。父亲只露出一个头顶。我跳个蹦子才能探出草丛。

爬到树上看看去。父亲说。我们走了十几分钟，来到那棵大榆树下面。

看看哪一片草动。父亲在树下喊。

一河湾草都在动。我说。

那就下来吧。

父亲坐在树下抽起了烟，我站在他旁边。

没一丝风草咋好像都在动。我说。

草让人和牲口打搅了一天，还没有消停下来。父亲说。

我知道父亲要等天黑，等晚归的人和牲口回到家，等田野消停下来。那时，细细密密的虫声就会像水一样从地里渗出来，越漫越厚，越漫越深。

韩老二一回来，地里就没人了。他总是最后收工。今天他还背了捆柴火，也许是一捆青草。背在右肩膀上。你听他走路右脚重左脚轻。

父亲没有开口，我听见他心里说这些话。

那时候我只感觉到大地上声音很乱，很慌忙也很疲惫。最后一缕夕阳从地面抽走的声音，像一根落地的绳子，软弱无力。不像大清早，不论鸡叫驴鸣、人畜走动、苍蝇拍翅、蚂蚱蹬腿，都显得非常有劲。我那时已能听见地上天空的许多声音，只是不能仔细分辨它们。

天已经全黑了。天边远远地扔着几颗星星，像一些碎银子。我们离开那棵榆树走了十几分钟。每一脚都踩灭半分地的虫声。我回过头，看见那棵大榆树黑黑地站在夜幕里，那根横杈像一只手臂端指着村子。它的每片叶子都在听，每个根条都在听。它全听见了，全知道了。看，就是那户人家。它指给谁看。我突然害怕起来。紧走了几步。

这个横杈一直指着我们家房子。刚才在树上时，我险些告诉了父亲。话都想出来了，不知为什么，竟没发出声。

父亲在前面停下来，然后慢慢往下蹲。我离他两三米处，停住脚，也慢慢蹲下去。很快，踩灭的虫声在我们身边响起来，水一样淹没到头顶。约莫过了五分钟，父亲站起来，我跟着站起来。

在那边，西北角上。父亲抬手指了一下。

我突然想起那棵大榆树，又回头望了一眼。

东边草滩上也有个东西在动。我说。

那是一头牛。你没听见出气声又粗又重。父亲瞪了我一眼。

我想让他们听见我的声音。我渴望他们发现我。一开始我藏得非常静,听见他们四处跑动。

"方头,出来,看见你了。"

"韩四娃也找见了,我看见冯宝子朝那边跑了,肯定藏在马号里。就剩下刘二了。"

他们说话走动的声音渐渐远去,偏移向村东头。我故意弄出些响声,还钻出来跳了几个蹦子,想引他们过来。可是没用,他们离得太远了。

"柴垛后面找。"

"房顶上。"

"菜窖里看一下。"

他们的叫喊声隐隐约约,我原藏进那丛干草中,掩好自己,心想他们在村东边找不到就会跑回来找。

我很少被他们轻易找到过,我会藏得不出声息。我会把心跳声用手捂住。我能将偶尔不小心弄出的一点响声捉回来,捏死在手心。

七八个,找另外的七八个。最多的时候有二三十个孩子,黑压压一群。我能辨出他们每个人的身影,当月亮在头顶时他们站在自己的阴影里,额头鼻尖上的月光偶尔一晃。我能听出每个人的脚步声,有多少双脚就有多少种不同的落地声。我能听见他们黑暗中回头时脖颈转动的声音。当月亮东斜,他们每个人的影子都有几百米长,那时我站得远远的,看看地上的影子就能认出这是谁的头那是谁的身子。他们迎着月光走动时影子仰面朝天躺在地上,鼻子嘴朝上,蹲下身去会看见影子的头部有一些湿气般的东西轻轻飘浮,模模糊糊的,那是说话的影子,人说出的话也有影子,稍安静些我就能辨出那些话影的内容。

我弓着腰跟在他们后面。有时我不出声地混在他们中间,看他们四处找我。

"就差刘二一个没找见。看看后面。往草上踏。"

一次我就躺在路上的车辙里,身上扔了一把草,他们来来回回几次都没看到。

"谁把草掉在路上了。"一个过来踢了一脚。

"走吧,到牛圈里找去。"另一个喊。

一只脚贴着我的耳朵边踩过去。是张四的脚,他走路时总是脚后跟先落地。

"刚才我就觉得奇怪,白天没人拉草,路上怎么会掉下草。"

"悄悄别吭声,过去直接往草上踏。踏死鬼刘二。"

他们返回来时我已经跟在后面。我走路不出一点声,感觉心里有一双翅膀无声地扇动,脚踩下时,心在往上飞升,远远地离开地。我藏在他们找过的地方。藏在他们的背影里。一回头,我就消失。我知道人的左眼和右眼中间有一个盲区,刚好藏住一个孩子的侧影,尤其夜里它能藏住更多东西。

有一次,我双腿钩住一根晾衣绳倒挂在半空里。绳上原来搭着一条大人裤子。

"藏好了没有。开始找了。"

他们叫喊着走出院子。我从另一个豁口进来,扯下绳上的裤子，把自己搭上去。

过了好一阵他们回来了，先是说话声，接着一群倒竖着的人影晃进院子。夜色灰蒙蒙的，像起了雾。有个人举手抓住绳子坠了几下，我在上面摆动起来，黑黑的，一下一下，眼看碰上一个人的后背，又荡回来。

夜又黑了一些，他们站在院子里，好一阵一句话不说，像瞌睡了，都在打盹。又过了一阵有人开始往外走，其他人跟着往外走，院子里变空了，听见他们的脚步声在马路上散开，渐渐走远，像一朵花开败在夜里。这时下起了雨，雨点小小的。有一两滴落进鼻孔，直直滴到嗓子里。我还在不停地晃动，雨点细细地打在身上，像一群轻手轻脚的小蚊虫。我想一条忘记收回去的裤子，就是这样在黑夜里被雨慢慢淋湿。我觉得快要睡过去，一伸腿，从绳子上掉下来，爬起来打了把土，没意思地回家去了。

这次也一样没意思，我一直藏到后半夜，知道再没有人来找我，整个村子都没声音了。听到整个村子没声音时，我突然屏住气，觉得村子一下变成一个东西。它猛地停住，慢慢蹲下身去，耳朵贴近地面。它开始倾听，它听见了什么。什么东西在朝村子一点一点地移动，声音很小、很远，它移到村子跟前还要好多年，所以村子一点不惊。它只是倾听。也从不把它听见的告诉村里的人和牲畜，它知道自己什么时候起身离开。或许等那个声音到达时，我、我们，还有这个村子，早已经远远离开这地方，走得谁都找不见。不知村子是否真听到了这些。不管它在听什么我都不想让它听见我。它不吭声。我也不出声。

村子静得好像不存在。我也不存在。只剩下大片荒野，它也没有声音。

不知这样相持了多久，村子憋不住了。一头驴叫起来，接着另一头驴、另外好几头驴叫起来，听上去村子就像张着好几只嘴大叫的驴。

我松了口气，心想再相持一会儿，先暴露的肯定是我。因为天快要亮了，我已经听见阳光唰唰地穿过遥远大地的树叶和尘土，直端端奔向这个村子。曙光一现，谁都会藏不住的。而最先藏不住的是我。我蹲在村东大渠边的一片枯草里，阳光肯定先照到我。

从那片藏身的枯草中站起的一瞬我觉得我已经长大，像个我叫不上名字的动物在一丛干草中寂寞地长大了，再没地方能藏住我。

我翻过渠沿，绕过王占家的房子，像个大人似的迈着重重的步子，踏上村中间那条马路。村子不会听见我，它让自己的驴叫声吵蒙了。只有我知道我在往家走，而且，再不会回到那群捉迷藏的孩子中了。

天边大火

那个夜晚我仍旧睡不着，隆冬的夜色涌进屋子，既寒冷又恐怖。我小心地吹灭灯，我知道这是村里最后一盏亮着的油灯了。荒野深处的黄沙梁村现在就我一个人醒着，我不能暴露了自己。连狗都不叫了，几十户人家像一群害怕的小动物，在大雪覆盖的荒野上紧紧挤成一窝，生怕被发现了。它们在害怕什么呢。这些矮矮的土院墙想挡住什么，能挡住什么呢。

我趴在窗台上，看见村后仅有的几颗星星，孤远、寒冷。天低得快贴着雪地，若不是我们家那根拴牛的木桩直戳戳顶着夜空，我可能看不到稍远处影影绰绰的一大片黑影。我知道它们是一蓬一蓬的蒿草，也可能不是草，白天它们伪装成草，成片地站在荒野中，或一丛一丛蹲在村边路旁，装得跟草似的。一到夜晚便变得狰狞鬼怪，尤其有风的夜晚，那些黑影着了魔似的，嚎叫着，拼命朝村庄猛扑，无边无际都是它们的声音，村庄颤巍巍地置身其中。此刻所有的人都去了风吹不到的遥远梦中。

这个村庄在荒野上丢掉了都没有人知道，它唯一的一条路埋在大雪中，唯一醒着的是我——一个十二岁的孩子。每当夜深人静，我总听到有一种东西正穿过荒野朝这个孤单的村庄涌来，一天比一天更近。我不知道它们是什么，反正一大群，比人类还要众多的一群，铺天盖地。

很小的时候我便知道了发生在大地上的一件事情——父亲告诉我：所有的人正在朝一个叫未来的地方奔跑，跑在最前面的是繁华都市，紧随其后的是大小城镇，再后面是稀稀拉拉的村庄，黄沙梁太小了，迈不动步子，它落到了最后面。为所有的人们断后的重任自然而然地落在这个小村庄身上，村里人却一点不知道这些。

他们面南背北的房子一年年抵挡着从荒野那头吹来的寒风。他们把荒凉阻隔在村后，长长的田埂年复一年地阻挡着野草对遥远城市的入侵。村里人一点不清楚他们所从事的劳动的真正含义。

天一黑他们便蒙头大睡了，撇下怎么也睡不着的我，整夜地孤守着村子。当他们醒来，天又像往常一样平平安安地亮了，鸡和狗叫了起来，驴又开始撒欢调情，新的一天来了，能过去的都已经过去。只有我，在人们醒来的前一刻，昏睡过去，精疲力竭，没人知道我在长夜中做了什么，看到了什么，为一村庄人抵挡了什么。

那个夜晚可能起风了，也可能村庄自己走动了。屋顶上呼呼地响起来，是天空的声音，整个天空像一块旧布被撕扯着，村外的枯树林将它撕成一缕一缕了，旷野又将它缝在一起。而挂在屋檐上怎么也撕不走的<u>丝丝缕缕</u>，渐渐地牵动了村子。我不知道村庄正朝哪个方向移动，是回到昨天呢，还是正走向冬天的另一个地方。反正，那个夜晚，村庄带着一村沉睡的人在荒野中奔走，一步比一步更荒凉。

我唯一的想法是弄醒村里人，我想冲出去大喊大叫，敲开每扇紧锁的门紧闭的窗户，喊醒每一个睡着的人，但我不敢出去。那种声音越来越清晰越来越近。我感到满世界只剩下我一个人。多少个夜晚我趴在这个小窗口，望着村后黑乎乎的无垠荒野，真切地感到我是最后面的一个人。

我倾听着一夜一夜穿过荒野隐隐而来的陌生声音，冥想它们是遥远年代失败的一群，被我们抛弃的一群，在浩茫的时间之野上重新强大起来，它们循着岁月追赶而来，年月是我们的路，我们害怕自己在时间中迷失，所以创造了纪元、年、月、日，这些人为的标记也为我们留下了清晰的走向和踪迹。

落在最后的黄沙梁村——这个只有几十户人家的小小村庄，男女老少不到百口人，唯一的武器是铁锨、镰刀和锄头，唯一的防御工事是几条毛渠几道田埂几堵破旧的土院墙，这能抵挡什么呢。人们向未来奔跑，寄希望于未来，在更加空茫的未来，我们真能获得一种强大的力量来抵挡过去。

后半夜时，我好像忽然长大了许多，也许是村庄变得模糊而渺小了，我爬起来，拿了盒火柴朝长满蒿草的野滩跑去。我的脚步很响，好像压住了那种声音，我只听见我的脚步声嚓嚓地向前移动，开始雪地上纵纵横横满是脚印，后来就没有了。我蹲下去，挨近一蓬蒿草，连划了三根火柴都没点着，我的手和心都抖得厉害。第四根终于划着了，点着了我就往回跑，我长长的影子在我前面跑，越跑越大，最后我看它贴着墙壁一溜烟朝天上跑了。

我回过身,身后已是一片火海,整个村庄被照得通亮。我想,这下全村的人都会醒来了,并叫喊着围过来。全村的鸡也会误认为天亮了,齐声鸣叫。狗和驴更不用说了。

我呆呆地站在雪地上,看着火越烧越大,巨大的火龙从南到北汹涌翻滚,像要吞噬一切。我不知道呆站了多久,直到后来,火终于熄灭了,夜色重又笼罩那片烧黑的荒野,村子还是静静的,没有一个人醒来,没有一条狗吠,没有一只鸡鸣叫。

走着走着剩下我一个人

开始天不很黑。我们五个人，模模糊糊向村北边走。我们去找两个藏起来的人。

天上滚动着巨石般的厚重云块。云块向东飘移，一会儿堵死一颗星星，一会儿又堵死几颗。我们每走几步天就更黑一层。

"我到渠沿后边去找，你们往前走。"

"曹家牛圈里好像有动静，我去看一下。"

我走在最前边。他们让我在前面走，直直盯着正前方。他们跟在后面，看左边和右边。

天又黑了一些，什么都看不清了。有一块云从天上掉下来，堵住了前面的路。刚才，他们说话的时候，我还看见村北头的缺口处，路从两院房子间穿过去，然后像树一样分杈，消失在荒野里。那时我想，我最多找到那个缺口处，不管找到找不到，我都回家睡觉去。

走着走着突然剩下我一个人。后面没脚步声了。我回头看了一眼，刚才说话的两个人，连影子都不见了，另外两个不知啥时候溜掉的。村子一下子没一丝动静和声音。我正犹豫着继续找呢,还是回去睡觉,也就一愣神的工夫,风突然从天上掼下来,轰的一声,整个地被风掀动,那些房子、圈棚、树和草垛在黑暗中被风刮着跑,一转眼,全不见了。沙土直眯眼睛,我感到我迷向了。风把东边刮到西边、把南边刮到北边,全刮乱了。

"方头。""韩四。"

我喊了几声。风把我的喊声刮回来,啪啪地扇到嘴上。我不敢再喊。天黑得什么都看不见。我甚至不知道村子到哪去了,路到哪去了。想听见一声狗吠驴鸣,却没有。除了风声什么都没有。大概狗嘴全让风堵住了。驴叫声被原刮回到驴嘴里。

我们从天刚黑开始玩捉迷藏游戏。那时有十几个孩子,乱嘈嘈的一群在地上跑。天上一块一块的云向东边跑。我们都知道天上在刮风。这种风一般落不到地上,那是天上的事情,跟我们村子没关系。头顶的天空像是一条高远的路,正忙着往更高远处运送云、空气和沙尘。有时一片云破了,漏下一阵雨。也下不了多大一阵,便收住。若在白天,地上出现狗一样跑动的云影,迅速地掠过田野和房顶。在晚上天会更黑一层。我们都不大在意这种天气,该玩的玩,该出门的出门,以为它永远跟我们没关系。

可是这次却不同,好像天上的一座桥塌了。风裹着沙尘一头栽下来。我一下就被刮蒙了。像被卷进一股大旋风中心。以往也常在夜里走路,天再黑心里是亮堂的,知道家在哪、回家的路在哪。这次,仿佛风把心中那盏灯吹灭,天一下子黑到了心里。

我双手摸索着走了一会儿，听见那边风声很硬，像碰见了大东西，便小心地挪过去，摸到一堵土墙，不知是谁家的院墙，顺着墙根摸了大半圈，摸到一个小木门，被风刮得一开一合，我刚进去，听见门板在身后啪地合住。

在院子里走了几步，摸见一棵没皮的死树，碗口粗，前移两步，又摸到一棵，也光光的没皮。我停下来努力地回想着谁家院子里长着没皮的两棵树。我闭着眼想的时候，心里黑黑的，所有院子里的树都死了，没有皮。

再往前走几步，摸见房子，接着摸见了门。我在门口蹲下身，听了好一阵，屋里啥声音都没有。直起身，拍了一下门，想叫醒这户人，说我迷路了，让他们送我回去。只轻拍了一下，门的响声把我吓坏了。过了很久，我才把手再伸过去，刚触到门上，咯吱一声，门开了，我以为房主人开的门，站在门口愣了半天，确定没人出来，才小声地说了句，"有人吗。"没人回答。

往外跑时，我又碰到那棵没皮的死树。或许碰到另一棵没皮的死树。再没找到那个小院门。顺院墙摸了一圈，门像被人堵掉了。扶着墙跳了几下，也没够着墙头，倒扒下来半截土块，酥酥的，掉在地上摔成了碎末子。再往前摸，摸见墙上一个头大的洞，伸手扒了几下，感觉一股风夹着沙土直灌进来。

后来——第二天和以后的那些年，我都再没找见这个长着两棵死树的院子。到现在我不知道它是谁的家，到底在哪。可能我在黑暗中摸到了村庄的另一些东西，走进我不认识的另一个院子。它让我多年来一直觉得，这个我万分熟悉的村庄里可能还有另一种生活隐暗地存在着。

走着走着剩下一个人。在这个村庄的夜里谁都会走到这一步。前后左右突然没有了人声。黑暗成了你一个人的。

这只是无数场游戏的结局之一。每一场捉迷藏游戏的最后，都以一个人找不到所有的人而告结束。有时七八个，找另外的七个。被找的人藏在村子的隐密处，藏得严严实实。找的那伙人却悄悄溜回家睡觉去了。被找的人屏声静气，从前半夜藏到后半夜。开始时怕被找见，藏得又深又静，后来故意露出些破绽和声音，想让人快快找见。再后来干脆跑到马路上，大喊"我在这里"。村子里空空的，连狗都不应一声。也有时藏的人商量好悄悄溜回家去了，让找的人满村子翻找。还有一种情形，藏的人和找的人都溜走了，村子里只剩下月光和风。

更多时候，一群人说好到村外的旧庄子或更远的河湾去玩。总有一个走在前头的。窄窄的路上人排成一长溜子。人在朝远处走的过程中逐渐少了。一会儿一个人往路旁草丛里一蹲，不见了。一会儿另一个往旁边渠沟里一趴，没有了。等走在最前面的人觉察出身后没动静时，他已走得足够远，或已经走到了河湾深处。回过头身后没有一个人，天突然加倍地黑下来。

夜里说的话都可以不算数。

玩过多少年、多少代之后，捉迷藏成了一种无法失传的黑暗游戏，它把本该由许多人承受的一个瞬间的黑全部地留在玩过它的每一个人心里。

从那个墙洞钻出来我再没摸见墙和房子。天好像又黑了一层。记得自己掉进一个坑（或渠）里，爬上来时地平坦了些，我以为走到路上了，朝地上摸，摸见一只脚印，两寸多深。顺脚尖方向摸去，又摸到一只。又一只。在白天我很少看见这样清晰的一行脚印，除非在冬天，雪刚停，先出门的人会踩出单独的一行脚印。平常人和牲畜的脚印混在一起，不是人的脚踩进牛蹄窝里，便是羊蹄子踏入人脚坑中。不知道留下这行脚印的人正走向哪里，我不敢跟着他走。他是一个人。走到剩下一行脚印时，肯定远离了很多事情。我站起身黑黑地瞎走了一阵，觉得腿被草绊住，俯身摸见一棵干草，手被刺了一下，是一棵铃铛刺，这才清醒过来，我已经到村外了。

许多年后我回想这个迷路的夜晚时，想起黑暗中的那些杂草和铃铛刺，它们张开手臂留住了我。没有它们我便昏天黑地地走下去了，在荒野中叫狼吃掉，或者走进另一个村庄，再回不来。

早几年村里丢过两个孩子。都是夜里丢掉的。有人说叫狼吃了。可是找遍荒野都没找到一根骨头。肯定被别的村庄的人偷走了。荒野西边的沙漠里有一两个小村子，听说那里的水有毒，女人喝了生不出孩子，只有让男人上别处偷。背个麻袋，天黑时混进村子，盯住一个玩耍的孩子，趁别人不注意，一把抓住塞进麻袋里背走。他们早准备好了名字，一到家便让孩子叫娘认爹，哭喊也没用。那个村子比黄沙梁更荒远，再大的声音也传不出来，连炊烟都飘不出来。不管你八岁还是十岁。他们会让你原从一岁开始，给你喂奶，抱在怀里亲。反复喊他们给你起的名字。重新让你学走路。你以前走路先出右脚，他们就让你先迈左脚。让你满口的牙换掉重长。头发剃光重长。指甲剪秃重长。直到你完完全全长成他们庄子里的人，把以前的生活遗忘干净。

不知又走了多久，我又摸到一户人家的房子。又不像是房子，一堵很长很长的墙，很久没走到头。这是什么地方。村里从来没有这么长的一堵墙。或许我绕着一院房子走了好多圈。我在黑暗中觉察不出墙的拐角处，那些墙角全是圆的，白天猪在墙角上蹭痒，羊在墙角上蹭痒，牛和马在墙角上蹭痒，几乎把村里所有的墙角都蹭圆了。

还摸到一个小窗户，关着的，手伸过去感到窗框木缝中丝丝缕缕的热气。这是谁家的小窗户呢。扒着窗台站了好一阵，想听见里面人说一句梦话。没有。

许久以后的一个夜晚，我睡不着，听见一条狗围着房子一圈一圈地转。我不知道它要干什么，仿佛我们丢失多年的一条狗在夜里回来了，它找不到门，找不到窗户，只有不停地转。我想起来去看看，却动不了身，胸脯被什么东西压住，也叫不出声。我想起那户无梦人家静悄悄的睡眠，那个夜晚，他们或许一样没有睡着，一家人眼睁睁地躺在炕上，听一个人围着他们的房子走了一圈又一圈。

约莫后半夜，我快要睡着了，被撞了一下，是一个粗木桩。之前我还摸到一条狗身上，狗竟没叫。天黑得连狗都没有了知觉。

木桩上绑一根麻绳，细细的，顺着绳摸去，是一颗牛头，牛一动不动，鼻孔里的气沉缓又均匀。顺着绳摸回来，摸到木桩上的树疙瘩，脚踩上去往上摸，有一个斜杈，滑溜溜的，杈的根部一道斜斧印，已经磨蹭得不刺手——这是韩三家的拴牛桩。一下我全清楚了，仿佛心中的灯哗地全亮了——我和韩三经常在拴牛桩上玩，我最喜欢吊在那个横杈上晃动着身子，有时攀着木桩爬上去，有时站在卧躺的牛背上，一纵身抱住木头。横杈直指的方向，过一条马路，就是我们家院子。

我走着走着突然啥也看不见，眼前一片黑暗。我努力地想着前面的路，突然消失的那些人和事物，着急地喊他们的名字，手胡乱摸索着。两手漆黑。

我知道迟早我会走进那片彻底的黑暗里。它是我一个人的漫漫长夜，说不定什么时候会突然降临。我不会在那样的黑暗中，再迎来光明。太阳永远地照耀到别处。

到那时我会再一次想起那个拴牛的榆木桩，想起它根部让人踩脚的木疙瘩、半腰处斜伸的那个横杈，我会沿着它的指向一直地走回家。我会摸到院门、门上的木纹和板缝，手伸进去，移开顶门的木棍，我会摸到铁锨、挂在墙上的镰刀和绳子，摸到锅台、锅台上的碗、碗沿的豁口和饭迹，摸到掉在桌上的一粒米、一小片馍馍。

当我黑黑地回到家里，没人知道我已经回来，就像没人知道我曾经离开。门静静推开又关住。我蹑足走过梦中的家人，在大土炕的一角悄悄躺下，这时我听见那场天上的大风，正呼啸着离开村子。那些疯狂摇动的树木就要停住，刮到天空的树叶就要落下来，从这个村庄，到整个大地，无边无际的尘埃，就要落下来了。

偷苞谷的贼

我跑去时天开始黑了,还刮着一股风。破墙圈上站着许多人,都是大人。我在村里听见这边嗷嗷乱叫,就跑来了。路上听人说抓住一个偷苞谷的贼,把腿打断了,圈在破牛圈里。喊叫声突然停住,墙圈上站着的那些人,像一些影子贴在灰暗的天幕上。

偷苞谷的贼蜷缩在一个墙角,一只腿半屈着,头耷拉在膝盖上,另一只腿平放在地上,像在不住地抖。他的双手紧抱着头,我看不清他的脸,只感到他很壮实。

我找了个豁口,想爬到墙上去,爬了两下,没上去。这时天很快全黑了,墙圈上的人一个一个往下跳。我至今记得他们跳墙的动作,身子往下一弓,一纵,直直地落下来。

他们跳下来后,拍打着身上的土,一声不响从那个大豁口往外走。我看见墙上没人了,也赶紧跟着往外走。

"刘二,你把这个豁口守着,别让偷苞谷的贼跑了。"

喊我的人是杜锁娃的父亲。我常和他家锁娃一起玩。他们家住在沙沟沿上,和胡木家挨着。我还在他家吃过一次饭。我一直记着他对我说话的口气，不像对一个孩子，像是给一个大人安排一件事。我愣在那里。

见我站着不动，他三两步走过来，两只大手夹住我的腰，像拿一件小东西，很轻松地把我夹起来，放到那个豁口中间。

"这样，手伸开挡住，不能把贼放跑了。"

他把我的胳膊拉直，像个十字架一样立在那里。他好像看出我的胳膊伸得一高一低，又轻轻把一只胳膊往上托了一下。然后我听见他们离开的脚步声越走越远，消失在村子里。

一连几天，我躲在家里不敢出门。大人们下地后，我一个人待在院子里，脸贴在院门缝往外望。一有人走近便赶忙藏起来，像个贼一样不敢出声。

他们肯定要来找我的麻烦，我想。我也没敢把这件事告诉家里人。

我把偷苞谷的贼放跑了。

我以为他们回去吃饭了，很快就会回来。我很听话地站在那里，一动不动。偷苞谷的贼像一块黑乎乎的东西堆在墙角，只能模糊地辨认出一点轮廓。我不眨眼地盯着他。刚才那股风似乎刮大了一些，风把墙上的土吹下来，直眯眼睛。我正好站在一个风口上，身体不住地摆动着，衣服刮得直抖，却听不到一点声音。

不知这样站了多久，月亮出来了，黄黄的一个脸，探出墙头。我吓了一跳，以为是一个人。

偷苞谷的贼动了一下，月光正好照清楚他的半边身体。我至今记得他那件紧裹在身上的上衣，袖口短半截子，肩膀处撕烂了一片，月光落在上面，像撒了一层土。

他先放下一只手，摸了摸那条平躺在地的断腿，接着用另一只手扶着墙，很吃力地站起来。

我始终没看清他的脸，他低垂着头，像在看着他那条拖拉在地上的断腿，又像在看地上的什么东西。在我多少次的回想中他是个没头的人，我想不出他那颗头的形状，他的脸深埋着，头发溶在夜色中，肩膀之上是一片黑黑的夜空。

他站稳后也没抬头看一眼，便径直朝豁口处走过来，走得很慢，却很坚定。随着身体一倾一斜，那条好腿一下一下地捣着地。我像被钉在那里，伸开的胳膊一只也放不下来，也无法转动身体。我恐惧地看着偷苞谷的贼一瘸一拐走过来，想喊叫，却叫不出声。眼看就走到跟前了，我突然像从什么力量中摆脱出来，一转身，拔腿飞跑起来。跑了一阵才意识到，两只胳膊还直伸着忘了放下来。

我发现自己跑进一条幽暗的巷子里，两旁是一幢一幢的黑房子，没一点灯光。我认出这不是我们家住的那条巷子。我刚才一着急把方向跑反了，我回过头想往另一个巷子跑，突然看见偷苞谷的贼已经追上来，离我很近了。他依旧埋着头，身子一倾一斜的样子更加吓人。

"偷苞谷的贼跑了。"

"偷苞谷的贼跑了。"

……

我吓了一大跳，不敢相信是我喊出的声音。我边跑边喊。那个夜晚人们睡得特别早也特别死，我喊了多少遍，嗓子都哑了，没喊醒一个人。连一条狗都没叫醒。

偷苞谷的贼似乎加快了步子,我听见他一只脚捣地的声音越来越急,也越来越有力。我跑几步便回头看一眼,每次都觉得他更近了。

至今我记得那个夜晚我仓皇跑过的那些人家的房子:陈元家的房子、张天家的房子、胡学义家的房子……白天我多少次经过这些房子,门口蹲着人,墙根卧着狗和牲畜。我无所事事地走着,边玩边走,不时伸手折一根路边的柳树条,抬脚踢一下路上的土块和驴粪蛋。我认识每一户人家的大人和孩子,熟悉每个院子的每一间房子。他们也都知道我是刘家老二。有时我被陈元家方头喊住,在他家院子里玩一上午。有时在胡学义家墙根蹲一下午,和胡小梅玩抓石子。胡小梅的手指细长细长,她能一手背接住七个石子。我玩不过她,却喜欢跟她玩。她家黑狗也认识我,见了我便亲热地跑过来,让我摸它的脊背和脖子。夜里这些人家全不一样了。我似乎错跑到另一个村庄,所有的门紧闭,窗户黑洞洞的。奔跑中我还急促地敲了丁树和李一棵家的门,一点回应没有。眼看我要跑出村子了,剩下最后一户人家的房子。我已经看见村边那片黑森森的苞谷地,一条小路从中间穿过去。过了苞谷地再过一个沙沟,就是闸板口村了。偷苞谷的贼好像是闸板口村的。

我又急又害怕,再跑下去,我就被偷苞谷的贼追赶着跑进苞谷地,跑过那个沙沟,一直跑到闸板口村了。

就在这时月亮钻进云里了,身后的脚步声也像暗了下去。我一扭身,躲到路旁一垛柴火后面。

这垛柴火全是红柳,枝条不规则地乱扎着。我不小心碰到一根,弄出一阵干炸炸的响声,我想偷苞谷的贼一定听见了。

我猫着腰,屏住气等了好几分钟,才看见偷苞谷的贼从柴垛旁过去。他过去的时候,好像扭头看了我一眼。我看不清他的脸,只感到一股目光落到身上,像浇了盆凉水一样,浑身的汗毛全竖了起来。我想他会转到柴垛后面找我,却没有。他几乎没停顿,一瘸一拐地走了过去,钻进那片苞谷地里不见了。

我直起身,村子里突然一片亮光。好多人家的窗户都亮了。到处是开门声、说话声。

"出啥事了。刚才谁在喊。"

"好像是个孩子。"

我听见许多人走到路上,相互询问,突然又害怕起来,不敢过去跟他们说话。我蹲在柴垛后面,一直等他们回到屋子,灯一家一家灭尽。

很多天过去了,没有一个人来找我。我在家里躲得没趣,想出去找个人把这件事说清楚。村子里不停地刮着风,人都像被风吹乱的影子,这儿那儿,破破碎碎的。不知怎么了,那年秋天,我记住的人都薄薄的像一张纸,风一刮就动起来。我在村里转悠了半天,也没人理我。人们都忙着什么事,往东走的、朝西去的、照北跑的,碰到一起又分开,越离越远,回来又出去,没有一点秩序,看不出他们要干什么。像一场没做好的梦,乱乱的。

一天早晨,我看见杜锁娃的父亲牵着牛正准备下地。我故意绕到他前面,站在路旁等他走过来。我想他肯定会问我。是他安排我看偷苞谷的贼的。

杜锁娃的父亲一手扛锨,一手拉着牛缰绳,走到跟前时漫不经心地看了我一眼。我低着头,等他问那件事,他已经牵牛走过去,像从没发生过什么似的。

我见他过去了,紧走两步追上去。

"那个贼跑掉了。"我说。

他扭过头看着我。

"偷苞谷的贼。"我又大声说一句。

他瞪了我一眼,转身吆喝了一声牛。接着我听他嘟囔说:"苞谷早收掉了。哪还有苞谷。"

我一下愣在那里。

许多年,许多事情或许都没有发生,但被我经历了。我很小的时候,人们都背着我干了些什么。从我八岁到三十五岁二十七年里,被他们打断腿的一个人,一直在梦中追我,我跑不过他。一个梦中我逃脱了,远远地甩掉了他。另一个梦中他又追了上来。他的一条腿拖在地上,另一条腿一下一下地捣着地。随着我一年年长大,我想我再不会怕他了。下次梦中遇到他我一定不会逃跑,我会双手叉腰站着等他走到跟前,我要看看他到底是谁,他的腿又不是我打断的,我为啥要吓得逃跑呢。可是,我一直都没长到那个断腿男人那样壮实。在一场一场的梦中,我依旧被他追着跑。一开始是在村里那些幽黑的巷子里奔跑,除了身后一瘸一拐的断腿人,再碰不见一个人,也没一点灯光。我在恐惧和绝望中跑过一幢幢熟悉的黑房子。

后来就到了荒野上,我漫无边际地奔逃,断腿人像一截摇晃的木头在身后紧追不舍。

再后来，梦境移到了一个小镇空荡荡的街道上。我从街道一头往另一头跑。我不熟悉两旁的高房子，不敢躲进去，只是拼命奔跑。

在多少次的奔跑中我都想找到那垛柴火，躲到它后面去。我试着躲在一堵破墙后面，钻进一间没人的空房子，都被断腿人找见了。他不抬头，却总能看见我跑到了哪里。在我的下意识中只有那垛柴火能救我，却一直再没找到。

这样的梦一直延续到我进入乌鲁木齐，以后再没梦见那个偷苞谷的贼。

我相信自己已经摆脱他了。我远离了那片地方。他瘸着腿，一定跑不到这么远的城市。即使跑来了，也难以找到我。另一方面，我觉得自己真正长大了。尽管依旧没长到那个断腿男人那样壮实，却长到了跟他一样大的年纪，而且一年年地超过了他（在我的梦里他一直都是那个年龄，四十多岁，或者五十岁的样子）。

多少年后的一个下午，我正在街上行走，我的一条腿突然疼痛起来，好像一下子不是我的腿，我的身体不认它了，狠劲往外推、撕扯，要把它扔掉。我不知道身体中发生了什么。但我知道它迟早要出点事。我跑了那么多路，走了那么多地方，也早该把腿跑坏一条了。只是我不知道腿坏了会是这种滋味，它牵动了全身，我有点站不稳，转头望望，街上的人一个也不认识。多少年来我天天见的一街人，却一个也不认识。

我扶着电线杆站了一会儿，浑身冒汗。这条腿已经疼得不能着地，想找个人帮我一把，又不知去找谁，我认识的那些人，他们远在黄沙梁。我只好拖着一条腿，一瘸一拐往回走。走在我前面的是一个大人和一个小孩，他们刚从我身边超过去。那孩子七八岁的样子，每走几步便回头看我一眼，他似乎想帮帮我，又不敢停下来，好像有点害怕我，我紧走几步，他也加快步子。我慢下来，他也慢下来，不住地回头看着我。我觉得奇怪，走着走着，我一低头，突然看见自己——多年前，那个偷苞谷的贼就是这副样子在追我。

我下意识地回头望了望，什么都没望见。街上的人黑压压地晃动着，像一片风中的苞谷地。

我紧走几步，突然又一阵剧痛，感到一个人的粗壮身体正穿过我，从我身体的骨肉缝隙硬挤了过去。

那个偷苞谷的贼，他还是追上了我，把他的一条坏腿扔给我，换上我的一条好腿跑掉了。

月光也追过来

夜晚我穿过村子，走进那排矮土屋中的一间，我关好门，静静蹲着。那排旧房子一直没有拆掉，那时我有一间自己的小房子，我夜夜回到那里，孤单、害怕。门薄薄的，风一吹就能破。窗户在高高的后墙上，总是半开着，我够不着。我打开锁，锁孔有点锈了，老半天打不开，一阵一阵的风从后面追来，我不敢往后看。门终于打开了，我又不敢一下进去，开一个小缝，朝里望，黑黑的。有人吗，我在心里说。

一坨月光落在地上，我一侧身进去，赶紧关门，用一个木棍牢牢顶住，再用一个木棍顶在下面，这时我听见风涌到门口，月光也追过来，透进门缝的月光都会吓我一跳。我恐惧地坐在里面，穿过村子的那条路晾在月色里，我能看清路的拐角，一棵歪柳树的影子趴在地上。刚才，我匆忙走过时，没敢往那边看，我觉得它像一个东西，在地上蠕动，有时它爬到路中间，我远远绕过去，仿佛它会吃掉我。过了那个拐角是一个芦苇坑，路弯弯的向里倾斜着，我也不敢向芦苇坑看，那些苇稍一摇一摇，招魂似的，风一大就朝路上扑，我总感觉后面有东西追过来，是一阵风还是一缕月光,还是别的什么,我不敢往后看,我偷偷摸摸的,好像穿过村子时被谁看见了,我甚至害怕被房子和树看见。门薄薄的,天窗永远敞着,不管我来还是不来,那坨月光都在地上汪着,我坐久了,它会慢慢移过来,照在我的腿上、脸上。我不敢让它照,就坐在它移过的地方,然后看见它越移越远,最后从墙上出去了,我抬起头,从天窗望出去,满世界的月光。月亮不见了。

而我们的新房子,在村子的另一边(西边),已经比旧房子还要破旧。

但我不害怕刮风。风越大我睡得越安静。仿佛我在满天地的风声中藏掖好自己。那时我可以翻身,大声喘气咳嗽,我的声音隐藏在树叶和草垛的声响中。

我记得我在村庄的夜晚行走的模样,我小小的,拖着一条大人的影子,我趴在别人的窗口倾听,有时趴在自家的窗口倾听,家里没有一丝声音,他们都到哪去了。别人家也没人。院门朝里顶住,门窗关着,梯子趴在墙上,我静悄悄爬上房,看见一个大人的影子也在爬墙,他在我下面,我上去时他已经在房顶,好像他早就在房顶等我了。

夏天的夜晚天窗口敞开,白白的一坨月光落在屋里,有时在地上,照见一只鞋,另一只被谁穿走,有时照见两只,一大一小,仿佛所有人穿着一只鞋走在梦中,另一只留在炕头,等人回来。月光移过炕头时,照见一张脸,那么陌生,像谁的父亲和兄弟。

把时间绊了一跤

我看见早晨的阳光,穿过村子时变慢了。时光在等一头老牛。它让一匹朝东跑的马先奔走了,进入一匹马的遥遥路途,在那里,尘土不会扬起,马的嘶叫不会传过来。而在这里,时光耐心地把最缓慢的东西都等齐了,连跑得最慢的蜗牛,都没有落在时光后面。

刘二爷说,有些东西跑得快,我们放狗出去把它追回来。有些东西走得比我们慢,我们叫墙立着等它们,叫树长着等它们。我们最大的本事,就是能让跑得快的走得慢的都和我们待在一起。

我在这里看见时光对人和事物的耐心等候。

四十岁那年我回到村里,看见我五岁时没抱动的一截木头,还躺在墙根。我那时多想把它从东墙根挪到房檐下。仿佛我为了移动这根木头又回到村庄。我二十岁时就能搬动这根木头,可我顾不上这些小事。我在远处。三十岁时我又在干什么呢。

我长大后做的哪件事是那个五岁孩子梦想过的。我回来搬这根木头,幸亏还有一个没挪窝的木头。

我五十岁时,比我大一轮的张望瞎了眼,韩三瘸了一条腿,冯七的腰折了。就是我们这些人,在拖延时间,我们年轻时被时间拖着跑,老了我们用跑瘸的一条腿拖住时间。用望瞎了的一双眼拖住时间。在我们拖延的时间里,儿孙们慢慢长大,我们希望他们慢慢长大,我们有的是时间让他们慢慢长大。

时间在往后移动。所以我们看见的全是过去。我们离未来越来越远,而不是越来越近。时光让我们留下来。许多时光没有到来。好日子都在远路上,一天天朝这里走来。我们只有在时光中等候时光。没有别的办法。你看,时间还没来得及在一根刮磨一新的锨把上留下痕迹。时间还没有摩皱那个孩子远眺的双眼。但时光确实已经慢了下来。

每天一早一晚,站在村头清点人数的张望,可能看出些时光的动静。当劳累一天的韩瘸子牵牛回到家,最后一缕夕阳也走失在西边荒野。一年年走掉的那些岁月都到哪去了。夜晚透进阵阵寒风的那道门缝,也让最早的一束阳光照在我们身上。那头傍晚干活回来的老牛,一捆青草吃饱肚子。太阳落山后,黄昏星亮在晚归人头顶。在有人的旷野上,星光低垂。那些天上的灯笼,护送每个晚归人。一方小窗里的灯光在黑暗深处接应。当我终于知道时间让我做些什么,走还是停时,我已经没有时间了。

每年春天,村东的树长出一片半叶子时,村西的树才开始发芽。可以看出阳光在很费力地穿过村子。

刘二爷说，如果从很高处看——梦里这一村庄人一个比一个飞得高——向西流淌的时间汪洋，在虚土庄这一块形成一个涡流。时间之流被挡了一下。谁挡的，不清楚。我们村子里有一些时间嚼不动的硬东西，在抵挡时间。或许是一只猫、一个不起眼的人、一把插在地上的铁锨，还是房子、树。反正时间被绊了一跤，一个爬扑子倒在虚土里。它再爬起来前走时，已经多少年过去，我们把好多事都干完了，觉也睡够了。别处的时光已经走得没影。我们这一块远远落在后面。

时间在丢失时间。

我们在时间丢失的那部分时间里，过着不被别人也不被自己知道的漫长日子。刘二爷说。

鸟是否真的飞到了时间上面。有一种鹰，爱往高远飞，飞到纷乱的鸟群上面，飞过落叶和尘土到达的高度，一直飞到人看不见。鸟飞翔时，把不太好看的肚皮和爪子亮给我们。就像我们走路时，不知道该把手放在什么位置，鸟飞在天上，对自己的爪子也不知所措。有的鸟把爪子向后并拢，有的在空中乱蹬，有的爪子闲吊着，被风刮得晃悠。还有的鸟，一只爪子吊下来，一只蜷着，过一会又调换一下。鸟在天上，真不知该怎样处置那对没用的爪子，把地上的人看得着急。不过，鸟不是飞给人看的，这一点小孩都知道。鸟把最美的羽毛亮给天空，好像天上有一双看它的眼睛。鸟从来不在乎我们人怎么看它。

那些阳光，穿过袅袅炊烟和逐渐黄透的树叶，到达墙根门槛时,就已经老掉了。像我们老了一样,那些秋草般发黄的傍晚阳光,垛满了村庄。每天这个时候,坐在门口纳鞋的冯二奶,最知道阳光怎样离开村庄,丝线般细密的阳光,从树枝、墙根、人的脸上丝丝缕缕抽走时,满世界的声响,天塌下来一样。

我们把时间都熬老了。刘二爷说。

当我们老得啃不动骨头,时间也已老得啃不动我们。

给太阳打个招呼

每个人都在找一件事，跟别人不一样的事。似乎没有两个人在干相同的事。土地肥沃雨水充足，人只剩下种和收两件事。随便撒些种子就够生活了。没人操心庄稼长不好，地里草长得旺还是苗长得旺，都不是事情。草和粮一同长到秋天，人吃粮草喂牲口。一个月种，两个月收，九个月闲甩手。

但人不能闲住。除了种地手头上还要有一两件事，这才像个人。要不吃了睡，睡了吃，就跟猪一样了。比如张望，每天一早一晚，站在村头的沙包上，清数上工收工的人。开始人们不知道他每天一早一晚，站在沙梁上在干什么。

"实在没事干，学张望，站在沙梁上，朝远处的路上望望，再朝村子望望，也是件事。"这句话是韩拐子说的。韩拐子自从断了腿，就像一个有功劳的人，啥都不干了。瘸着腿走路，成了他和别人不一样的一件事。就像王五爷靠撒尿在虚土梁留下痕迹。过多少年，韩拐子一个脚印一个拐棍窝的奇特足迹，也会留在虚土中。

人们知道张望每天一早一晚，站在沙梁上清点他们时，村里已经没几个人。好多人学冯七去跑顺风买卖，在一场风中离开村子。另一场风中，有人带着远处的尘土和落叶回来。更多的人永远在远处，穿过一座又一座别人的村子。跑顺风买卖成了虚土庄人人会干的一件事。谁在村里待得没意思了，都会赶一辆马车，顺风远去。丢在村里的话是跑买卖去了。跑赢跑亏，别人也不知道。在外面白住些日子回来，也没人说。反正这是一件事情。不过要做得像个样，出去时装几麻袋东西，回来时装几麻袋东西。不能空车去空车回，让人一看就知道是个闲锤子，跑空趟子呢。

肯定还有人，在村里干我们不知道的事。就像刘扁，挖一个洞钻到地下不出来了。我五岁的早晨，只看见两种东西在离去，一个朝天上，一个朝远处。朝下的路是后来才看见的，村里有人朝地下走了。一些东西也在往地下走，不光是树根，有时翻地，发现几年前扔掉的一截草绳，已经埋到两拃深。而挖菜窖时挖出的一个顶针，不知道谁丢失的，已经走到一丈深的土中。还有我们的说话和喊叫，日复一日的，早已穿过地下的高山和河流。在那些草根和石头下面，日夜响彻着我们无所顾忌的喊叫。

有几年，我认为村里最大的一件事情，就是没人给太阳打招呼。

太阳天天从我们头顶过，一寸一寸移过我们的土墙和树，移过我们的脸和晾晒的麦粒。它落下去的时候，我们应该给它打个招呼。至少村里有一个人在日落时，朝它挥挥手，挤挤眼睛，或者喊一声。就是一个熟人走了，也要打个招呼的，况且这么大的太阳，照了全村人，照了全村的庄稼牛羊，它走的时候，竟没人理识它。

也许村里有一个人，天天在日落时，靠着墙根，或趴在自己家朝西的小窗口，向太阳告别，但我不知道。

我五岁时，太阳天天从我家柴垛后面升起。它落下时，落得要远一些，落到西边的苞谷地。我长高以后看见太阳落得更远，落到苞谷地那边的荒野。

我长大后那块地还长苞谷。好像也长过几年麦子，觉得不对劲。七月麦子割了，麦茬地空荡荡，太阳落得更远了，落到荒野尽头不知道什么地方。西风直接吹来，听不见苞谷叶子的响声，西风就进村了。刮东风时麦子和草一块在荒野上跑，越跑越远。有一年麦子就跟风跑了，是六月的热风。人们追到七月，抓到手的只有麦秆和空空的麦壳。我当村长那几年，把村子四周种满苞谷，苞谷秆长到一房高，虚土庄藏在苞谷中间，村子的声音被层层叠叠的苞谷叶阻挡，传不到外面。

苞谷一直长到十一月，棒子掰了，苞谷秆不割，在大雪里站一个冬天。到了开春，叶子被牲畜吃光，秆光光的。

另外几年我主要朝天上望，已经不关心日出日落了。天上一阵一阵往过飘东西，头顶的天空好像是一条路。有一阵它往过飘树叶，整个天空被树叶贴住，有一百个秋天的树叶，层层叠叠，飘过村子，没有一片落下来。另一阵它往过飘灰，远处什么地方着火了，后来我从跑买卖的人嘴里，没有听到一点远处着火的事,仿佛那些灰来自天上。更多时候它往过飘土,尤其在漫长的西风里,满天空的土朝东飘移。那时我就说,我们不能朝西去了,西边的土肯定被风刮光,剩下无边无际的石头滩。

可是没人听我的话。

王五说,风刮走的全是虚土。风后面还有风,刮过我们头顶的只是一场风,更多的风在远处停住,更多的土在天边落下。

冯七说,西风刮完东风就来了,风是最大的倒客,满世界倒买卖,跟着西风东风各跑一趟,就什么都清楚了。

韩三说,西风和东风在打仗,你把白沙扔过去,他把黄土扬过来。谁不服谁。不过,总的来说,西风在得势。

在我看来,西风东风是一场风,就像我们朝东走到奇台再返回来。风到了尽头也回头,回来的是反方向的一场风,它向后转了个身,风尾变风头,我们就不认识了。尤其刺骨的西风刮过去,回来是温暖的东风,我们更认为是两场风了。其实还是同一场风,来回刮过我们头顶。走到最远的人,会看到一场风转身,风在天地间排开的大阵势。在村里我们看不见,一场一场的风,就在虚土庄转身,像人在夜里,翻了个身,面朝西又做了一场梦。风在夜里悄然转身,往东飘的尘土,被一个声音喊住,停下,就地翻个跟头,又脸朝西飘飞了。它回来时飞得更高,曾经过的虚土庄黑黑的躺在荒野。

我还是担心头顶的天空。虽然我知道,天地间来来回回是同一场风。但在风上面,尘土飘不到的地方,有一村庄人的梦。

我仰起脖子看了好几年,把飞过村子的鸟都认熟了。不知那些鸟会不会记住一个仰头望天的人。我一抬眼就能认出,那年飘过村子的一朵云又飘回来了。那些云,只是让天空好看,不会落一滴雨。我们叫闲云。有闲云的天空下面,必然有几个闲人。闲人让地上变得好看,他们慢悠悠走路的样子,坐在土块上想事情的姿势,背着手,眼睛空空的朝远望的样子,都让过往的鸟羡慕。

忙人让地上变得乱糟糟,他们安静不下来,忙乱的脚步把地上的尘土踩起来,满天飞扬。那些尘土落在另外的人身上,也落在闲人身上。好在闲人不忙着拍打身上的尘土,闲人若连身上的尘土都去拍打,那就闲不住了。

这片大地上从来只有两件事情,一些人忙着四处奔波,踩起的尘土落在另一些人身上;另些人忙着拍打,尘土又飞扬起来。一粒尘土就足够一村庄人忙活一百年。

那时村里人都喜欢围坐在一棵榆树下闲聊。我不一样,白天我坐在一朵云下胡思,晚上蹲在一颗星星下面乱想。

刘二爷说,我们一天的大部分时间,朝西看。因为我们从东边来的,要去西边。我们晚上睡着时,脸朝东,屁股和后脑勺对着西边。

要是没有黑夜,人就一直朝前走了。黑夜让人停下,星星和月亮把人往回领,每天早晨人醒来,看见自己还在老地方。

真的还在老地方吗,我们的房子,一寸寸地迁向另一年。我们已经迁到哪一年了。从我记事起,到忘掉所有事,我不知道村里谁在记我们的年月。我把时间过乱了。肯定有人没乱,他们沿着日月年,有条不紊地生活,我一直没回到那样的年月。我只是在另一种时间里,看见他们。看见在他们中间,悄无声息的我自己。我不知道那是不是我。我在村庄里的生活,被别人过掉了。我在远处过着谁的生活。那些在尘土上面,更加安静,也更加喧嚣的一村庄人的梦里,我又在做着什么。

我受的教育

黄沙梁，我会慢慢悟知你对我的全部教育。这一生中，我最应该把那条老死窝中的黑狗称师傅。将那只爱藏蛋的母鸡叫老师。它们教给我的，到现在我才用了十分之一。

如果再有一次机会出生，让我在一根木头旁待二十年，我同样会知道世间的一切道理。这里的每一件事物都蕴含了全部。

一头温顺卖力的老牛教会谁容忍。一头犟牛身上的累累鞭痕让谁体悟到不顺从者的罹难和苦痛。树上的鸟也许养育了叽叽喳喳的多舌女人。卧在墙根的猪可能教会了闲懒男人。而遍野荒草年复一年荣枯了谁的心境。一棵墙角土缝里的小草单独地教育了哪一个人。天上流云东来西去带走谁的心。东荡西荡的风孕育了谁的性情。起伏向远的沙梁造就了谁的胸襟。谁在一声虫鸣里醒来，一声狗吠中睡去。一片叶子落下谁的一生。一粒尘土飘起谁的一世。

谁收割了黄沙梁后一百年里的所有收成，留下空荡荡的年月等人们走去。最终是那个站在自家草垛粪堆上眺望晚归牛羊的孩子，看到了整个的人生世界。那些一开始就站在高处看世界的人，到头来只看见一些人和一些牲口。

今生今世的证据

我走的时候，我还不懂得怜惜曾经拥有的事物，我们随便把一堵院墙推倒，砍掉那些树，拆毁圈棚和炉灶，我们想它没用处了。我们搬去的地方会有许多新东西。一切都会再有的，随着日子一天天好转。

我走的时候还不知道向那些熟悉的东西去告别，不知道回过头说一句：草，你要一年年地长下去啊。土墙，你站稳了，千万不能倒啊。房子，你能撑到哪一年就强撑到哪一年，万一你塌了，可千万把破墙圈留下，把朝南的门洞和窗口留下，把墙角的烟道和锅头留下，把破瓦片留下，最好留下一小块泥皮，即使墙皮全脱落光，也在不经意的、风雨冲刷不到的那个墙角上，留下巴掌大的一小块吧，留下泥皮上的烟垢和灰，留下划痕、朽在墙中的木橛和铁钉，这些都是我今生今世的证据啊。

我走的时候，我还不知道曾经的生活有一天，会需要证明。

有一天会再没有人能够相信过去。我也会对以往的一切产生怀疑。那是我曾有过的生活吗。我真看见过地深处的大风？更黑，更猛，朝着相反的方向，刮动万物的骨骸和根须。我真听见过一只大鸟在夜晚的叫声？整个村子静静的，只有那只鸟在叫。我真的沿那条黑寂的村巷仓皇奔逃？背后是紧追不舍的瘸腿男人，他的那条好腿一下一下地捣着地。我真的有过一棵自己的大榆树，真的有一根拴牛的榆木桩？它的横杈直端端指着我们家院门，找到它我便找到了回家的路。还有，我真沐浴过那样恒久明亮的月光？它一夜一夜地已经照透墙、树木和道路，把银白的月辉渗浸到事物的背面。在那时候，那些东西不转身便正面背面都领受到月光，我不回头就看见了以往。

现在，谁还能说出一棵草、一根木头的全部真实。谁会看见一场一场的风吹旧墙、刮破院门，穿过一个人慢慢松开的骨缝，把所有所有的风声留在他的一生中。

这一切，难道不是一场一场的梦。如果没有那些旧房子和路，没有扬起又落下的尘土，没有与我一同长大仍旧活在村里的人、牲畜，没有还在吹刮着的那一场一场的风，谁会证实以往的生活——即使有它们，一个人内心的生存谁又能见证。

我回到曾经是我的现在已成别人的村庄。只几十年工夫，它变成另一个样子。尽管我早知道它会变成这样——许多年前他们往这些墙上抹泥巴、刷白灰时，我便知道这些白灰和泥皮迟早会脱落得一干二净。他们打那些土墙时我便清楚这些墙最终会回到土里——他们挖墙边的土，一截一截往上打墙，还喊着打夯的号子，让远远近近的人都知道这个地方在打墙盖房子了。墙打好后每堵墙边都留下一个坑，墙打得越高坑便越大越深。他们也不填它，顶多在坑里栽几棵树，那些坑便一直在墙边等着，一年又一年，那时我就知道一个土坑漫长等待的是什么。

但我却不知道这一切面目全非、行将消失时，一只早年间日日以清脆嘹亮的鸣叫唤醒人们的大红公鸡、一条老死窝中的黑狗、每个午后都照在（已经消失的）门框上的那一缕夕阳……是否也与一粒土一样归于沉寂。还有，在它们中间悄无声息度过童年、少年、青年时光的我，他的快乐、孤独、无人感知的惊恐与激动……对于今天的生活，它们是否变得毫无意义。

当家园废失，我知道所有回家的脚步都已踏踏实实地迈上了虚无之途。

辑 四

飞翔的梦

从家乡到故乡
——鲁迅文学院讲座

一、互生

家乡是母腹把我交给世界,也把世界交给我的那个地方。她可能保存着我初来人世的诸多感受。在那个漫长生命开始的地方,我跟世界或许相互交代过什么。一个新生命来到世上,这世界有了一双重新打量她的眼睛,重新感受她的心灵,重新呼喊她的声音。在这新生孩子的眼睛里,世界也是新诞生的,说不上谁先谁后,谁接纳了谁。一个新生命的降生,也是这个世界的重新诞生。这是我们和世界的互生关系。

这个关系是从家乡开始的。

家乡在我睁开眼睛的一瞬间,几乎用整个世界迎接了我。家乡用它的空气、阳光雨露、风声鸟语,用它的白天黑夜、日月替换来迎候一个小小生命的到来。假如这个世界还有什么的话,家乡在我出生的那一刻,已经全部地给了我。从此家乡一无所有。家乡再没有什么可以给我了。

而我,则需要用一生时间,把自己还给家乡。

二、厚土

家乡住着我的父亲母亲、爷爷奶奶,住着和我一同长大、留有共同记忆的一代人,还住着那些他们看着我长大、我看着他们长老直到死去的那一代人。家乡是我祖先的墓地和我的出生地。在我之前,无数的先人死在家乡,埋在家乡。每个人的家乡都是一个人的厚土,这个厚,是因为土中有我多少代的先人安睡其中,累积起的厚。

先人们沉睡土下,在时序替换的死死生生中,我的时间到了,我醒来,接着祖先断了的那一口气往下去喘。这一口气里,有祖先的体温、祖先的魂魄,有祖先代代传续到今天的精神。

所有的生活,都是这样延续来的。每个人的出生都不仅仅是一个单个生命的出生。我出生的一瞬间,所有死去的先人活过来,所有的死都往下延伸了生。我是这个世代传袭的生命链条的衔接者,这是多么重要啊。因为有我,祖先的生命在这里又往下传了一世,我再往下传,就叫代代相传。

这便是家乡。它在浑然不知中,已经给一个人注入了这么多的东西。长大以后,我会有机会,回过头来领受家乡给我的这一切。领受家乡的一事一物,领受家乡的生老病死和生生不息,领受从我开始、被我诞生出来的这个家乡,是如何地给了我生命的全部知觉和意义。

三、醒来

我的散文集《一个人的村庄》,写的就是我自小生活的村庄。当时我刚过三十岁,辞去乡农机管理员的工作,孤身一人在乌鲁木齐打工。或许就在某一个黄昏,我突然回头,看见了落向我家乡的夕阳——我的家乡沙湾县在乌鲁木齐正西边,每当太阳从城市上空落下去的时候,我都知道它正落在我的家乡,那里的漫天晚霞,一定把所有的草木、庄稼、房屋和晚归的人们,都染得一片金黄,就像我小时候看见的一样。

或许就是在这样的回望中,那个被我遗忘多年,让我度过童年、少年和青年时光的小村庄,被我想起来了。我把那么多的生活扔在了那里,竟然不知。那一瞬间,我似乎全觉醒了,开始写那个村庄。仿佛从一场睡梦中醒来,看见了另外一个世界,如此强大、饱满、鲜活地存放在身边,那是我曾经的家乡,从记忆中回来了。那种状态如有天启,根本不用考虑从哪写起。家乡事物熟烂于心,我从什么地方去写,怎么开头,怎么结尾,都可以写成这个村庄,写尽村庄里的一切。

这样一篇一篇地写了近十年时间,从九十年代初写到九十年代末,我完成了《一个人的村庄》。

这是家乡在我的文字中的一次复活。她把我降生到世上,我把她书写成文字,传播四方。我用一本书创造了一个家乡。

四、先父

《一个人的村庄》写完之后,我已经三十六岁了。我一直想给我早年去世的父亲写一篇文章，可是一直无法完成。

先父在我八岁那年不在了，我忘记了他的长相，想不起一点有关他的往事。家里曾有过一张照片，母亲抱着我，先父站在旁边，一副瘦弱的文人相，后来这张唯一的照片也丢了。就这样一个父亲、没有一丝印象的父亲，我不知道该如何去写。

每年清明节，我们都要去给父亲上坟，烧几张纸，临走前跪着磕个头，说父亲，我们来过了，求他给家人保佑平安。女儿逐渐长大时，我也经常带她去上坟，让女儿知道她有一个没见过面的爷爷，一个没有福气听她叫爷爷的爷爷。

怎样去写这样一个先父，一直梗结在心。先父是三十七岁时不在的，我也到了先父去世的年龄，突然就想，过了三十七岁这一年，我就比我父亲都大了。那时回想早年丧失的父亲，或许就像回想一个不在的兄弟。再往后，我越长越老，父亲的生命停留在三十七岁不走了。尤其到了四十岁这个阶段，前不着村，后不着店，生命被悬浮在那儿，即将步入中年、老年，我不知道老是怎么回事。

假如家里有一个老父亲，他在前面蹚路，我会知道，自己五十岁的时候是什么样子。因为父亲在前面活着呢。我五十岁时，父亲七十多岁，那就是二十多年后的我自己。他带着我往老年走，我跟着他，一步一步地离开青年、中年，也往老年走，我会在他身上看见自己的老。

可是，我没有这样一个老父亲，四十岁以后的人生一片空茫，少了一个引领生命的人。

我一直在这样一个困惑中，不知该怎么去写这个父亲。

直到后来，我带着母亲回了趟甘肃老家，获得了一次"接近"

父亲的机会，才完成了《先父》这篇文章。

五、后继

我们家是一九六一年"三年自然灾害"时期，从甘肃酒泉金塔县逃饥荒到新疆。父亲当时在金塔县一所学校当校长，母亲做教师，两人的月口粮三十多斤，家里还有奶奶和大哥，一家人实在吃不饱肚子，父亲便扔了工作，带着全家往新疆跑。那个饥荒我没有经历，我是在他们逃到新疆的第二年出生的。

那年我带母亲回甘肃老家。母亲逃荒到新疆四十年，第一次回老家。我们从父亲工作过的金塔县城，到他出生长大的山下村，在叔叔刘四德家落脚。我的一个奶奶还活着，住在叔叔家前面，是叔伯家的奶奶，八十多岁了。老人家拉着我的手说，你的模样子和你父亲像，说你父亲是六一年阴历几月初几回过一次家，把家里东西都卖了，房子也卖了，说是要去新疆。奶奶说的日期全是阴历，她一直活在旧历年中。临走时奶奶给我一双绣花鞋垫，她亲手绣的，我还一直保留着。

叔叔便带我们去上祖坟。我们刘姓在当地是大家族，以前有祖坟，逐渐来的人太多了，去的人也多，去的人占来人的地方，土地不够用，村里重新分配土地，就把一些祖坟平掉种地了。

我们刘家的祖坟，我父亲这一支的，都迁到叔叔家的耕地中间。爷爷辈以上先人合到一座墓里，祖先归到一处，墓前有祖先灵位。剩下爷爷辈的、父亲辈的坟都单个有墓。

叔叔带着我走进坟地，说，这是归到一起的祖先灵位。我跪下，磕头，上香。说后面是你爷爷的坟，旁边是你二爷的，你二爷因为膝下无子，从另外一个兄弟那里过了一个儿子过来，顶了脚后跟。

顶脚后跟原来是这么回事。一个人膝下无子，会从自家兄弟那过继一个儿子来，待你百年后埋在地下，有人给你上坟扫墓，将来过继来的儿子去世，就头顶你的脚后跟埋在一起，这叫"后继有人"。

我这才知道后继有人的人不是活人，是顶脚后跟的那个土里的后人。

叔叔又指着我爷爷的坟说，你看，你爷爷就你父亲一个独子，逃荒到新疆，把命丢在新疆没回来，后面这个地方，还留着。

叔叔接着说，你父亲后面那块地就是留给你们的。

这句话一说，我的头突然轰的一下，空掉了。

觉得自己在外面跑那么多年，我父亲带着我们逃荒千里到新疆，父亲把命丢在了新疆，但是我爷爷后面的位置还给他留着。我在新疆出生，又在外求学，好像把甘肃酒泉那个家乡给忘掉了，那个家乡好似跟自己没有关系了。但是，祖坟上还有一个位置给我留着。当我过完此生，还有一段地下的生活。在地下的祖先还需要我，等着我去顶脚后跟，后继有人。

我们要走的时候，叔叔拉着我的手说，亮程，我是你最老的叔叔了，你的爷爷辈已经没人，叔字辈里面剩下的人也不多了，等你下次来，我不在家里就在地里。

我明白他说的是跟祖先埋在一起的那个地里。我叔叔说这些话的时候轻松自若，仿佛生和死没有界限，不在家里就在地里，只是挪了个地方。在我叔叔对死亡轻描淡写的聊天中，死亡是温暖的，死和生不是隔着一层土，只是隔着一层被他轻易捅破又瞬间糊住的窗户纸。

六、温暖

我原以为甘肃的那个老家,只是我母亲的家乡,是我死在新疆的父亲的家乡,它跟我没有关系,我是在新疆出生长大的。

可是,当我站在叔叔家麦田中那块祖坟上的时候,我突然觉得,它是我的家乡。

小时候见到坟头害怕,当我坐在老家祖坟地,坐在叔叔给我留下的那块空地上,竟觉得那么温暖,像回到一个悠远的家里。

我想,即使以后我离开世间,从那个村子里归入地下,跟祖先躺在一块,好像也不会失去什么。那样的归属就在自己家的田地中,坟头和村庄相望,亲人的说话和喊叫时时传来,脚步声在坟头上面来回走动,一年四季的收成堆在旁边。那样的离世,离得不远,就像搬了一次家。

我们没有像基督教那样建造一个天堂,但是,我们在家乡构筑了一方千秋万代的乡土,这乡土包含我们的前世今生,过去未来,这个能够安顿我们身体和心灵的地方,是我们的家乡。

七、复活

从老家回来后,我找到了写先父的感觉。我从那个家乡的厚土中,把父亲找了回来,我也从祖先、爷爷到父亲那样一个家族血脉中,找到了我自己的位置。突然之间,觉得我可以跟父亲对话了,他活了过来。

《先父》的第一句就这样开始叙述:"我比年少时更需要一个父亲,他住在我隔壁,夜里我听他打呼噜,费劲地喘气。看他弓腰推门进来,一脸皱纹,眼皮耷拉,张开剩下两颗牙齿的嘴,对我说一句话。我们在一张餐桌上吃饭,他坐上席,我在他旁边,看着他颤巍巍伸出一只青筋暴露的手,已经抓不住什么,又抖抖地勉力去抓住。听他咳嗽,大声喘气——这就是数年之后的我自己。一个父亲,把全部的老年展示给儿子,一如我把整个童年、青年带回到他身边。可是,我没有这样一个父亲。"

一段一段地写,给早已不在的父亲去诉说。当我写完时,我把这个早年丧失的父亲从时间的尘埃中找了回来,同时我也找回来一个遗失的家乡。

八、家谱

家乡是跟我们血肉相连的那个地方。回到家乡,便知道自己是谁了。上有老下有小。往上有我叫爷爷的,往下有别人叫我爷爷的,我在中间。这就是一个人在家庭中的地位。找到这样一个位置,一个家族体系便构架了起来。

我在甘肃酒泉老家的叔叔家,看到了刘家家谱,小楷毛笔字写在一块大白布上。叔叔告诉我,这是我父亲抄写的。我第一次看见父亲写的字,端庄力道,每一笔都写了进去。

父亲抄写的刘氏家谱,自四百年前,祖先从山西大槐树迁入酒泉开始记起。顶头孤零零立着最早来到酒泉的那位祖先,他是一个人,一根独苗,但他下面跟了四个儿子,生命开始分叉,四个儿子又各自生出儿子,分叉出更多支脉。四百年里那位刘姓祖先的子孙，已经繁衍成一个庞大的根系。我看着写在那块白布上的家族谱系，那样的排列形式，就是一棵大树的繁茂根系。这个谱系里的所有名字代表的人，都在土里，都结束了地上的生活，回到这个家族的根部。而土之上对应的，该是这个巨大根系连接的一棵参天大树。那个树的主干是在世的爷爷辈，枝权是父亲辈，儿孙辈在繁茂的树梢上，继续分枝展叶。

我父亲抄写这份家谱时，二十来岁，是家族供养出的唯一懂文墨的秀才，他那时不会想到自己会在不久的饥馑年逃荒新疆，颠沛流离，把命丢在异乡。但是，他一定知道自己在家谱中的位置。我在叔叔后来整理的装订成册的家谱中，看见了父亲的名字，他已经安稳地回到族谱了。

我也知道自己的名字迟早会被写在那里，跟在父亲的名字后面，这个不急，我走进族谱，还有很远的路。但是，不论我走到哪里，我都会回到这册家谱里，回到刘氏家族的厚土根部。

九、归人

这是我们中国人的家乡，在土上有一生，在土下有千万世。厚土之下，先逝的人们，一代头顶着上一代的脚后跟，在后继有人地过一种永恒生活。

因为有他们在，我们地上的生活才踏实。在那样的家乡土地上，人生是如此厚实，连天接地，连古接今。生命从来不是我个人短短的七八十年或者百年，而是我祖先的千年、我的百年和后世的千年，世代相传。

有家乡的中国人，都会有这样的生命感觉，千秋万代都是我们的血脉。未出生之前,我已在祖先序列中,是家乡土地上的一粒尘土。待出生后,我是连接祖先和子孙的一个环节。

家乡让我把生死融为一体,因为有家乡,死亡变成了回家;因为有家乡,我可以坦然经过此世,去接受跟祖先归为一处的永世。

十、故乡

每个人的家乡都在累累尘埃中,需要我们去找寻、认领。我四处奔波时,家乡也在流浪。年轻时,或许父母就是家乡。当他们归入祖先的厚土,我便成了自己和子孙的家乡。每个人都会接受家乡给他的所有,最终活成他自己的家乡。每个人都是他自己的家乡。身体之外,唯有黄土。心灵之外,皆是异乡。

家乡在土地上,在身体中。故乡在厚土里,在精神中。

我们都有一个土地上的家乡和心灵精神中的故乡。当那个能够找到名字、找到一条道路回去的地理意义上的家乡远去时,我们心中已经铸就出一个不会改变的故乡。

而那个故乡,便是我和这个世界的相互拥有。

寒风吹彻　现世温暖
　　——清华大学演讲

　　今天给大家讲我的文章《寒风吹彻》的写作背景，以及我对人生的寒冷、死亡等终极命题的思考。

　　《寒风吹彻》这篇文章，写于一九九六年的冬天，那时我三十四岁。三年前，我辞去沙湾县乡农机管理员的职务，在乌鲁木齐打工。刚来乌市打工时，我还一头乌发，前额的头发能遮住眼睛，仅仅几年时间，就谢顶了。谢顶是头发的谢幕。当那些黑发一根根从头顶脱落的时候，我真的不知道自己的生命中发生了什么，头发不告诉它因何脱落，只有额头有了一种光秃秃的感觉。

　　刚谢顶那会儿，还有一丝裸露的羞涩和不好意思，后来也就渐渐习惯了。

　　我记得在一个大雪纷飞的黄昏，我茫然地走在乌鲁木齐的街道上，寒风携裹着雪片，吹打在我裸露的额头上，那一刻，仿佛这个世界所有的寒冷，都堆砌在我一个人身上，那些被我忘记的寒冷也全部袭来。回到宿舍后，我写了《寒风吹彻》这篇文章，它收录在最早的《一个人的村庄》里。后来，在这个世纪初,被选入苏教版中学语文课本。

《寒风吹彻》收入语文课本,成了当时网络上的一个语文事件,各种讨论反响都有。有教师认为这篇文章过于寒冷,可能不适合这个年龄的学生阅读。但是,有那么多的老师喜欢它,做了一份又一份别开生面的解读课件,有那么多的学生被感动,我在自己的博客中看到好多学生的留言,他们把《寒风吹彻》当作中学时期最刻骨铭心的一篇课文。

在你们这个年纪,人生的寒冷和死亡都遥不可及。你们只是经历家人、亲人、熟人和陌生人的死亡。

对于个人来说,死亡是一件不存在的事情,我们活着时看见和经验的都是别人的死,自己的死远未到来,或者说我们到老都走不到自己的死亡跟前。死亡是另一重天,活着时我们不知道它是什么,死后又什么都不知道了,无法把死亡的感受和消息,传递给活着的人,那是完全隔绝的两个世界。

就在去年冬天,我在村里经历了一个老太太的死亡。

这个老太太住在我们书院后面的路边上,每次经过时都会看到老人家坐在墙根晒太阳,我还想着等我闲下来,过去跟这个老人家聊聊天,她的头脑中一定装着这个村庄的许多故事,一定有那么多没有说出的微笑和眼泪。但是,我永远错过这个机会了。

老太太的丧事一下子来了好多人,路边停满了大车小车,从车牌号看,有来自本地、首府的和其他地州的。这个荒寂多少年只有两个老人居住的破院子,一下有那么多人进进出出,仿佛是他们忘掉的一个家,突然人都回来了。

葬礼举办了三天三夜。

来参加葬礼的有老太太同辈的兄弟姐妹，都老了，儿女陪着过来。再上辈或许没人了。有儿女的同事朋友，远远近近的亲戚，再就是本村的男女老少。他们中的绝大多数，是不会在老人活时来看她的。活着是她个人的事，小事。死了就成为全家族全村庄的事，大事。

生为小，死为大。

我们是向死而生的民族，一切的生，都向死而准备。

站在这个老人的葬礼上朝回看，她一生中有过多少跟自己有关的礼仪场面啊，出生礼、成年礼、婚礼、寿礼，到最后的葬礼，一个比一个热闹。最后那个自己看不见由别人来操办的葬礼应该最为隆重。从这个隆重的葬礼望回去，一生中所有的礼仪似乎都是为最后的葬礼做的预演。

由此，体面地操办一场葬礼，也是活着的人的一个心愿。尤其在村里，这样的心愿体现在人们参加葬礼的热心上。老人在上，谁都要送老。谁家的老人不在了，知道的人都会去送。这叫帮忙，积攒人情。为自己家人的老、自己的老，积攒足够的体面和场面，最后成功地办成一场葬礼。

这就是我们身边一个普普通通的人的一生。从一个村庄到一座城市，到一个国家，我们都在这样活，这样死。

《寒风吹彻》写到了人生的寒冷与死亡。写这篇文章时，我三十多岁，还年轻，但是已经到了能够感知人生寒冷与死亡的年龄。

文中写了四个人物。

第一人称的"我"，在三十岁这一年的冬天，看着大雪降临到村庄田野。

"雪落在那些年雪落过的地方",文章第一句,给全篇营造了一种特别的氛围,在这场漫天大雪落在村庄、落在我的院子之前,已经有许多年的雪落在这里。多年的雪积累在一个人生命中,每一场雪背后都有无数的落雪,每一年的落雪之外,都有几十年、百年、千年的落雪。这一句话,把文章带入一场铺天盖地、经年累月的大雪中。

三十岁的我,在这个冬天回忆自己经过的半世人生,用那双冰冷的手,从头到尾抚摸自己的一生。想到自己处在自然界的一个寒冷冬天中,这样的冬天有可能过去,但是,人生中还有一种冬天,叫生命的冬天,正在一步步到来。当一个人的生命像荒野一样敞开时,他便再无法管好自己。每个冬天的大雪,看似过去了,其实都在生命的远处飘。每个冬天的寒冷看似被暖过来,但是它还在生命中残留。如果生命是一个大院子,一生中的每一扇门,我们都无法关好,每一扇窗,我们都不能完全掩住。寒冷总是通过那些看不到的缝隙,侵蚀你的生命。

这是文章中的第一重寒冷。

第二个人物是我亲眼所见冻死在村里的一个外来乞讨者,我在前一天还让他到屋里烤火。但是,他的寒冷,显然不是一小炉火可以烤暖。第二天,我看到他倒在残雪中,半边身体被积雪掩埋。他被生活和寒冬彻底冻透。

第三个人物是我的姑妈,她年老多病,一到冬天就蜷缩在屋里,围着小火炉,她总是担心自己过不了冬天,她在自己的冬天里盼望春天来临。其实,她的生命中或许已经没有春天,那个自然界的春天,只是来到大地上,来到别人的生活中,她的生命已进入无法转暖的寒冬,但她还是渴望春天。姑妈死在了一个我不知道的冬天。这是文章中的第三场寒冷。

第四个人物是我的母亲,她如今七十多岁,跟我们一起生活。母亲二十多岁时生了我,我在她身边待了五十年,半个世纪,几乎从她最年轻的时候,看到最老,我是看着她长老的。但是,当我看着身边的年老的母亲,竟然一点都想不起她年轻时候的样子,仿佛她很早就老了,在我一两岁的时候她就老了,她的年轻被自己过掉,又被她的儿子忘掉。

母亲生了七个儿女,个个孝顺,她的老年生活应该是非常幸福的。可是,作为她的儿子,我知道,我们对她所有的关爱和孝顺,都不能抵挡时间中那个寒冬,它早已来到母亲的生命中。每当我看见母亲的鬓发斑白,病弱身体,我便知道她正一年年地走进自己的寒冬,在她的生命里,那些雪开始不化,日子不再转暖。就像文中所写"落在一个人一生中的雪,我们不能全部看见,每个人都在自己的生命中,孤独地过冬,我们帮不了谁"。

这是文中的第四场寒风,还未吹彻,但已彻骨。

行文至此,屋外的大雪和生命中的寒风,已然交汇一起。雪越下越大,这场自然界的大雪,它每一年都落,我们每一年都躲不过去。自然界用这样铺天盖地、让每个人都躲不过去的一场场大雪,从我们的童年开始落起,落到青年、中年、老年,在它的凛冽寒冷中我们长岁数,增添承受寒冷的勇气和能力。

这篇文章固然有彻骨之寒,但是,正因为有一场一场的寒冷,我们等来了寒冷后面的那个春天。一个又一个黑夜之后,我们等到了黎明。尽管冬天过去,还会有寒冬,我们从这周而复始的寒冷中,学会了坦然接纳这一切。

大雪覆盖,大雪并未覆盖掉一切。寒风吹彻,寒风并未彻骨所有生命。村庄里还有燃烧的火炉,还有年轻年老的生命在过冬,尽管每个冬天都有人被留住,下一个春天的大地不再有他的脚印,空气中不再有他的呼吸,但是春天依旧来到大地上,来到所有蓬勃生长的生命中。

知道生命终有一个走不出去的寒冬,知道人世间所有的温暖都抵不过那场最后的寒冷,所以坦然地去走,走过所有开花的春天和落叶的秋天。

坦然,是我们在世间获得的最为珍贵的温暖。

树叶与尘土之间
——上海"一席"演讲（节选）

二十年前，我写过一本很有名的书，叫《一个人的村庄》。当时，我从乡下进城，到乌鲁木齐打工，在一家报社当编辑，每个月拿着四百五十块钱的工资，奔波于城市。我记得，每天能吃一盘拌面，浑身便充满了力量。那时我刚到三十岁，我还有未来，对生活充满了想象。晚上坐在宿舍的灯光下，在用一个废纸箱做的写字台上，开始写我的村庄文字。

现在回想起来，我的那些村庄文字，就是我离开家乡，在城市奔波的日子里，可能偶尔在某个黄昏，一回头，看见了我的那个村庄，那个我把童年和少年扔在了那儿的小村庄。仿佛是一场梦，突然觉醒了，我开始写它。

写什么，那样一个扔在大地的边缘角落，没有颜色，只有春夏秋冬，没有繁荣，只有一年四季的荒僻村庄，能够去写什么。那么，我回过头去看我的村庄的时候，我看到的比这都多。我没有去写村庄的劳作，没有去写春种秋收，我写了我的童年，我塑造了一个叫"我"的小孩。写了一场一场的梦，这个孤独的小孩，每天晚上，等所有的大人睡着之后，他悄然从大土炕上起来，找到自己的鞋子，找到院门，独自在村庄的黑暗中行走，趴在每一户人家的窗口，去听，听别人做梦。

然后，写一场一场的风吹过村庄，把土墙吹旧，把村庄的事物吹远，又把远处的东西带到这个村庄。我写了一片被风吹远的树叶，多少年后，又被相反的一场风吹回来，面目全非，写了一片树叶的命运。

我塑造最成功的是一个闲人，不问劳作，整天扛一把铁锨，在村里村外瞎转悠，看哪儿不顺眼就挖两锨。这个闲人到人家家去，从不推门，等风把门刮开，进去以后，再等风把门关住。闲人操心的最大一件事情，就是每天，太阳落山之时，独自一人站在村西头，向太阳行注目礼，独自向落日告别。闲人认为此时此刻，天地间最大的一件事情，不是你家粮食收成了，而是太阳要落山了。如此大的事情，整个村庄没有人操心，这是闲人操的心。闲人在每天早晨，大家还熟睡的时候，独自站在村东头，用自己的方式，迎接日出。他认为，此时此刻天地间最伟大的事情，就是太阳要出来了。所有的人都对太阳出来不管不问，闲人不能不管不问，他要独自用自己的方式，去迎接日出。

就这样，一篇一篇地去写这个村庄，写自己在这个村庄的梦想。把所有的劳忙放下，写一朵云的事，一棵草的事，一只蚂蚁的事。

大地上匆匆忙忙的劳作者，这个村庄里一年四季的辛苦者，养活出了这样一个想事情的闲人。

这个闲人，在村庄，在自己家那个破院子中，找到了一种存在感。

我在城市找不到存在感，每天不知道太阳从何方升起，又落向哪里，四季跟我的生活没有关系。我只看到树叶黄了又青了，春天来了，又去了。我在一岁岁地长年纪，一根根地长皱纹，我感受不到大的时间。

但是，在我书写的那个小村庄里，人是有存在于天地间的尊严和自豪感的。太阳每天从你家的柴垛后面升起，然后落在你家的西墙后面。日月星辰，斗转星移，都发生在你家的房顶上面，这才是一个人的生活。

《一个人的村庄》就写了这样一个少年，一个青年，一场一场的梦，写了他对一个村庄，和对整个世界的完整感受和看法。他让一个荒僻的村庄中，卑微的人生，有了那么一点存在的理由和价值。他找到了最荒远处人的一种生存礼仪。这就是我对这个村庄的塑造。

《一个人的村庄》是我一个人的百年孤独，也是大地上的睡着和醒来。它是一个人的孤独梦想，也是四季中的花开花落。

文学是做梦的艺术
——新疆师范大学讲座

一、梦是另一种醒来

作家是做什么的,其实什么都不做,这是一种想事情的职业,大家在忙忙碌碌做事情的时候,作家在想事情,想完就完了,也并不去做。

作家唯一做的一件事,可能就是做梦。

如果把人的一生分为不同的两种状态:睡和醒,通常人或许只注重醒来的时间,认为它是真实的可把握的,而睡着做梦的那段时间往往被忽视,以为梦是假的,睡是无知的。

但是作家不一样。作家相信梦,在睡梦中学习。一个优秀的作家肯定在他生命早期,什么都不知道的时候,糊里糊涂地接受了梦的教育。在那个我们还不会说话,不会做事的幼年,我们学会的第一件事是做梦。

一场一场的梦,是开设在人生初年的黑暗课堂,每个人都在这个夜校中不知觉地学习。只是,大部分人不把这种学习记在心上。只有作家把梦当真,视睡着为另一种醒来,在无知的睡眠中知觉生命，在一个又一个长梦中学会文学表达。

许多天才作家很小就能写出惊人的诗歌和小说，很可能是他们早早在梦中学会了文学写作。

文学，本来就是人类最早的语言，是我们的先人在混沌初开的半醒半睡中，创造的语言方式，并以此与天地神灵交流。最好的文学艺术都具有梦幻意味。那些感动过我们的优秀文学作品，仿佛都是一场梦。

文学是做梦的艺术。

一场一场的梦，连接着从童年到老年的全部生命。

作家所做的，只是不断把现实转换成梦，又把梦带回到现实。在睡与醒之间，创造另一种属于文学的真。

二、站在房顶的老师

我相信每个人的童年，都是一场没睡醒的梦。童年是我们自己的陌生人。每当我回想那些小时候的往事，不清楚哪些是真实发生的，哪些是早年做过的梦，它们混淆在一起，仿佛另一种现实。童年故事都是文学，半梦半醒。

我上小学时赶上"文革"，一年级上了半年，有一天快中午，被人从课堂上叫出来，说你们家出事了，快回去吧。

那年我八岁，父亲不在了。

紧接着学校的老师也跑了，我辍学在家。邻近的黄渠七队有小学，在三四公里外，我年龄小，走不了那么远的路，就说在家长两岁，能走动路了再去上学。

过了一年，我就跟着大哥到七队上学了，还带上了更小的弟弟。学校就一个老师，一、二、三年级一起教，学识字和加减算数，学生书包外背着算盘，跑起来算盘珠子哗啦啦响。

七队和我们村隔着一道盐碱梁，从村里出来，上坡，翻过梁，再过一条水渠，就看见了。平常时候只听见那个村子的鸡鸣狗吠隐约传来，人的声音翻不过梁。

学校在村外荒滩上，孤孤一间房子，四周长着芦苇、红柳、碱蒿子和骆驼刺。一条小路穿过盐碱滩隐约通到那里。

多少年后，我还经常梦见自己在那个荒野中的房子里上课，一个人坐在昏暗中，其他孩子都放学走了，我留在那里，好像作业没写完，好多字不认识，数字不会算，心里着急，又担心回去晚了路上遇见鬼。那个我只上过不到一年的荒凉学校，在梦中把我留置了几十年。

记忆最深的是那个老师，我忘了他的名字，每天我们从自己村子出来，翻过盐碱梁，就看见老师站在学校房顶上，远远地看我们，一直看到我们走近，才从房顶下来。

放学后他又站在房顶上，看我们走过荒滩。我们在白碱梁上总要回头看看站在房顶的老师。过了梁，就看不见了。

一天早晨，我们翻过梁没有看见房顶上的老师，只有孤零零的教室，半截子淹没在荒草中。

来到了教室才知道，老师昨天下午从房顶掉下来，把头摔坏，当不成老师了。

三、见鬼

我小时候喜欢爬房顶、上树梢，可能跟那个老师学的。大人说爱往高处爬的孩子将来有出息。可是我也喜欢钻地洞。村子高高低低的地方都被我摸遍了。一个人小的时候,是有可能知道世界的某些秘密,孩子可以钻到大人到不了的某些地方,那些隐蔽的连通世界的孔道有可能被孩子找见。

我还见过鬼。有一天放学,其他同学翻过梁不见了,我领着弟弟落在后面,弟弟不时回头看,说后面有个人在追我们。我回过头,什么都没有。弟弟肯定地说,就是有一个人。我想起大人说过,小孩子能看见鬼,吓得浑身发抖,拉着弟弟跑,跑了一截问弟弟,那人还在吗?说还在,越来越近了。我不敢回头看,连滚带爬蹚过一个水渠,再问,弟弟说人不见了。

我上四年级时转到黄渠大队。去大队学校的路绕过河湾和一片长满芨芨草的坟地。过坟地都结伴而行,不说话,害怕惊醒死人。有一回没等到同学,硬着头皮一个人走,眼睛直直朝前,不看坟堆。走着突然听见后面有脚步声,回过头,路上空空的,坟地也空空的,头发唰地竖起来,双脚不由得奔跑起来,却怎么也跑不快,身体像被什么东西拽住,也不敢回头看。

再后来,我们家搬到黄沙梁,属于新胜大队了,依旧在玛纳斯河边上,只是朝北迁徙了几十公里,更加荒凉了。我在那个学校跟着上五年级,大队离我们村七公里,同村的十几个孩子,每天早出晚归,步行上下学,路边也有坟,孤孤的,没在野蒿草中。有时独自路过,有意不去看,但总觉得那里有眼睛看过来,脊背生凉。

就这样在穿过荒野坟地的路上,有一年没一年地,有一节课没一节课地,上完了小学中学。

我上四年级时开始写诗歌和童话,现在想起来,写的全是自己的梦和害怕。我小时候胆小，晚上蒙着头睡觉，眼睛露在外面，就能看见荒野上的坟地，好像我的眼睛能穿透墙和房顶，看见黑暗里的一切。

现在想来，一个人小时候若没见过鬼，那是太可惜了。鬼让我觉得不管我走遍村子的多少地方，熟悉村里的所有人和事，但还是有一个东西不能认识，那就是鬼。小孩能看见鬼。小孩啥都能看见。万物的灵在孩子的眼睛里飘。小孩看见的世界比大人多好多层。人一长大眼光就俗了，看见的全是平常物。不过，人一老，鬼又来了。小时候看见的鬼，老年后又看见了。人生一世，两头见鬼。

作家应该是能跟鬼说话的人。写作本身就是一个引魂招鬼的事儿，把那些没有的事、有过却遗忘的事、是人不是人的事、生前死后天上地下的事，都招引来，唤醒来。我是信世上有鬼的。就像我信那个文字里的世界。文学艺术是最古老的招魂术。

四、一天收到三十多封情书

初中毕业后，我考上石河子农机学校，学了三年农业机械，后来有了一份乡农机管理员的工作，干了十几年。

乡农机管理员没多少事可做，主要和拖拉机驾驶员打交道。

每天一到下午，其他干部早早下班回家，整个乡政府大院子里，剩下我和一个看大门的老头。晚上那个大铁门只有我一个人进出，我开门关门的声音把守门人惊醒，他喊一声"谁"，我答一声"我"。然后，便是静悄悄的长夜。

乡政府办公室坐西向东，一幢空荡荡的老式建筑，晚上窗户黑洞洞的。我在这个院子住了好多年,后来经常梦见自己走过办公室的长长走廊,去布满尘埃的收发室,在大堆未拆封的书信中,找寄给我的信。这个梦里没找到,下一个梦里又去找。

我在这个大院里一次收到过三十多封情书,一个大学生女孩写的,因为邮递员每星期来一趟,好多书信积攒在一起。那是最幸福的一个星期,我反复读那些情书,每个信封里都装好多小纸片,可以看出是在课堂、在宿舍、在图书室匆忙写就,字又小又拥挤,像有说不完的话。

过了一个星期,又收到十几封。

这样的好事情持续了一个多月,我沉浸在上百封炙热情书的阅读中,还没反应过来怎么去回应,那个女孩的情书,就再也不来,没有音信了。

这是我青春期里别人对我的一场恋爱,像花开一样,像一阵风,更像一场梦,那么美好地突然到来,又悄然消失。

我在那样的环境中写诗。每周来一次的邮递员是我最期盼的,我订阅的诗歌杂志,总是晚两个月到,我在三月的料峭寒风里,收到一月出版的《诗刊》,再把自己一个星期前写的信,交给邮递员捎走。至少半个月后,信才会送达,回复过来,一定是两个月后,天气都由寒转暖了。

我寄出最多的是投稿信,偶尔收到编辑的退稿和用稿信。现在我还记得收到刊登我诗歌的《星星》诗刊、《绿风》诗刊、《诗歌报》时的激动,那时候,在这些刊物上发一首诗,全国的诗人都会读到。我也由此收到许多认识不认识的诗人的来信。

只是,我再没收到过几十封情书。

五、一笔天上的生意

当乡农机管理员期间,我做了一件改变人生的大事情。

那时正赶上全民下海经商,我没经住诱惑,做起生意来。

我做的是农机配件经销,在县城东郊的路边上,租了一间农民的房子,进了些货,门头拿红油漆刷了"农机配件门市部"七个大字,就开业了。每天坐在街边看拖拉机过来过去,那时的乡村道路上总是尘土飞扬,大坑小坑,住在路边的农民都喜欢这些坑,因为过往的车辆总有些东西被颠下来,他们就有了意外之财。

我也托这些大坑小坑的福,那些过来过去的拖拉机,总有几个会颠坏,车停在路边,拖拉机驾驶员提着摇把子过来(那时候拖拉机都是用摇把子手摇启动),在我们店里买零配件。

几乎每天都有一伙一伙的驾驶员坐在店门口,买不买东西都凑在那闲聊,聊远近路上的事情。我觉得听别人闲聊可能是我生活中一件最大的收获,我有一双非常好的耳朵,可以从旁人闲聊的嘈杂中捕捉到我感兴趣的东西。似乎从小到大,我一直坐在这些闲聊的人群当中,他们说着那些发生在远处近处的真事,也说那些瞎编的像真的一样的假事。我更喜欢听那些瞎编的故事,因为我也喜欢编故事。

这个农机配件门市部只开了一年多就卖了,赚了一万多块钱。在那个万元户时代,我变成了有一万元钱的人。

二十年后,我写了一篇长散文,写的就是我开农机配件门市部这段经历。但是,散文的名字变成了《飞机配件门市部》。二十年的时间,是怎么让一段真实生活发生了奇幻般的变化?

《飞机配件门市部》在写什么呢，写的仍然是我开农机配件门市部那时候的经历，一个在乡农机站工作，还写诗歌的乡村青年，不安于现状，也不好好上班，在县城边开了一家农机配件门市部，每天在尘土飞扬的路边，看着坑坑洼洼的道路上来往的拖拉机，心想着哪个坑能把哪个拖拉机颠坏，然后卖零配件赚点钱。但是，这样的生意总是不多，总是有没有生意的大块无聊时光。好在配件门市部头顶经常过飞机，我就仰头数过来过去的飞机，昨天过去三架过来三架，今天过去三架过来两架，就想那一架去哪了，好几天后那架还不过来，就想这一架是不是出事了。

我还认识了一个飞行员，是我们县出去的唯一一个开飞机的驾驶员，叫旦江。他爱人跟我爱人是同学，每次回来探亲都到我家里吃饭喝酒，听他谈飞机的事。那时候我没见过真正的飞机长啥样，只看到过头顶过来过去的飞机。

这个飞行员跟我讲，他每次开飞机路过沙湾县城，都想看见自己家的房顶，想看见站到院子里朝天上望的老父亲，因为在他有数的几次飞过沙湾县城的飞行前，他都给家人打电话，家人会准确地知道时间，他们早早站在院子里等他的飞机过来。他的妻子每次都叫好多女友站在路上，拿着红头巾，她丈夫的飞机飞来时，她们会挥舞红头巾，跳着朝天上喊。

但旦江告诉我，他在天上一次也没有看见过自己家的院子，也没有看见过挥着红头巾往天上招手的他的妻子。

这个开农机配件的青年，天天看着过往的飞机，有一天突然脑洞大开，他意识到这么多飞机从天上过往，却没有人去做飞机的生意，地上来来往往的拖拉机坏了有农机配件门市部，谁会想过为天上的飞机开一个配件门市部呢。

他被自己的想法激动,买了七块大纤维板,偷偷搬到房顶上,不能让人知道。提着红油漆罐子上房顶,写了七个大字"飞机配件门市部"。他想,过往的飞机驾驶员往下看的时候,一定会看见写在房顶的大红字,知道在沙湾县的城郊有一个飞机配件门市部,如果哪一天飞机在天上出了事,他一定会知道这边有一个修飞机的地方。

这个青年为自己的大胆想法激动着,不告诉任何人,每天独自看着天上的飞机,独自想着飞机应该用什么样的配件,于是开着拖拉机到处收集各种零配件,储存起来。

就这样,他一个人怀着做天上飞机生意的梦想,在地上的尘土飞扬中默默等待时机。

终于有一天,一架飞机在天上出事了,冒着黑烟,朝这边飞过来,越飞越低。那个青年马上召集几十辆拖拉机,拉着他几年来储存的一堆堆的古怪铁零件,朝着飞机降落的大片麦田追了过去。

这篇文章到此基本结束了。农机配件门市部卖掉后,写着"飞机配件门市部"的七块纤维板,也在此后的大风中一块块地飞落在地。

我开农机配件门市部的时候二十多岁,写这篇文章的时候已经四十岁。文章的前半部分,是真实的,我用了第一人称"我"讲述,我确实开了一家农机配件门市部,也确实有一个飞行员的朋友。但后半部分是文学的虚构,是一场梦,我替换成"他"讲述。

二十年的时间,让这样一个有关农机配件门市部的现实故事,如何变成了面目全非的飞机配件门市部,这就是文学完成的。当我在多年后回想这段开农机配件门市部的经历时,我想到的是那个青年的我,从马路上的尘土中抬头朝天上的仰望,我想知道那个仰望里到底有什么,后来我看到了。我把那束朝天上望的目光辨认了出来,它成了这篇文章的核心。

就这样,文学让地上的一件普普通通的事情,变成了天上的事情。让一个在农机站当着小差,有一个当站长的梦想却不能实现的小职员,从尘土飞扬的马路边,看到了天上,知道了仰望。

文学和现实的关系是什么?可能所有的现实故事,都会成为文学的题材。但所有的题材都不见得会成为文学。

文学必定是我们在现实生活中的朝上仰望,是我们清醒生活中的梦幻表达。文学不是现实,是我们想象中应该有的生活,是梦见的生活,是沉淀或遗忘于心,被我们想出来,捡拾回来,重新塑造的生活。

文学是我们做给这个真实世界的梦。

六、看见另一个世界

飞机配件门市部卖掉后,我的兴趣转到另一件更加玄妙的事情上:练气功。那时候全国气功热,我买了大量气功书籍,在沙湾城郊村的院子研修静坐,聚气炼丹,一度专练开天眼,想看见另一个世界。

其实,那另一个世界,就在文学中,后来真的被我看见并写了出来。

我离开农机站在乌鲁木齐打工期间，用七八年时间，写出了散文集《一个人的村庄》。

到城市后我突然不会写诗了。我尝试着写散文，用我写诗的语言写散文。我这样写作时，慢慢地把我生活多年的村庄生活全想起来了，仿佛我梦见了它们。

是的，我写了我在那个村庄的梦。多少年来我在那个村庄的真实生活，终于化成一场梦。仿佛重回世间，我幽灵般潜回到那个村庄的白天和夜晚，回到它一场一场的大风中，回到它的鸡鸣狗吠和人声中，我看见那时候的我，他也瞪大眼睛，看见长大长老的自己——我的五岁、八岁、十二岁、二十岁和五十岁，在那场写作里相遇。

当我以文学的方式回去时，这个村庄的一切都由我安排了，连太阳什么时候出来，什么时候落山，都是我说了算。这就是文学创作，一个人在回忆中，获得了重塑时光的机会。

《一个人的村庄》是一个人的孤独梦想。那个想事情的人，把一个村庄从泥土里拎起来，悬挂在云上。

聆听自然的声音

——深圳"新城市文学论坛"演讲

我们正坐在深圳这座现代大都市的中心地带,透过车窗可以清楚地听到城市的声音,巨大的汽车群的轰鸣和不远处建筑工地的嘈杂声,在这个城市的高楼上,我们听不到街上人的声音,听不到街边一棵树的声音,更难以听到草丛中虫子的声音,整个城市被庞大的汽车声所覆盖。仅仅从听觉上,我们无法判断这个城市是人的,灌满耳朵的只有工业机械的声音。它是这个世界的最强音。工业化、现代化、城镇化,正不可一世地到来,从深圳这样的大都市,到最偏远的村庄,无不充斥着它的声音。在这一片工业之声中,自然的声音在哪里?城市中还有没有自然?自然是否已被街道和高楼大厦阻隔在千里之外?阻隔在罕有人至的荒山野岭?城市是否已经完全跟自然没有关系?

不是。尽管城市在无限扩张,推远自然,但自然却从来就没有离开城市,离开我们。如果我们用心感受、聆听,自然无所不在。

首先,城市有野生动物:苍蝇、蚊子、蟑螂、老鼠,这些都是上帝留给我们的小礼物,它们一直伴随人类。在人和自然的长期交往中，有些动物选择了远离我们，因为恐惧；有一些动物选择了靠近我们，因为生存。靠近我们的动物，一些变成宠物，更多的动物被人养殖、宰杀，变成人类永久的食物。远离我们的动物，终究没有逃出人类的手掌，跑再远都被人捉来吃了。并且是，跑越远的越被人先吃光、灭绝。

那么，留在人身边的就是这些赶不走、灭不尽、不能吃、有病菌的苍蝇、蚊子、蟑螂了。我们讨厌它，但没办法消灭它。因为它们生命力太顽强，抗消灭能力太强。比如蟑螂，我们发明一种灭蟑药，大蟑螂吃了，一周后它的后代小蟑螂就具备了抗药能力，可以把我们的蟑螂药当食物吃。还有苍蝇蚊子，它们太喜欢人，喜欢人的血液、皮肤，喜欢我们的食物。可是我们不喜欢它，想方设法消灭它，把它视为害虫，视为自然给我们找的麻烦。我们或许误解了自然的意图。

也许我们现在称之为害虫的这些小动物，最终会成为人类的救星。人类一直被病菌困扰，抗生素的发明被认为是人类的救星。可是，病菌的进化速度远高于人类制造新抗生素的速度，随着各种病菌抗药性的增强，终有一天，所有的抗生素将不起作用。那时候，谁来救我们。答案可能是：苍蝇。苍蝇不惧怕任何病菌，它能携带无数病菌而生活，苍蝇的身体中或许有我们对付病菌的最后的武器。

如果那时候，我们身边连苍蝇都没有了，那我们可完蛋了。

我们一直认为自己生活在人类所构建的文明世界中，到处是高楼大厦，城市化、现代化、工业化正在改变一切。但是，我们是否想到人类所建筑的这一切，都建立在一个更大的自然——大地之上，苍天之下。天地是最大的自然，我们却经常忘记它。还有无处不在的空气，四季轮回，昼夜，太阳月亮和满天星辰，都是陪伴我们的自然。

当然，还有地震、海啸、暴雨雷电泥石流等等，也都是自然。这样去想，我们就会发现，遍布大地的城市，其实都被自然所包裹和左右，随便的一次自然灾害——我们称之为灾害，自然也许不这样认为——就像我们在睡梦中翻个身，它的一个最小的动作，都足以让我们几千年的文明覆灭。

古人云"厚德载物"，大地之德乃是厚，这是古人对大自然的认识。大地宽厚无比，它承载高山大川，也承载戈壁沙漠，承载江南水乡，也承载西北荒漠，承载像深圳这样的豪华大都市，也承载贫穷破落的小村庄。承载战争也承载和平。承载好人也承载坏人。当然，在大地的意识中没有好坏贵贱，甚至没有生命和非生命。

我们一直生活在这样一个大自然中，对它却无所感觉，只知道社会、物质和欲望带给我们的那些东西，自然的存在似乎被人所忽视。自然的美景离我们远了，但地震、泥石流、干旱、暴雨等自然灾害却在迫近，频频发生。

厚德载物，上善若水，自然是"厚"和"善"的。

就连驱动整个城市和现代工业运转的燃料石油，都来自自然。大家也许知道，有一种说法，石油是数亿年前海底和陆地的大型有机生物深埋地下生成的，这些大型有机生物中也包括恐龙。这是否可以说，整个人类的现代工业文明，其实是在靠远古恐龙的力量在驱动。还有那些变成煤炭的远古森林。如果单从人的角度去想，我们会看到自然清晰的意图，它对人是多么厚爱，仅仅是人类二百多年的工业现代化，地球就准备了多少亿年，它先让大地长满森林，水下陆上遍布大型有机生命，它曾经选择了恐龙，让它主宰陆上世界，无度繁殖遍布大地，又在一个瞬间将它们埋入地下。然后自然开始选择另一个生命——人，它让一个并不起眼的爬行动物站起来，然后，这个生命的智力迅速发育，经历了数千年的文明，终于发明了机器，而这时候，深埋地下的那些远古有机生命也已孕育成石油，给人类的工业化提供充足的燃料。

这样想的时候，就会感到在我们的生存之上，还有一个更大的东西在思考、安排这个世界。它就是自然。它是物质的，但分明又有精神。它一直在选择。地球能将恐龙埋了，为人类数亿年后的现代化提供动力，那地球会不会在一瞬间又埋掉这些，为它的下一个生命选择新的动力呢？

我们在这个城市，能听到的最大声音是汽车的轰鸣。我们或许应该学会聆听自然的声音，聆听那些远古生命传达给我们的声音，那些声音非常遥远，又近在眼前。

人类自进入工业化后，听觉开始衰退，我们进入视觉时代，这从文学作品中便可以看到，当代小说和散文多是眼睛看到什么写什么，少有作家用听觉来观察世界。古人面对世界时，听觉、视觉和触觉是全部开放的。《诗经》中有一百多种动植物的名字，有很多象声词。开篇《关雎》中"关关雎鸠，在河之洲"，关关是叫声，雎鸠是鸟的名字，古人在描写一只鸟时先赋予它名字,同时呈现它的叫声。《女曰鸡鸣》中"将翱将翔,弋凫与雁",把两种鸟工整排列,让它们非常有仪式感地出现在我们面前。

现代作家少有这样的书写。我们描述动植物时,把地上长的都叫草,不去分别草的种类和颜色。把空中飞的都叫鸟,不去分辨是百灵还是麻雀。一方面我们不认识这些鸟的名字,另一方面也缺少对自然之物最起码的尊重,明明有名字,不去叫它。在我们的文学书写中,其实已失去了对自然表达的耐心和语言。现代作家不屑于去搞懂一只鸟的名字和叫声。我们的耳朵聋了,听不到自然的声音,心灵麻木了,感受不到自然的存在,我们对自然之物熟视无睹,视而不见。

早在两千多年前,我们的先哲们就已经在聆听自然。孔子赶着马车周游列国,传达儒家思想,试图用家的概念构筑国,在人间建立起一个家一样和谐有序的世界。孔子走过一个又一个城邦之国,他在推行那个时代的社会文明。孔子想建立一个"实"的世界。而老子创造了"虚"。老子发现在迅速发展、扩张的人类社会之上,还有一种存在比现实更大,老子把它形容为"道"。老子说,"道法自然"。道的最高法则是自然,自然在一切之上永恒存在,老子把它呈现了出来。庄子作为老子的继承者,让自己的身心放逐于山水,写出许多跟声音相关的文字。庄子是有名的倾听者,能听到自然中大至风声、小至蝼蚁的声音。在孔子、老子、庄子之后,中国的城市和自然有了分别,那之后的历代文人,包括山水画家都在用他们的文学和思想构筑一个现实社会对面的——自然。我们从《诗经》、《离骚》、唐宋诗词及中国山水画中都可清晰地看出古人对自然的营造。自然不是一片山林荒野，它已变成我们生活和精神中的一部分。

在传统山水国画中，可清楚地看到我们中国人对自然的表达。在山水的边角处总要画个茅屋或老人，人在自然中有一个小小的栖身之地，更大的空间属于山水云天。这个构图传达出中国人和自然的关系，人是自然中微小的一部分，人和自然的关系是和谐共生的关系，而不是攫取占有，更不是凌驾于自然之上。历代文学家、思想家用情感和精神为我们构筑起一个乡村自然家园。

古代的乡村是一个大的自然人文怀抱。在这个怀抱中，诞生了《诗经》，那是人类幼年时代对天地自然毕恭毕敬的小心聆听。我们诞生了《老子》，他听到这个世界的"大音"，这个声音因为太大我们都听不见。

东方人和西方人早在千万年前便开始仰望天空，聆听自然。西方人聆听到上帝的声音，印度人聆听到佛的声音，中国人聆听到了什么？听到了道。道法自然。中国人听到了自然在天地之间的运行，听到了运行的规律。我们听到的道是不可形容的，我们没有把它具体地呈现为天堂，这表明我们的心灵还在生长，我们还在倾听。

现代人借助科学工具也在倾听，听得越多越感觉自己是聋子，远远听不到天空深处更为广大的宇宙的声音。于是我们又回到一个最原始的基点，用心灵倾听。科技越发达，我们越能感觉到自然的强大，我们越往天空深处探索，越感觉人类的渺小。当现代工具达不到我们的所需时，古老的心灵再一次开始聆听。我们听到了敬畏和神圣，倾听到了那些不可接近的东西，听到了老子所说的在世俗存在之上、在一切的物质之上,那个时刻左右我们、推动我们、诞生我们也最终覆灭我们的——道与自然的声音。

那个让我飞起来的梦
——南京航空航天大学演讲

我年少时常做噩梦,在梦中被人追赶,仓皇逃跑。

我在《一个人的村庄》中写过这个梦境,我被一个瘸腿男人追赶,在暗夜里奔逃,四处躲藏,我躲在柴垛后面、破墙头后面、水渠后面,都被他找到。我在这样的逃跑中一次次地经过我家院子,看见院门半掩,我竟不往家里躲藏,似乎我怕让后面的追赶者知道我的家。我在惊慌奔跑中逐渐地远离家,远离村子,眼前是无尽的荒野。

在这个被我写出来的梦中,我最后逃到了城市,以为那个瘸腿男人不会再追来,可是,他竟然追到我在城市的梦中。

在更多的没有被我写出来的噩梦中,后面追我的人却越来越近,我恐惧万分,腿被拖住,怎么也跑不快,眼看被追上了,我大声喊叫,有时能喊出声音,有时喊不出声音,只是惊恐地大张着嘴。那个黑暗中大张嘴的面孔我无法想象。

而就在这时,突然地,我飞起来了。

我一直在想,那个让我在噩梦中一次次地飞起来的,到底是什么。当我从极度恐惧危险中突然脱离地面飞起来时,我看见追我的人没有飞起来,他被我甩掉了。如果他也能飞起来,追到天上,我便再无处逃了。可是,那些梦没有给他飞的能力。也可以说,尽管我做了一个噩梦,但那个梦里追我的人,没有像我一样有飞的能力。

我从来没有细想这个梦的意义,这样的噩梦伴随着成长,也没有把它当一回事。毕竟只是梦,影响不到醒来的生活。

我也曾经问过一些人,在他们青春时有无做过这样的梦。很多人都说有过被人追赶的噩梦,但不记得或不明确会不会在梦里飞。

我问,当你在那个噩梦中眼看被追上,你怎么办?

他说,惊醒呗。醒来就没事了。

当然,醒来是一个解决噩梦的办法,当梦中发生不能承受的惊恐时,及时让自己醒来,似乎是一个选择,梦里的危害不会延到醒。醒是梦的结束。无论多坏多好的梦,眼睛一睁都消失了。在这里,现实世界的醒来,成为躲避噩梦的安全岛,梦中再大的伤害,都不能延至醒后。对于大多数人,能从噩梦中醒来,是一件多么庆幸的事情。

但是,还有一种解脱噩梦的方式,不是从梦中醒来,而是直接飞起来。这是一个更好的办法,它把梦中的危害在梦里解决了,没有带到醒来的现实。

而且,一旦在梦中飞起来,一切都瞬间反转过来,地上的惧怕不在了,你明确地知道,追赶者不会追到天上。这样的梦可以做到天亮,睡眠可以安稳地延至天亮。

不让噩梦惊搅和中断睡眠,把梦中的不测在梦里解决,一个飞起来的梦,一种在梦中飞翔的能力,是做梦者的天赋,还是上苍给所有梦的配置？

现在我还清晰地记得，我在梦中飞起来的感觉——地上的恐惧和重负突然放下，脱身开来，轻松和释然瞬间回到心中。我还记得我在空中飞翔的样子——我脸朝下，双臂张开，像一只大鸟一样展开翅膀。有时我会变化花样，一只手臂张开，另一只并在身旁，我用一只翅膀飞。有时，我会把一只腿弯曲，翘起来，像飞机的尾翼一样高耸。

我还记得在我身下，是迅速往后飘移的荒野和村庄，而头顶，则是漫天繁星，挨得很近，仿佛我加入到它们中间。

随着年岁日增，我逐渐地记不清晚上做的梦，夜变成了真正的黑夜，我再看不见睡着后的自己。以前那样的夜晚再长再黑，梦毕竟是亮的，让我知道自己在睡着后都干了些什么。

记不清楚的梦，是被黑夜吞噬的梦。

但我知道自己依然在做梦，在梦中笑、哭、惊叫。只是不清楚那些梦里我遭遇了什么。

曾经有一段时间，我再不做那个被人追赶的梦，我以为是自己长大了，梦里追赶我的人，也知道我长大了。我还想着，要是再一个梦里我被人追赶，我一定不逃跑，而是转过身，看着那人走近，认出他是谁。多少年来我都不知道那个梦中追我的人是谁，我不敢回头看。成年给了我足够的勇气和力气，一旦我在梦中遇见他，我会一拳打在他脸上，让他知道我的厉害，以后无论何时都再不敢靠近我。

可是，我在梦中似乎从来没有长大过，我依旧会做噩梦，只是次数少了。再后来，做梦的次数越来越少时，我知道好多梦其实被我忘记了。

我才又想到，遗忘也是对付噩梦的一个办法，不管我在长夜的梦中遭受什么，我都不记得它。

或许那样的梦里，我依旧在飞，但我忘记了。

或许我在梦里早不会飞了，我的梦也早已世故地认为我没有飞的能力，不安排我天真地飞翔了。

可是，我的醒却越来越相信了自己飞翔的能力。

当我在写《一个人的村庄》、写《虚土》、写刚出版的这部灵光闪烁的《捎话》时，我知道自己在飞，在我的文字里飞。

这些文字负载土地上的惊恐、苦难、悲欣、沉重，拖尘带土，朝天飞翔。

文学是教人飞翔的艺术。

那个在少年的噩梦中一次次让我飞起来的能力，成就了我的文学，我从那里获取了飞起来的翅膀和力量。

也许每一种生活，都有一种文学的拯救方式，就像那些被魇住的梦，得到了解脱。文学，解决不了现实生活的问题。文学只解决文学问题。文学不是文案，需要我们照着去实现。文学只是我们对现实生活的想法，而不是做法和办法。但是，正因为文学是一个想法，这些想法本身，却为生活打开了无数的窗口，这个虚构世界的阳光，有时竟可以，把现实世界的黑夜照亮。

文学:一个人的自言自语
——对话南京师范大学附属中学学生

学生1:我记得您说过:"我的孤独不在荒野上,而在人群里。"您笔下"寒风吹彻"的感觉是不是由类似的孤独带来的?

刘亮程:《寒风吹彻》这篇文章,其实是把内心的寒冷和自然界的寒冷,这双重寒冷压缩在一起去表述的。我的散文从来不会单独地写风景,铺陈一个景观或者一个场景,而是每一句话中既有自然又有内心。传统作家写景的时候,常常会把自己"放一下"先去写景,然后由景生情,而我的语言图式是把景和情浓缩为一句。就像"雪落在那些年雪落过的地方,我已经不注意它们了",看似写景,但紧接着一句是"三十岁的我,似乎对这个冬天的来临漠不关心",就从一个自然界的雪天迅速进入到内心,自然与内心已经交融一体,没有分别。这是我的语言,我通过多年的诗歌写作完成的一种语言。像这样的语言应该是每一句话有几种意思,每个句子不可能只是单独的一层意思。我们在写作时总希望自己的一句话是十句话、百句话、千万句话,一句话延伸的意义应该有无数个指向,从来不会用一句话去单独地指意,每一句话都在表达类似悲欣交集的复杂情感。

当然孤独是《寒风吹彻》的主题,也是《一个人的村庄》的主题,这种孤独是一个村庄孤立于天地之间的孤独,也是一个人内心孤立于天地之间的孤独。

学生2:讲座中出现了方言这一概念,您在写作中也用到了方言词汇,但大部分的写作还是用普通话完成的,请问您对普通话是一种什么样的感觉?

刘亮程:其实我的普通话说得不好。(笑)我说的是新疆乌鲁木齐的普通话,在新疆时我觉得我说的是普通话,一旦我离开新疆到北京,或者一旦我的声音被录下来,我就发现自己的发音如此土。新疆有地方方言,但是我的文字是用普通话写的。而且我的文字本身可能受文言文的影响比较大,我也建议年轻作者或学生多学古典文学,多从古典文学中寻找自己的说话和演绎方式。因为现代汉语本身太过松散,表现力远不如古文。古典文学没有长句,但表达得清清楚楚,现代汉语句子越来越长,越来越抓不到事物的核心。我也非常喜欢方言,我觉得它非常有意思。相对来讲,普通话是最没有表现力的,方言比如四川话,它多好呀!尽管有时候我都听不懂。(笑)我老家是甘肃的,回到甘肃的时候,我也会跟着他们说甘肃话。回到方言就像回到母亲温暖的怀抱,你可以那样说话,那种话更贴切,那种语言环境更容易把自己所要表达的东西说清楚。但是,方言也有其局限,一个有鲜明语言风格的作家,他创造自己的文学方言。他有自己的语词系统、抒情调性、修辞方式。他用自己的语言说话。

学生3:在刚才的讲座中,您提到一个词叫"挽留生命"。我想问一下您对这个词的看法,为什么在寒冷的冬天,您会用"挽留"这个词?

刘亮程：我也用"死亡"一词，但写那个老人在冬天去世时，却用了"留住"。我在写《寒风吹彻》时，面对那么大的一个自然，一个又一个老人的去世，我只能从一个更大的维度去说，所以我觉得是冬天对生命的挽留。关于死亡，我们总是在创造一些去处，创造一些说法，让生命不至于如此短暂，让生命的终结不至于成为我们常规理解中的离开。我想当那些老人被冬天留住的时候，是留在了一个更大的自然怀抱中，留在了那个铺天盖地、周而往复的季节中。我想这样处理死亡，让人的一生在天地间过完，呼吸了这么多年的人间气息之后离去，我不想用简单的死亡去表述，所以我用了"留住"这个词。

我新出版的长篇小说《捎话》，写到了战争也写到了一场场死亡，读者会在小说中看到，死亡如此的悠长。一个人的死亡，我可以把它写得比他的一生还要悠长，这是一个作家对死亡的创造或者对死亡的理解。因为我们都是活着的人，死亡跟我们都没有关系，我们看到或者听到的都是别人死了，死亡离我们非常遥远，自己的死亡不被我们看见，不在自己的一生中，而这也是作家要关注的。谈到死亡就要谈到永恒，一个作家如果不关注死亡，那么他关注的就是今生的忙碌、今生的操劳、从生到死这段现实的生存，所以在这本书中我把更多的笔墨和更多的情感用在了对死亡的书写上。当一个人的生命迹象在我们用常规的眼光判断他已经离世的时候，其实那个死亡留给他个人的世界是无限大的。那个结束只是另外一种形态的开始，这种开始不是佛教所谓的转世，而是生命带着无限的留恋，带着现世的余温，甚至带着世人对他的呼唤、念想在朝前走。死亡如花盛开，如生漫长，这是我在用自己的方式解读死亡、理解死亡，也呈现死亡。

学生4：您在讲座中提到了"悲悯"，由此我觉得您特别像俄罗斯作家托尔斯泰和陀思妥耶夫斯基，他们也是在恶劣的自然环境中成长的。请问新疆的自然环境对您的精神成长有什么影响？

刘亮程：我觉得新疆跟绝大部分省份不一样。首先是地理和自然不一样，那个地方有干燥的空气、漫长的西北风，有遥远的地平线，还有天苍苍野茫茫的景致，有无边无际的戈壁滩沙漠，当然也有一样辽阔的绿洲田野。在这样的环境中，人会自然而然地感觉到一种更为巨大的存在，不是城市，不是社会，也不是政治。你会感到在那样的环境中人小如尘土，随便都可以飘落到哪里去，但人的心灵空间又是如此之大。人可以感知到这样的大。

在历史上，新疆之大，也壮阔了许多诗人的胸怀。岑参就是这样一个诗人，他在新疆待过三年时间，只做了个判官这样的职务，相当于文书。他去新疆前是唐朝的普通诗人，在新疆写了数十首边塞诗后名震大唐。新疆给了他"轮台九月风夜吼，一川碎石大如斗"，给了他天高地阔、超出大唐的心灵空间。

我也写了许多自然之物，我们村庄每家都养羊、猪，还有驴、马等。人走到路上，听见整个村庄的声音就是鸡鸣狗吠、马嘶驴鸣。这也促使我在写作的时候会首先想到这些动物，也就写出了一个万物共存的世界。《一个人的村庄》写的大部分是动物、植物、风和天空这些天地间的事物。这就是新疆特殊的自然环境给这本书营造的不同于内地的自然风景，正是这样的风景给我的心灵营造了一种更大的心灵环境。

学生5：刘老师您好，听您讲话，感觉您正在创作一篇散文或者诗歌，您这种语言习惯是多年的写作养成的吗？

刘亮程：我像你这么大的时候都羞于说话，也没有说话的机会，都是大人在说话，后来工作的时候都是领导在说话，（笑）所以就很不会说话，不知道该如何跟人说话。我觉得自言自语是一种最好的说话方式，《一个人的村庄》这本书就是一个人的自言自语，旁若无人，旁若无天，旁若无地。一个人在荒芜之地对着空气就把一本书说完了。

自言自语是最本真的文学表达，他言说的时候，不会想象对面有耳朵在听，他只会自己在说，自己在听。有记者问我在写作的时候会不会假设潜在的读者，我说不会。因为我不知道谁在读我的书。即使我知道我也不会为谁去写一本书。这就是一个作家的清高，一个作家的孤傲。当一个作家清高孤傲的时候，他对读者才是尊重的。因为他为自己高贵的心灵写作，他自言自语，说给自己的语言，才会说到别人心里。

学生6：《一个人的村庄》中有很多对人生、天地的终极思考，比如说，人踩起的尘土落在牲口身上，牲口踩起的尘土也落在人身上，您还设想过荒野上有一株叫刘亮程的草，还说有一天躺在草坪上然后被虫子给咬了，进而设想自己是不是一只大一点的虫子，而大一点的生物有没有想着把自己从身上拂去或者拍死……是什么触发了您的奇思妙想呢？

刘亮程：这是我所有文字中贯穿始末的人与万物同在的主题。当你站在人的角度，以人的眼光和观念去看这个世界的时候，它仅仅是一个人的眼界。但是作为人，有能力站在苍蝇的角度去想想这个世界,我们也有这种能力去站在一棵草的角度,去感受这个秋天。

《一个人的村庄》只是提供了无数的视角,它主要还不是人的眼光,它是一个人在人世间的走神,走到动物、尘土那里去了,走到世间的万物里去了。当我在写一只虫子的时候,我瞬间站在了虫子身边说话。写一头驴的时候,我觉得自己在替驴说话而不是替人在说。假如这个世界上仅仅只有人的眼光,只有人对世界的看法,这个世界就太孤单了。

《一个人的村庄》就是一部以动物为主要人物的散文。我写了许多的草木、动物、风、雪、白天黑夜,写了很少的人。我小时候的生活环境就是这样的,村里的牲口比人多,草木更多,人静悄悄生活在草木牲畜中。我写了一个万物平等的村庄世界。

学生7:刘老师您好,在《今生今世的证据》中,人的存在痕迹是不断被消磨的,请问您相信人的存在吗?您在《捎话》最后也写道:"有些话注定要穿过嘈杂今生,捎给自己不知道的来世。"如果您能给来世捎话,您会说些什么?

刘亮程:我当然愿意相信有来世。那个来世可能不是佛教的六道轮回,也不是基督教的天堂、地狱,它是我们留在世间的无限的念想,或者是那一丝灵魂的余温。

《今生今世的证据》选入语文教材我觉得是一个意外。这篇文章在《一个人的村庄》最后一辑,也是对全书的一个回顾总结,它提到的好多意象:木头、柴火、院门、土墙等,都在散文集前面作为单独的文章写过。

这篇文章写一个人离开家乡,多年后回来,看到早年生活的那个家园已经破败不堪,到处是残墙废址,他开始反思生活和生命的意义。难道我在村庄度过的那么多年，最后都变成废墟了吗？生命需不需要证明，需不需要有证据来证明我们曾经的生活还有价值和意义？这篇文章就是在这样的追问中完成的。尽管一直到文章的结尾，我也没给生活或生命找到更为可靠的证据，但是我想让大家知道：生活是一点点被我们遗忘再一点点想起来的，在这样的遗忘和回想中，生活或生命留给我们的这些念想，本身就是生命的证据。不仅仅是那些正在消失的土墙、木头、铁钉，也不仅仅是在村庄留下的那段岁月和故事，它有一种更为悠长的念想留在我们心中。这篇文章的最后一句，我到现在想起来也不知道写得对不对："当家园废失，我知道所有回家的脚步都已踏踏实实地迈上了虚无之途。"其实我现在觉得"虚无"这个词或许不太合适，但是它可以解读为脱离物质层面的一种心灵状态，解读为家园荒芜但是内心对家园的怀念。对家园的情感，是岁月留给我们看似虚无但又非常踏实的一种生命存在。

我们失去了和自然交流的语言

不久前我在鄯善迪坎儿村,见一大棵梭梭树长在路旁。我从小认识梭梭,见了亲切得很,就像看见一个亲人站在那儿。我对这个村庄也一下有了兴趣。一棵本来只能当烧柴的梭梭,在村里枝条完好地长了这么多年,一直长到老,谁在护着它呢?迪坎儿村紧挨沙漠,走进一户人家,门前一渠沟水流,葡萄藤蔓覆盖了整个院落。转到屋后,发现后墙已经被流沙掩埋掉大半,沙漠从这户人家的后墙根,一望无际地远去,没有一点绿色。

我生活的新疆地域辽阔,大块地存有一些自然风光,除了几个国家级的野生动物保护区,在相对疏松的村镇之间、连绵的农田间隙,还有幸能看到荒野草原、沙漠戈壁。这些暂时没被人侵占的地方,长野草、野树,或寸草不生,任风沙吹刮。不像内地中原,城市村庄紧凑相连,农田密布,整个大地住满人,长满人吃的粮食,没有一块闲地供野草生长,更别说有野生动物了。自然退居到偏远边疆和那些不易人居的荒芜山岭。城市的野生动物只剩下苍蝇和老鼠,乡下也差不多。

美好的自然景观离人们远了，迫近的却是自然灾害：地震、泥石流、旱涝、反常气候。这是自然的另一面。其实自然从来就没有远离我们，无论身居都市还是乡村，我们一样在自然的大怀抱中。包括人也是自然的一部分，人类所有的城市、政权、宗教、文化、文明，都建立在一个最大的自然——大地之上，苍天之下。它动一动身，这一切便都不存在。但它厚爱着我们，不会轻易动身。我们却常常忘记承载我们的大地、护佑我们的苍天。

古人云：厚德载物。宽厚的大地承载江河山岳，也承载毛虫小草；承载秀水江南，也承载荒漠西域。它的德是公正。而说出"厚德载物"的人，则听懂了大地的语言。庄子懂得自然的语言，那些古代优秀的文学家都懂，他们通过草木虫鸟、云霞水土跟自然交流，心灵在天地万物中神游，获得启迪和智慧。

《诗经》中上百种动植物，个个有名字。"关关雎鸠，在河之洲。"一只叫雎鸠的鸟，关关地鸣叫着出现在《诗经》的开篇，这是古代诗人给一只鸟的待遇，有声音有名字，有尊严有位置。如果在现代诗人笔下，很可能就写成"一只鸟在河边叫"了。至于是只什么鸟，大概没多少人在意。

现在大地上所有动植物都有名字，我们却不知道或不懂得用名字去称呼它们。在许多的文学作品中，我们读到的多是对动植物笼统的称呼，把地上长的都叫草，天上飞的都叫鸟，不懂得去单个地叫出一棵草、一只鸟的名字。一方面是不认识，另一方面在意识中或许没有对所书写对象的敬重。

我们对自然的书写，一直是把自然当作象征物，或者说自然是我们的隐喻体，我们通过对自然的隐喻来书写我们的内心，抒发我们的内心。这当然没什么问题。但是，在我们的文字中，自然也应该是自然本身。草木就是草木，它不需要为我们的情感去做隐喻体、象征体。它是它自己，它有它自己的欢喜，有自己的风姿，有自己的生命过程。这棵草就是自然界的一棵草。我们的心灵是单独的、干净的，跟一棵草在对话。这时，我们看到的草就是草本身，而不是隐喻体系中的草，不是一个象征物。

有一颗能跟自然交流的心灵，懂得尊重自然，敬畏人之外的生命，才可能听懂自然，知道一棵草一朵云在说什么，漫天星星在说什么。自然跟我们交流的唯一渠道是心灵。现代人也有心，但是不灵了。小时候，夜晚躺在草垛上，看见身边的狗在看星星，也跟着看，我从来不认为狗看不懂星星，狗大概也不这样认为我。看星星其实再简单不过，抬抬头，就可以看见那些遥远的星星，你能感到它们一直在注视你，你也在注视着它们。

包括地上的一块石头、一个土坷垃，也一直这样注视着我们。只是我们的心不灵了，感觉不到一个土坷垃的注视。自然不跟我们交流了，我们也早已失去和自然交流的语言。

鄯善迪坎儿村的人们还在自然中，他们从来就懂得怎么和沙漠荒芜一起生活，怎样和仅有的一点水源、一架葡萄还有一棵梭梭树一起生活，更重要的是他们还懂得怎样贫穷地生活。

和草一起长老
—— 书院文学课

一、人和自然归老一处

大概五年前,我在一次偶然的行走中,发现这个叫菜籽沟的村庄。村子原有四百多户人家,半数人走了,剩下好多空院落,都是传统的拔廊建筑,几千元就被人买了拆一车老木头拉走。你想,一个延续百年的家,拆成一堆废墟——这也是许多农村的普遍现象,年轻人走了,在外打工。老年人也在走,往另一个世界走。

我跟县上商量,可否让我们来为这个村庄做点事。我们先抢救性地把那些老院子收购了,保护起来,然后让艺术家认领,做工作室,把这个衰败的村庄,变成艺术家村落。

我的建议得到了县委领导的大力支持。

很快,我们就收购了几十个院子。号召来几十个艺术家,到菜籽沟做工作室。

我们收购的最大一个院子,是上世纪六十年代的一个老学校。村里孩子集中到乡里上学,学校没用了,变成村民的羊圈。

现在，这个老学校已经被我们改造成一个书院——木垒书院。我在书院养老，过耕读生活。

尽管老还尚远，但对一个人来说，老之将至，是必然的。所以，早早地，在一棵树下坐下来，听风声鸟语，晒着太阳，看光阴从早晨移到黄昏，慢慢地预习自己的年老。在这个过程中，看着身边的树在老，树上的虫子和鸟在老，屋檐下的水滴在老，房子和路也在老。人和自然终老一处，这是最好的回归，也是我多年前在《一个人的村庄》这本书中所呈现的，人在万物中生生灭灭，又起死回生，这样一种如梦如醒的生活。

二、照树的想法生活

我们的书院，基本保留了这座老学校的外貌，只把内部做得更艺术也更适合居住。我们保留了所有能够保留的，连同这些野生的草木。

院子里的树，从不修枝，任其生长。修枝是人的想法，不是树的。树想长成啥样，能长成啥样，都由树。我们尊重一棵树的生长愿望，希望自己照树的想法生活。本来，我们就是来跟树一起生活的。

也不铲草、锄草。一棵草，只要在这个院子长出来，只要不是太影响我们——其实一棵草又会碍人的什么事呢——它就会一直长到开花结果，长到青叶子变黄，第二年还会在老地方长出来。

这些草都是我认识的。记得到这个院子的第一年秋天，看着遍地的灰条、蒿子和稗子草一起长老，我竟一时感动。小时候就和这些草在一起，早晨一出门碰见青草露水，在草中玩耍、拔草、割草，记住每样草的名字和样子，如今在别人的村庄安家，不认识几个人，却遇见相识多年的野草，满院子都是，一起活到秋天，一起长老。

我觉得，我是能看懂一棵草的心情的。草一定也能看懂我的沉默和微笑。我夫人说，草每年都这样长，重复来重复去。我说，草看我们人，可能也是这样的。在自然中，重复来重复去，是多好的事呀。

三、虫子和人都在赶路

菜籽沟没有蚊子，只有个别几个苍蝇，都是游客带来的。但书院其他虫子多，它们有时候会爬进屋里，爬到人身上，都不咬人，千万不要拿巴掌拍，一拍，虫子会自卫放出臭味。虫子只是一只只地往秋天爬，偶然经过你，可能留下一点瘙痒，一会儿就没感觉了。人和虫子都在赶路，在这条生命之路上，我们或许并不是走到最前面或走到最后的。

玻璃天顶上常年落有尘土和落叶，都不脏。自然界没有脏东西。

床头屋角的蜘蛛网，是去年前年结的，蜘蛛也是去年前年的那只，一直守在那里。

从窗户门缝飞进爬出的虫子，都是客人。它们也是这里的主人。

院子里没有灯，晚上出来，稍站一会儿就不觉得黑了，天空是亮的,有月亮和漫天繁星。在夜里站久了你也是亮的,夜并不黑。

我们选择在这里做书院,是选择了跟这里的万物一起生活,与虫共鸣,和草木同青共老,在星空下安睡入梦,又像草木返青一样欣然醒来。

对于这个院子,我们是贸然的新来者。榆树杨树都是长辈。草和虫鸟,都是这里的先祖。我们能做的,只是尊敬、爱护、不轻易打扰。

书院的这几间旧宿舍和教室,是上个世纪七十年代的建筑,我们只做了保护性的加固改造,让它原样保存下去。几十年来一批批的学子从这里出去,我们为他们也为后人保留下这份记忆。

草木有情,尘土有灵。万物相互记忆,并不会彼此忘记。

我相信当你记住一只小虫子的鸣叫时,这声音也永远地记住了你。

作家是可以通灵的。我写一只虫子时,怀着那只虫子的心情;写一棵树时,我便是那棵树,沧沧桑桑地长在那里,十年百年的风雨都生长在心里。

写一只老鼠时,我也仿佛在它黑暗的洞穴里过了多少年日子,活出一只老鼠的味道。

四、洗脸的苍蝇

给大家讲一只爱干净的苍蝇,或许能改变你对苍蝇的看法。

那天我午睡醒来,见一只苍蝇在我的被子上洗脸。那时阳光从玻璃窗照进来,暖洋洋的白色被面上,落着一只黑苍蝇,它正用两个前爪反复在脸上擦摸，像人用双手洗脸一样。两个前爪还相互擦洗，像人双手互搓洗手一样。它边搓边把前爪放在嘴上抹，我猜想它用自己的唾液，抹在前爪上当洗手液。

更令人吃惊的是，那苍蝇在反复洗脸的过程中，还不住地偏一下头，像从嘴里吐什么。

当它再次做这个动作时，我突然想到了一个字：呸。

像人吃了脏东西往外啐吐沫。

它吃了什么脏东西呢？苍蝇在我眼里浑身病菌，它是最脏的东西了，还有什么脏东西让它这样恶心，呸、呸地吐唾沫？

想到这我突然脸红起来，我在半睡半醒间感觉有一只苍蝇在脸上飞，不断地落在我的鼻子和嘴唇边。它一定是因为吃了我嘴边的什么而感到恶心，做出呸、呸的动作。

它不断地洗脸、搓洗爪子，原来也是嫌弃我的脸脏。

在这只苍蝇眼里，我的脸就这么脏吗，害得它爬了几次就费大功夫洗脸洗手，还呸呸地吐个不停。

我也禁不住摸了一把自己的脸。

这是我看到的一只苍蝇，我在它反复洗脸的动作里，看见它对我的嫌弃。它一定认为我脏，而我还一直认为自己比苍蝇干净呢。

我从一只苍蝇的眼睛，看到另一个比苍蝇还脏的自己。

我们有无数个观察自己和生活的视角。一个写作者，需要不断地变换角度，看看自己和所处的生活。当你这样观察时，便有许多东西可以写了。

有时不妨站在一只鸟的角度看看人，在树梢上，眼睛朝下，看地上的人。有时不妨用蚂蚁的视角看看自己。作家都知道用全视角写作。我理解的全视角，不仅仅是作家自己周全的视角，也是写作者能感知到的万物的视角。

站在其他生命的立场上，想想我们的生活，这样你的视野便开阔了许多。

五、即将老死的老鼠

再讲一只老鼠的故事。

我们刚搬进书院那几年，住在改造过的老教室里。院子、屋子里都有老鼠。我和一只老鼠过了一年的日子。它就住在我的大木炕底下。

那老鼠不早不晚，等到我们睡下，屋子安静了它开始咬木头，咯吱咯吱的声音就响在枕头底下。它在咬炕沿的老木头磨牙。我烦极了砸几下床板，它停住，头一挨枕头它又开始咬。我在它咬木头磨牙的声音里睡着，有时半夜醒来，听见它在地上走，脚步声轻一下重一下。

我没有别的办法，沿墙根堵住所有朝外的洞，不让其他老鼠再进屋。这只也别想跑出去。我想，老鼠的寿命也就两三年，这只老鼠有两岁了吧，我只有等它老死。我在这里过一个月，或许就是老鼠的几年，它会迅速地变老，它啃木头的声音也变得迟钝，随着它进入老年，也许会越来越安静，不去啃木头磨牙，它的牙也许在开春前就会全掉了。它会不会变得老眼昏花，分不清白天黑夜，会不会糊涂得再不躲避人，步履蹒跚在地上走。如果它真的那样，我们怎么办？我是说，如果那只老了的老鼠，真的再不惧怕我们，跑到我们眼前，我们该如何下手去灭了它？

这真是件麻烦的事情。

只是，在它老死之前，我们和它共居一室的日子，好像仍然没有边。我已经习惯它咀嚼木头磨牙的声音，习惯了它留下的一屋子老鼠味儿。我甚至在夜里听不见它磨牙的声音了——是它不再磨牙，还是我的耳朵聋了再听不见。要说衰老，或许我熬不过一只老鼠呢。在它咯吱磨牙的夜晚我的牙齿在松动，我的瞌睡越来越多，还有，在我逐渐失聪的耳朵里，这个村庄的声音在悄悄走远，包括一只老鼠的烦人响动。

终于，我们和一只老鼠一起熬到春天，院子里的厚厚积雪已经融化，冬天完全撤走了，把去年的果园、菜地、林间小路都还给我们。金子打开前后门窗，在明媚的阳光里，要把一冬天的阴气和老鼠味道全放出去。

这时，我看见那只和我们折腾了两个冬天少有谋面的大老鼠，摇摇晃晃走出来了。它迟钝地迈着步子，往敞开门的光线里走。

我喊金子，喊方如泉，喊王嫂，喊烧锅炉的老爷子。

大家全围过来，看着一只大灰老鼠，颤巍巍走出门，它显然不是因为害怕而颤抖，它老了。它费劲地翻过门槛，下台阶时摔了一跤，缓慢爬起来，走到春天暖暖的太阳光里。它可是一个冬天都没见到太阳。它好像晕了，朝我脚边跌撞过来，我赶紧躲开。它在我们讨论要不要打死它的说话声里，不慌不忙，朝有鸟叫和水声的院墙边走去。它或许记得两年前走进这个院子的路，那里有一个排水洞，通到院墙外的小河沟，过了河沟，上坡，就是年年人种老鼠收的旱地麦田。它消失在院墙边时,都没回头再看一眼我们。

这是我在书院看见和感受到的,一只苍蝇和一只老鼠的故事。

尤其这只快老死的老鼠,一直让我不能释怀。当我终于把它熬老掉,眼看它即将老死、跌跌撞撞出现在我面前时,我竟对它恐惧。

一只老鼠的老年竟然吓住了我,仿佛是我活到了那个处境。

我还写过一只老乌鸦。我在飞过书院的一群乌鸦中,听出有一只老乌鸦在叫,它的嗓音沙哑,最后我看见它了,飞在乌鸦群后面,迟缓,不稳,像一个没拄拐杖的老人。

后来我注意到它也在看我,从树梢上往下看,在天上往下看。

就像我看见一只天上的老乌鸦,它一定也看见地上缓慢行走的一个老人,因为人老了跟乌鸦老了是一样的。我们彼此认识各自的老。

这便是我和一只老乌鸦的相知。

在我逐渐老的时候,我看懂了大地上所有老去的事物。

在我耳朵逐渐失聪时,我用心灵听见万物的心跳。

六、孩子的心都是灵的

我们需要修炼一颗倾听万物的心灵。在我眼里,一草一木,都灵光闪闪。因为我相信万物有灵、有心。

我们平常人也有心,但不灵。

所以要学习,把一颗肉心,修炼成灵心。这时候,你便是有心灵的人。否则，你只是有心而已。

有一颗这样的心灵，便能感受到身边草木的灵，万物的灵。

孩子都有心灵，或者说，孩子的心都是灵的。很小的时候，你看见什么都大惊小怪，你对一朵花、对草充满好奇，可以跟一棵草玩耍一整天，你可以盯着一个小虫虫盯半天，为什么？

因为有童心在。

那什么叫做童心？童心就是比我们这些成年人的心更丰富灵动的心。我们不能认为童心是一颗简单之心。完全不是，小孩通过他那颗稚嫩之心，通过他那双童年之眼，看到了比我们成年人更多的东西，所以他能盯着一只小虫看半天，因为他看到了我们看不到的东西。平常人认为一只小虫一眼就能看透，可小孩能盯着看半天，他这么样看看，那么样看看，小孩看到了什么，我们大人知道吗？

肯定不知道。

因为我们长大了，把童年的自己忘了。

童年成了我们自己的陌生人。

但是我们早年都是这样看过来的，都是这样充满好奇地用这双童年之眼看这个世界中的许多东西。

后来，我们忘记了。忘记了怎么办？找回来。把早年的那种眼光找回来，把那颗童心找回来，重新去看这个世界，并不是通过修炼。谁能给你一颗慧心？这颗慧心，人早已有之，只不过后来失去了。

失去了如何寻找？

答案是，阅读和写作。写作本身，也是一种寻找童心的过程，好的作家都怀有一颗天真童心。在写作中学习，在写作中寻找，一旦你进入写作状态，其实你已经是另一个人，什么奇迹都会发生。

散文是聊天艺术
—— 书院文学课

这堂课讲散文写作。

其实散文不需要讲,我们小学一年级写的第一篇作文——《记一件小事》,记叙文,就是散文。从此开始,我们语文课上学的大多是散文,课堂作文做的是散文,一场场的语文考试考的也是散文。

中国语文教育主要是散文教育,小学、中学、大学语文课本的选文,除了少数的诗、词、赋,其他皆是散体文章——散文。

大家在课堂上学的散文知识,做一个散文家都足够了。

散文是我们中国的原创文体,也是人人会写的大众化文体。

自新文化运动以来,我们的诗歌和小说,都发生了变化。诗歌由传承几千年的古体诗,变成受西方诗歌影响的现代诗;小说也由章回小说,变成我们读到的现代小说。唯独散文没有改变,还是原样的中国散文。

我们中国散文的边界比较宽泛,除诗、词、赋等韵文之外的所有散体文章,皆是散文。按照这个定义,论文、公文、应用文等，都属于散文。

散文伴随我们一生。在以后的工作中，我们仍然离不开散文。写个工作报告、工作总结，连写个请假条，都需要散文功底。

我们中国人的思维是散文思维。

从古到今，我们创造了一种用散文说话的方式，学好散文，等于学会了说话。散文就是中国人的说话、聊天，它早已融入我们的生活中，成为我们的言说方式。

那么，如何写好散文？

我是散文家，我写散文之前，也没听人给我讲过散文如何写，我给大家也不讲如何写散文那些枯燥的东西，我讲日常生活中的说话，跟大家聊天。

散文这种文体，因为太本土化，所以，在我们日常生活的话语中，其实也蕴含着许多散文写作的方法。

一、聊天

散文是聊天艺术。何谓聊天？就是把地上的事往天上聊。这是我们中国人的说话方式，万事天做主，什么事都先跟天说，人顺便听到。

把地上的事往天上聊，也是所有文学艺术所追求的最高表达。从地上开始，朝天上言说，余音让地上的人隐约听见。文学艺术的初始都是这样。最早的文字是字符，写给天看的。最早的诗歌是巫师的祈祷词，对天说的。说给天听，也说给天地万物听，那声音朝上走，天听过了，落回到人耳朵里。

民间的传统戏台对面都有一座庙，庙里诸神端坐。听戏人坐地上，戏台高过人头，那戏是演给对面庙里的神看，说唱也是给庙里的神听，唱音越过人头顶，直灌进神的耳朵。整个一台戏，是台上演员和庙里的神交流，演戏者眼睛对着神，很少看台下的人，他知道自己唱的是神戏，不是人戏。人只是在台下旁听，听见的，也只是人神交流的"漏音"。

至少在《诗经》时代，我们的祖先便创造出了一整套与天地万物交流的完整语言体系，《诗经》中有数百种动植物，个个有名字，有形态，有声音颜色。"关关雎鸠，在河之洲。"关关是叫声，雎鸠是名字。一只叫雎鸠的鸟，关关地鸣叫着出现在《诗经》的首篇。

这样一个通过《诗经》《易经》《山海经》等上古文学创造的与万物交流的语言体系，后来逐渐失传了。取而代之的是一套科学语言。

对天地说话，与天地精神独往来，这是我们中国散文的一个隐秘传统。

二、喧荒

与聊天相近的还有一个词叫喧荒，北方语言，喧是地上的嘈杂之音，荒是荒天野地的荒。想想，这样一场语言的喧哗与寂寥，时刻发生在民间的墙根院落。

喧荒或从一件小事、一个故事发端，无非家长里短，鸡毛蒜皮。但是逐渐地，语言开始脱离琐事，有了一种朝上的态势，像荒草一样野生生地疯长起来，那些野生出来的语言，一直说到地老天荒，说到荒诞荒芜。

这才叫喧荒，是从地上出发，往虚空走。直喧到荒无一言，荒无一人。

这是话语的奇境。

无论是聊天也好，喧荒也好，都是把地上的话往天上说，也就是把实的往虚里说，又把虚说得真实无比。也无所谓有无，喧至荒处，聊到天上，已然是语言尽头，但仿佛又是另一句话的开始。

到乡间随便坐到哪一个墙根，跟那些老人说话，听他们喧荒聊天，聊的全是散文，这是中国人的思维方式。不可能聊出小说，也不可能是诗歌。据说在唐代人人出口成诗，但现在，我们在民间言语中听到的多是顺口溜之类的东西。

我知道有一些草原民族，他们日常聊天会有诗歌。新疆的哈萨克族，当客人到主人家毡房，进门后会吟诵赞诗，先从毡房开始赞美，一直到毡房中的铁炉子、炉钩、炉铲子、炉子上烧奶茶的茶壶，然后赞美主人家的牛羊，赞一圈最后赞美到主人，都是现成的诗歌或者现成的模式，有的是客人即兴发挥。主人听得高兴，家里被赞美的一切也都听得高兴。客人在赞美主人家的毡房时，一定相信毡房会发光。赞美羊时，羊会咩咩回叫。哈萨克是一个诗歌民族，把诗歌日常化，又把日常生活用诗歌仪式化、诗意化。

我们不一样，是一个散文民族，说一个事情的时候总是先入为导地用散文的方式去说，就像聊天，从一个小事开始聊起，拉拉扯扯把整个村庄聊完再回来。

在民间更接近散文创作的是传闲话，闲话是一种民间散文体，女人最喜欢嗑瓜子倒闲话，先由一个小事开始，看似在讲故事其实完全不是故事，讲的是是非，是道德。

当一个小事经过一个人传到另一个人的时候，就进入了散文的二次创作，传遍整个村庄回来的时候，早已不是原初的故事，被中间的传播者添油加醋，发挥自己的想象，发挥自己的是非观点，最后把一个故事传得面目全非。

俗话说，话经三张嘴，长虫也长腿。长虫是蛇。一条蛇经过三个人去传，就变成长腿的动物了。这个让长虫长出腿来的过程，就是文学创作。不可能传到长出翅膀，长出翅膀就是飞龙了，那不叫闲话，是神话了。

散文创作跟传闲话一样，是有边际的。一个现实中的事物经过散文家的自由想象、恣意虚构，但仍然在我们的经验和感知范围之内。人间的故事在人的想象边缘一个合适可信的位置停下来，不会超越感知。

散文是人间的闲话，不是神话。变成神话就没人相信了。

三、说书

在民间还有一种散文创作方式叫说书。

小时候，我的后父是个说书人。我们住的那个偏僻村庄，只有一个破广播，有时响有时不响，收音机也不是每家都有。我记得一到晚上，村里许多人就聚集到我们家，大人们坐在炕上，炕中间有个小炕桌,炕桌上放着茶碗、烟,我父亲坐在离油灯最近的地方,光只能把他的脸照亮,其他人围着他,我们小孩搬个土块或者小木凳坐在炕下面,听我父亲一个人讲,讲《三国演义》《杨家将》《薛仁贵征西》。我父亲不怎么识字,他所讲的那些书,全是听别的说书人说过自己记住的。在我印象中,我父亲从来没有把《三国演义》或《杨家将》讲完过,他讲不完,他学的就是半个《三国演义》,他经常把《三国》讲乱,提起《三国》乱如麻,不如我给你讲《杨家将》。《三国》讲不清楚讲《杨家将》。

中国人的这种说书传统非常有意思,说的是小说,讲出来就变成散文。因为说书人要经常把故事打断,停在那去掂是非,做道德判断。故事停下来时,小说就不存在了,变成散文。任何一部中国小说,一经说书人言说就变成了散文。

乡间的说书人没有几个是看过原著的,多半是从上代说书人那里听来,听的就是一个二手书。然后,说的过程中,今天忘一段,明天想起一段来,忘掉的部分就是留给自己创作的。每个说书人都不会老老实实去说一本书,总是在某个地方停下来,加入自己的创作,加入自己的想象,加入自己的道德判断。这是说书人的习惯。故事对他来说不重要,重要的是故事讲到恰到好处时,停下来去讲是非。

我一直记得后父说关羽投曹营那一章,话说刘、关、张三兄弟被曹操打散,关羽带着两位皇嫂被曹操俘虏,在曹营中一住十二年(其实也就几个月,被说书人夸张)。关羽和皇嫂共居一室,关羽住外屋,两位皇嫂住里屋,中间一个呼扇呼扇的薄布门帘。说书人觉得这个地方应该最有戏,却被作者几笔带过,这其中定有原因。说书人说到这里不跟着故事走了,他停下来,开始说闲话。说当年罗贯中写到这里写不下去,为何?关羽保护两位皇嫂在曹营一住十二年,你想,三人共居一室,两位皇嫂年轻貌美,关羽正值盛年,可谓干柴烈火,焉能没有奸情?若无,不合乎人性。若有,该如何下笔。话说罗贯中正在窗前捻须作难,苦思冥想,忽听窗外雷声大作,老先生抬头一看,惊呆了,只见关羽关圣人在云中显灵,双手抱拳,曰,老先生笔下留情。

说书人替作者把这一段交代圆满了。

西方小说是让故事从头到尾贯通下去。我们的章回小说会常常地打断故事,把故事扔一边去论道理讲道德。民间说书人沿袭这一传统,他们有能力把故事停下来,论一段是非后,故事还能接着往前走。这是中国章回小说和民间说书的一个重要特点。中国人也习惯了这样听故事,因为他们知道听的不是故事,而是故事后面的意思和意义,当他们开始欣赏故事后面的意思和意义时,其实已经进入散文了。我们的四大名著,那些演义,被我们称之为长篇小说的鸿篇巨作,一部一部地被民间说书人说成散文。我们在听书中,也学会了一种言说和叙述的方式,就是散文方式,所有的古典小说也被我们听成了散文。

小说让故事流动,散文是让故事停住。

散文就是中国人的说话、聊天、喧荒、传闲话。

我们的散文家在民间不断的聊天和喧荒中获得了新的资源、新的词汇,像聊天和喧荒这样的词,不可能由作家创作出来,或是古代作家的词语流入民间,被民间继承下来,然后又被作家重新发现，所以散文就是我们的一种说话方式。有时候，散文家需要在民间说话中寻找散文的新鲜语言，更多时候，那些古往今来优秀的散文流传到民间，影响国人的说话。民间聊天和文人文章，相互影响，形成国人的说话方式和散文写作方法。

四、从无话处找话

回到正题去讲散文，前面提到散文是喧荒的艺术，是聊天的艺术，散文这种文学形式早已融入民间话语体系中，成为我们的日常说话方式，我们随便在民间闲聊中，都可以学习到散文写作的方法。

但是，散文到底怎么写，写什么，这其实是一个难题。因为散文不是小说，靠故事可以撑起来。散文不讲故事，讲事情、讲情感、讲家常。但家常又是常常被人说过，毫无新意。如何从那些老调重弹中，找到新意？还得在聊天中学习。

我们在乡间听人聊天，那些老人坐在墙根地头，已经聊得没有什么新鲜事，所有的新鲜话去年前年就已经聊完，但是话还得说，总得有人把话头引出来，从无话处找出话，找出老话题的新鲜点，让人听下去。

散文写作其实也是这样。散文不是小说，从故事的开头去讲，散文创作就像乡人聊天，所有该说的话都已经说完，该发生的事都已发生完，看似没有任何话可说的地方，散文写作才刚刚开始。

散文写作，要学会从生活的无话处找话。在大家说了千遍、了无新意的话语中，找到自己发现的新意。

散文不讲故事，但是从故事结束的地方开始说话，这叫散文。讲一个完整的故事叫小说。在一个讲完的故事后面还能别开生面讲出话来是散文。

小说的每一句都在朝前走，小说要赶路，所有语言推动故事前进，推动慢了读者不愿意。

散文是语言的散步。散文的每一句都是凝固的瞬间，散文让流动的事物停下来，让我们细看。

散文没有那么多的空间和篇幅容纳一部小说的故事，但是散文总是能让故事停下来，让人间某个瞬间凝固住，缓慢仔细地被我们看见，刻骨铭心地记住。

所以散文也是慢艺术。慢是我们对待生活的一种态度，这个世界的匆忙用小说去表述，这个世界的从容和安静，用散文来呈现。散文是沉淀的人心，是完成了又被重新说起的故事，它没头没尾，但自足自在。

大多数散文写日常，既然是日常那肯定是常常被人说尽，说出来就是日常俗事琐事，在这样的散文中怎么能写出新意，只能绝处逢生，日常被人说尽处才是散文第一句开始的地方，无中生有也好有中生无也好，散文就是这样一种艺术，在所有语言的尽头找到你要说的一句话。

小说有明确的故事走向，有事件的结局和开始，有严谨的结构。小说需聚精会神去写。散文则要走神，人在地上，神去了别处，这是散文创作的状态。也如聊天，把地上的事往天上聊的时候，人把地上的负担放下了，就像把身上的尘土拍落在地。聊天开始，就有了这样一种态势，他知道自己嘴对着天在说话，对着虚空在说话，对着不曾有在说话，对着一个"荒"在说话，这样的说话就是散文在说话。

散文无论从哪写起，写什么，都不重要，重要的是写作者心中得有那个"天"和"荒"。把地上的沉重放下，消化掉，悠然对天言说，在地上跺一脚，尘土纷纷往天上飘，这是散文。

散文是一种飞翔的艺术，它承载大地之重，携尘带土朝天飞翔。许多散文作家是爬行动物，低着头写作到底，把土地中的苦难写得愈加苦难，把生活中的琐碎写得更加琐碎，把生活的无意义无味道写得更加的无意义无味道。他们从来都不会走一会儿神。

我喜欢像聊天一样飞起来的语言，从琐碎平常的生活中入笔，三言两语，语言便抬起头来。那是把地上的事往天上说的架势，也是仪式。

本书入选语文教材、语文试题篇目

一、入选语文教材

1.《今生今世的证据》入选苏教版高一语文必修教材
2.《寒风吹彻》入选苏教版高二语文选修教材《现代文阅读》／粤教版高中语文选修教材《中国现代散文选读》
3.《三只虫》（课文篇名为《走向虫子》）入选北师大版八年级（上）语文必修教材

二、入选语文试题·现代文阅读

1.《对一朵花微笑》入选广东省湛江市第二中学2014届九年级上学期期末考试语文试题／2018—2019年初中语文山东中考测试试题／浙江省温州市2019学年第二学期"温州新希望联盟校"九年级第一次联考语文试题／人教版2019—2020学年七年级上学期第一次月考语文试题（Ⅱ）
2.《与虫共眠》入选山西省太原市2017年初中毕业班

综合测试语文试题／江西省樟树中学2017—2018学年高二上学期第四次月考语文试题／江西省临川第二中学2018届高三第一次模拟考试语文试题／浙江省温州市2019学年第二学期"温州新希望联盟校"九年级第一次联考语文试题／人教版2019学年八年级第二学期期中考试语文试题／人教版2019—2020学年七年级上学期第一次月考语文试题（II）／湖北省武汉市武昌区C组联盟2020届九年级下学期期中考试语文试题

3.《三只虫》（试题篇名为《走向虫子》）入选2010年广东省汕头市金平区九年级中考模拟考试语文试题

4.《鸟叫》入选浙江省金华市艾青中学2015届高三上学期期中考试语文试题

5.《老鼠应该有一个好收成》入选人教版2019年九年级一模语文试题

6.《风把人刮歪》入选上海市杨浦区2019届高三高考押题试卷（二）语文试题

7.《两条狗》入选阅读训练及语文备考题库

8.《最后一只猫》入选人教版2020年八年级上学期期中联考语文试题C卷

9.《两窝蚂蚁》入选2018年第二次全国大联考语文试卷（新课标Ⅲ卷）

10.《我的树》入选浙江省台州市2016年高三年级调考试题

11.《那些鸟会认人》入选江苏省无锡市江阴四校2017—

2018学年高二上学期期中考试语文试题／人教部编版七年级上册语文第五单元检测试卷

12.《共同的家》入选沪江中学八年级语文下册期末考试模拟测试题

13.《狗这一辈子》入选湖南省长沙市2018年高三上学期期末统一模拟考试语文试题／贵州省遵义市航天高级中学高二语文下学期第一次月考试题／四川省南充高级中学2018届高三考前模拟考试语文试题／甘肃省兰州市2018届高三考前最后冲刺模拟语文试题／江苏省盐城市2019年高一语文期末检测试题／陕西省安康市2019届高三第一次模考语文试题

14.《炊烟是村庄的根》入选江苏省连云港市灌南县树人实验学校2015年九年级中考模拟语文试题／江苏省南通市高一（上）期中语文试卷

15.《父亲》入选2020年上海市虹口区高三一模语文试题

16.《柴火》（试题篇名为《柴禾》）入选2012年四川省高考语文试题／江苏省四星高中2013届高三上学期学情调研语文试题／江苏省江阴市第二中学、澄西中学高三语文上学期第二次阶段性反馈试题／浙江省东阳中学2013年高一下学期期中考试语文试题／江苏省徐州市第一中学2016—2017学年高一语文上学期期中考试语文试题／2018—2019年高中语文安徽高考联考试题

17.《先父》入选2014年上海市高三年级七校联考语文试卷／浙江省湖州市2015届高三教学质量调测语文试

题／浙江省严州中学 2015 届高三仿真考试语文试题／浙江省诸暨中学 2015 学年第一学期高三语文期中试题

18.《空气中多了一个人的呼吸》入选百校联盟（全国 I 卷）2020 届普通高中教育教学质量监测考试语文试题

19.《一个人的名字》入选吉林省长春外国语学校 2018—2019 学年高一下学期第二次月考语文试题／四川省攀枝花市 2019 届高三语文上学期第一次统一考试试题／江苏省南通市海安高级中学 2019—2020 学年高三第一学期模拟检测语文试题／山东省泰安市宁阳县第一中学 2020 届高三上学期阶段性测试（二）语文试题／山东省 2020 届高三语文上学期 10 月联考段语文试题／湖南省百所重点名校大联考 2020 年高三高考冲刺语文试题／黑龙江省大庆实验中学 2020 届高三下学期开学考试语文试题／北京市昌平区新学道临川学校 2020 届高三语文上学期期中试题

20.《后父的老》入选吉林省东北师范大学附属中学 2018 级高二下学期阶段验收语文试题／四川省绵阳市 2020 届高三上学期第一次诊断性考试语文试题／宁夏育才中学勤行学区 2020 学年高二语文上学期第二次月考试题／山西省吕梁市 2020 届高三第一次诊断性考试语文试题／四川省棠湖中学 2020 届高三语文上学期期末考试试题

21.《月亮在叫》入选浙江省嵊州市 2020 届高考语文二模试卷

22.《一片叶子下生活》入选江苏省连云港市2017—2018学年高一上学期期末考试语文试题

23.《长大的只是那些大人》入选山西省2018—2019学年高一第一学期阶段性检测语文试卷

24.《今生今世的证据》入选四川省宜宾市第四中学2018年秋高二期末模拟考试语文试题／重庆市第一中学2018届高三上学期期中考试语文试题／上海市长宁区2020届高三（二模）在线学习效果评估语文试题／四川省2020学年高二语文上学期期末模拟考试语文试题／广东省中山市2020届高三第二次联考语文试题

25.《从家乡到故乡》入选新疆维吾尔自治区2019届高三第一次适应性检测语文试题

26.《那个让我飞起来的梦》入选2020年普通高等学校招生全国统一考试高考模拟调研卷语文试题

27.《我们失去了和自然交流的语言》入选2011年北京大学等13所高校自主招生选拔考试语文试题／湖南省2012年高考语文命题透析（衡阳县第一中学）／2018—2019学年浙江省台州市联谊五校高一下学期期中考试语文试题